Himmel auf Zeit

Die vergessene Künstlerin Anita Rée

Karen Grol

Himmel auf Zeit

Die vergessene Künstlerin Anita Rée

Roman

ebersbach & simon

Für meine Eltern

Licht bin ich: ach, dass ich Nacht wäre!
Aber diess ist meine Einsamkeit,
dass ich von Licht umgürtet bin.

Friedrich Nietzsche,
»Also sprach Zarathustra: Das Nachtlied«

21. August 1937

Es musste schnell gehen. Sorgfältig schlug Wilhelm jedes der sieben Bilder in Papier ein. Es war früh am Morgen, und ihm blieb wenig Zeit. Niemand durfte ihn sehen, nicht sein Kollege Kunert, niemand vom Aufsichtspersonal, schon gar nicht die Kommission des Führers.

Der Gedanke hatte sich in der Nacht eingestellt und ihn nicht wieder losgelassen. Mit jeder schlaflosen Stunde war die Gewissheit gewachsen. Trotzdem galt es, die Risiken abzuwägen. Würde er erwischt werden, könnte man ihm Diebstahl vorwerfen. Im schlimmsten Fall belangte man ihn wegen der Rettung undeutscher Bilder. *Betriebsassistent der Hamburger Kunsthalle stiehlt entartete Kunst*, würde in der nationalsozialistischen Presse zu lesen sein. Es war Wilhelm bewusst: Die Aktion konnte ihn Kopf und Kragen kosten. Die Aktion gefährdete auch Anna und Käte.

Bereits Mitte Juli war eine Kommission in der Kunsthalle eingetroffen. Sie führte einen Auftrag des Führers aus. Moderne Kunst sollte aus den Sammlungsräumen entfernt und nach München verbracht werden, um sie in einer öffentlichen Ausstellung, die sie *Entartete Kunst* nannten, zu diffamieren.

Diese Leute besaßen keinerlei Anstand. Ihnen fehlte jegliches Gespür dafür, was die Arbeit den Künstlern bedeutete, mit welcher Anstrengung und Leidenschaft die Werke entstanden waren, was Kunst den Menschen geben konnte. Menschen, wie er einer war. Einem Hausmeister, einem Werftarbeiter, einer Büroangestellten, einer Hausfrau, jedem konnte Kunst etwas schenken: Schönheit, Denkanstöße, Träume. Auch und gerade moderne Kunst. Ihm selbst gefielen Bilder mit Gegenständen. Er mochte Landschaften. Aber auch wenn ihm ein Bild nicht gefiel, nahm er sich nicht das Recht heraus, ein vernichtendes Urteil zu fällen oder es gar zu zerstören. Welches andere Ziel sollten die Nationalsozialisten verfolgen? Bücher hatten sie schließlich auch verbrannt.

Diese Leute waren nichts als Banausen. Dazu zählte auch der Leiter der Kunstkommission, selbst wenn er der Reichskammer der Bildenden Künste vorstand. So viele wunderbare Werke hatte er einpacken und abtransportieren lassen. Zum Glück waren die von Anita Rée an diesem Tag bereits im Magazin gewesen.

Jetzt kam die Kommission zurück, um auch dort die Bestände zu sichten. Jetzt war es Zeit zu handeln.

Wilhelm trug die sieben Bilder aus dem Magazin hinunter in seine Souterrainwohnung. Anna war bereits aufgestanden. Er hörte sie in der Küche hantieren. Er schloss die Schlafzimmertür hinter sich und kniete vor dem Bett. Sorgsam verstaute er ein Bild nach dem anderen: das Selbstbildnis mit dem grünen Hintergrund, das jüngste der Werke, Teresina, das Zitronenmädchen aus Positano, den jungen Chinesen, ein schönes Apfelstillleben. All das sollte nicht den Falschen in die Hände fallen.

»Was tust du da?«

Wilhelm drehte sich erschrocken um. Anna stand im Zimmer. Er hatte sie nicht kommen hören, hatte nicht einmal gehört, dass sie die Tür geöffnet hatte. So schnell konnte man auffliegen. Besser, Anna wusste nichts von alledem. Also schwieg er.

»Anita Rée?«, fragte Anna.

Wilhelm nickte. Wie gut sie ihn doch kannte. »Ich habe versprochen, auf ihre Sachen aufzupassen«, sagte er.

»Die Kommission ist da«, sagte Anna. »Du solltest oben nach dem Rechten schauen, bevor sie dich suchen.« In der Hand hielt sie einen Bilderrahmen. Mit einem Handtuch putzte sie sorgfältig das Glas, dann zeigte sie ihm, was sich dahinter verbarg: eine Fotografie des Führers. »Das stelle ich auf unsere Kommode. Vielleicht schützt es uns und die Bilder.«

Teil 1
1910–1912

Schusterwerkstatt in Hittfeld

Der Unfall vor sieben Jahren mochte der Anfang von vielem gewesen sein. Vom Kopfschmerz, der bei einer Gehirnerschütterung gewöhnlich ist und vorübergeht. Vom Schwindel, der geblieben war. Aber von einer fortschreitenden Veränderung ihres Wesens bemerkte Anita selbst nichts. Ein simpler Sturz, eine Ungeschicklichkeit, mehr nicht. Alles andere beruhte schlicht auf Einbildung, war eine Erfindung der überängstlichen Mutter, die überall Absonderlichkeiten witterte, die Launen und Unvernunft hasste, besonders Anitas Wunsch, Malerin zu werden und ein Leben als Künstlerin zu führen.

»Sei nicht kindisch! Glaubst du tatsächlich, deine Kritzelei taugt zu mehr als zum Zeitvertreib, weist gar auf ein verstecktes Talent hin?«

Leider war die Mutter nicht allein mit ihren Zweifeln.

Anita hastete die Hittfelder Bahnhofstraße hinunter, das Gepäck schwer und unhandlich. Sie hielt inne, schob die verrutschte Zeichenmappe zurück, klemmte sie fest unter den Arm. Hals über Kopf hatte sie ihren Koffer gepackt, sich nur vom Schuster verabschiedet. Nach Hamburg, nach Hause, so schnell wie möglich, selbst wenn sie wieder in die Fänge der Mutter geriet.

Ein letztes Mal schaute sie zurück. Die Schusterwerkstatt geschrumpft zur Miniatur, kaum noch zu erkennen, aber sie konnte es sich vorstellen: Meister und Geselle hockten am Tisch vor dem Fenster, mit krummen Rücken über die Leisten gebeugt, in den konzentrierten Gesichtern Furchen von Anstrengung und Entschlossenheit. Keine Blicke für die Welt draußen. Dunkel war es. Eng ging es zu. Klagen fanden weder Raum noch Gehör, wenn die Männer die Sohlen formten, die Ledernutzen zuschnitten, sie energisch mit Nägeln befestigten und mit Geschick und Kraft vernähten. Anita hatte diese Szene seit Beginn ihrer Ausbildung bei Arthur Siebelist malen wollen. Sie hatte unzählige Wochen oben in der Mansarde über der Werkstatt logiert, wenn der Lehrer in den warmen Monaten aus seinem Hamburger Atelier auszog, die Freilichtmalerei anordnete und Schülerinnen und Schüler aufs Land ausschwärmen ließ.

Sechs Jahre Sommerschule. Sechs Jahre Siebelist.

Heute gingen sie zu Ende. Die feine Grenzlinie zum Unerträglichen war deutlich überschritten. Siebelist hatte sie bloßgestellt, lächerlich gemacht, vor aller Augen vorgeführt. Es reichte. Nun musste sie nach vorn blicken, die Bahnhofstraße hinauf. Sie blinzelte in die Sonne, die Vergangenheit im Rücken, doch das Klopfen des Hammers glaubte sie noch immer zu hören. Trotz der Entfernung vermochte es der scharfe Geruch des Schusterleims, ihr den Atem zu nehmen. Wenn sie ihn sich nur vorstellte, stach er in der Nase.

Die Kunstakademien blieben Frauen verschlossen, deswegen hatte sie anfangs eine Ausbildung in dekorativer Malerei am Berliner Kunstgewerbemuseum erwogen. Die angewandte Kunst bot Vielseitigkeit, schien Anita sinnvoller, als sich auf die schönen Künste zu beschränken. Damit ließe sich Geld verdienen, ein gutes Argument, nicht von der Hand zu weisen, obwohl der Vater sie unterstützte. Er war inzwischen mehr Privatier als Kaufmann, die Familie Rée durchaus vermögend. Nein, sie wollte sich nicht auf den immerwährenden Beistand verlassen. Der geliebte Vater wurde älter und älter, und sollte er auch noch so gut für ihre Zukunft vorsorgen, es galt, einen eigenen Weg zu finden.

Der warme Landwind blies ihr ins Gesicht. Lose Haarsträhnen flatterten vor den Augen. Anita verbannte die Störenfriede unter die Krempe des roten Huts, hielt ihn fest, dass eine plötzliche Brise ihn nicht forttragen konnte. Vieles war so leicht, dass es Halt brauchte, anderes so schwer, dass es niemals in Gang kam.

Natürlich bestand die Möglichkeit, dass sich ein Mann an ihre Seite gesellte, einer, der ihr gefiel, am besten einer, der ein Auskommen garantierte und eine Familie ernähren konnte. So machten es die jungen Frauen. Das dachte sich die Mutter. Der Vater sähe es sicher gern. Solange Emilie, die ältere Schwester, unverheiratet war, blieb Anita noch Zeit. 25 Jahre alt war sie nun.

»Studiere nur, Kind. Der richtige Mann wird deine Fähigkeiten zu schätzen wissen.« Vater scherte sich nicht um die Warnung der Mutter. Eine junge Frau mit Bildung, eine, die sich der Kunst verschriebe, verkümmere zu einem verbitterten Wesen, dem jede Weiblichkeit abgehe. So sagten die Leute. Vater hielt die Kunst für eine akzeptable, ja gar angemessene Beschäftigung für eine Frau, die auf die Ehe wartete.

Anita verzieh dem Vater. Sie konnte ihm nicht böse sein. Doch sie befand sich nicht im Wartezustand, sondern im

Aufbruch. Sie wollte lernen, Kunst nicht nur zu betrachten und zu verstehen, sondern sie zu schaffen, nicht die Werke der Männer zu kopieren, sondern sie mit eigenen Händen nach eigenen Ideen entstehen zu lassen. So schnell wie möglich. Heute, nicht morgen.

Sie setzte sich in Bewegung, setzte Fuß vor Fuß auf die Bahnhofstraße von Hittfeld, machte große Schritte. Anita, die Schreitende.

Die Frau an sich könne bestenfalls Dilettantin sein, war die gängige Meinung. Aus Frauen im Wartezustand mache man keine Kunstschaffenden, sondern bestenfalls Kunstverstehende. In jedem Fall solle die Frau eine schöne Künstlerin sein, eine, die gefalle. Von weiblicher Kunst war nie die Rede, nur von weiblicher Schönheit. Anita durfte dilettieren, aber nicht reüssieren. Sie durfte Kunstliebhaberin werden, jedoch niemals Expertin.

Die Empörung wuchs zu einem widerlichen Kloß im Hals. Er ließ sich nicht schlucken. Erschöpft setzte Anita den Koffer ab. Sie atmete schwer. Einer plötzlichen Eingebung folgend, riss sie sich den Hut vom Kopf, löste den Knoten, überließ die dunklen Haare dem Wind. Sie flatterten wild. Anita, die ewige Dilettantin. Sie hielt ihr Gesicht in die Sonne, die Lider geschlossen, die Lippen zusammengepresst. Es prickelte auf der Haut.

Dankbar sollte sie sein, dass Siebelist bereit war, auch Frauen auszubilden. Nie hatte sie einen winzigen Hauch von Dankbarkeit gespürt, nur Unzufriedenheit und Zweifel. In den vergangenen sechs Jahren war das Gefühl, sich auf dem falschen Weg zu befinden, zur Gewissheit angewachsen. Am Ende würde alles eine böse Wendung nehmen, wenn sich nicht etwas änderte, etwas Entscheidendes.

Heute musste sich alles ändern.

Vielleicht wäre sie längst in Berlin, hätte sich 1904, am Ende der Schulzeit, nicht Siebelist als Lösung angeboten. Eine einfache für die Eltern, doch gewiss nicht die beste.

Die Antwort vom Berliner Kunstgewerbemuseum hatte zu lange auf sich warten lassen. Man stellte – oh Wunder! – bei Eignung und Talent sogar Privatunterricht in Aussicht, doch das Schreiben kam gründlich zu spät. Es erreichte Anita, als sich bereits unter Siebelists wohlwollenden Augen erste Studien entwickelten. Im Winter im Hamburger Atelier und im Sommer unter freiem Himmel, bei natürlichem Licht, mit Schatten, wie sie die Natur hervorbringt, und einer Farbigkeit, die keinem künstlichen Einfluss unterliegt. *Pleinair* lasse sich am besten erlernen, die Natur in ihrer Vielfalt und Proportionalität zu erfassen und ihre Perspektiven und Stimmungen in ein Landschaftsgemälde zu übersetzen. Die Freilichtmalerei war *en vogue.*

Siebelist stellte sich mit Vorliebe hinter seine Schüler, schaute über deren Schulter hinweg auf die jeweilige Staffelei. Anita erstarrte stets, wenn sie den Lehrer kommen hörte, spürte die stechenden Blicke seiner Wieselaugen in ihrem Nacken. Sie lauschte regungslos, wenn er seinen Bart massierte. Er zog an der Zigarre. Es roch nach altem Leder wie von abgetragenen Schuhen. Immerhin hielt der Tabakqualm die Stechmücken fern.

Siebelist wählte seine Worte mit Wohlwollen, seine Kritik entbehrte der Schärfe, trotzdem fühlte Anita sie tief. Jeder von Siebelists Einwänden, sogar der gutgemeinteste Vorschlag, nährte Zweifel, die in ihr hallten wie die Schiffssirenen der großen Frachter über der Elbe.

Du bist nicht gut genug.

Dein Talent reicht nicht.

Das ist der falsche Weg.

So wirst du eine Dilettantin.

Zweifel sind einfallslose, aber wirkungsvolle Gegner. Einfallslos in der Wahl ihrer Waffen, wirkungsvoll wegen ihrer grenzenlosen Geduld. Am liebsten plagen sie Opfer, die besonders angreifbar sind.

Im ersten Hittfelder Sommer ließ der Stolz, zu Siebelists Schülern zu gehören, die unerwünschten Stimmen verstummen. Anita malte den Bauern und seine Kuh mit Flecken von Schwarz und Schatten. Wenn ihr Blick sich in der Weite des Marschlandes verlor, schrumpften ihre Sorgen zu Belanglosigkeiten. In der Gemeinschaft, zusammen mit Freundin Lotte und den anderen, fiel das Lachen leicht. Sie liebte diese federgleichen Momente, wenn sogar die Sonne bunte Flecken ins Gras malte. Doch malte Anita sich selbst, fand sie nicht einmal ein Lächeln. Es gelang eine selbstbewusste Haltung, der schmale Körper wirkte trotzdem zerbrechlich und schutzbedürftig. Der Gesichtsausdruck bewies Ernsthaftigkeit und einen unbändigen Willen. Gleichzeitig verbargen sich in den dunklen Augen Furcht und eine seltsame Melancholie. Nie wirkte Anita wie die Mädchen aus dem Norden, nie wie eine Hamburger Deern. Da konnte sie modische Röcke tragen, die weiße Bluse mit einem Chiffontuch auffrischen und einen auffälligen Gürtel um die schmale Taille schnüren. Ihre Wurzeln, ihre Vorfahren aus Venezuela, ließen sich nicht verstecken. Das südamerikanische Blut der Ururgroßmutter, das sich in späteren Generationen mit dem nordischen Blut des Großvaters vermischte, zeigte sich in Anitas strengen Zügen, in den schwarzen Haaren, den markanten Augenbrauen, der bronzegelben Gesichtsfarbe. Sosehr sie auch suchte, die Spuren des geliebten Vaters konnte sie nicht entdecken. Dessen Vorfahren stammten aus Dänemark, auch wenn der Name so wunderbar Französisch klang. So gesehen lag der Anfang von allem weit vor dem belanglosen Unfall, den die Mutter nicht vergessen wollte. Der Anfang lag sogar vor ihrer Geburt.

Im zweiten Hittfelder Sommer zeichnete Anita in der Werkstatt: den Schuster im Profil, eine Studie für das große Bild. Im Herbst – zu Hause im eigenen Zimmer – hockte sie erneut über dieser Zeichnung. Der Novemberregen schien die Farben auszuwaschen. Der Schuster wirkte erschöpft. Doch zwischen Falten und Grübchen versteckte sich Gelassenheit. Am Ende eines schweren Arbeitstages überwog Zufriedenheit, ein Zustand, nach dem Anita sich sehnte. Auch sie ermüdete das Stehen an der Staffelei, sie spürte das lange, konzentrierte Arbeiten im Nacken, in den Schultern und Armen. Die Augen brannten, die Lider schienen geschwollen und schwer.

Vollkommen zufrieden war sie nie.

Mitte Dezember betrat sie Vaters Arbeitszimmer. Er stand am Fenster und blickte in das Gartengrau hinter dem Haus.

»Wollen wir an die Luft?«, fragte er und drehte sich zu ihr um.

Wortlos gingen sie die Gasse zwischen Alsterkamp und Harvestehuder Weg hinunter, querten einen Streifen Weideland, bis sie das Ufer der Außenalster erreichten. Es nieselte, ein leichter Wind blies Wellen wie gemalt ins graue Wasser. Auf der Oberfläche perlte der Regen. Anita, die Unzufriedene. Sie merkte es selbst, sie fröstelte und verschränkte trotzig die Arme vor der Brust.

»Ich bin nicht gut genug.« Ihre Stimme zitterte.

Der Vater schwieg.

In einem Kahn mühte sich ein Mann ums Fortkommen. Er hatte die Krugkoppelbrücke weit hinter sich gelassen. Anita konnte das Knarzen der Ruder in den Riemen hören.

»Ob er bis zum Uhlenhorster Fährhaus will?«, mutmaßte der Vater.

Anita nickte schwach.

»Ich bin Kaufmann. Ich kenne mich mit Getreide aus. Was soll ich dir raten?«

Anita kniff die Lippen zusammen.

Der Vater schlug den Kragen seines Mantels hoch. »Du kennst doch das Bankhaus Warburg in der Ferdinandstraße, dort, wo dein Cousin Carl Melchior als Syndikus arbeitet. Der älteste der Warburg-Söhne ist Kunsthistoriker. Abraham Warburg. Aby nennen sie ihn. Der könnte helfen.«

Am Heiligabend lag im Haus Alsterkamp 13 ein an Anita adressierter Brief unter dem Rée'schen Weihnachtsbaum. Emilie setzte die Miene der wissenden älteren Schwester auf, ein Schmunzeln im Gesicht, das Freude verriet. Die Hände des Vaters ruhten auf Mutters schmalen Schultern. Sie versank im Sessel, wirkte zerbrechlich und doch unnachgiebig. Der Blick starr, die geschwungenen Augenbrauen Anitas so ähnlich, die Mundwinkel verzogen, die Lippen zusammengekniffen, das starke Kinn vorgeschoben.

»Dr. phil. Abraham Warburg«, las Anita. Er richtete Grüße aus und verwies auf ein zweites Schreiben im Umschlag. Anita faltete es auseinander. »Prof. Dr. Max

Liebermann«, murmelte sie ungläubig. »Er erklärt sich bereit, das Fräulein Rée in Berlin zu empfangen und ihr nach bestem Wissen zu raten.« Sie strahlte. »Ich soll ein halbes Dutzend Zeichnungen mitbringen, höchstens zwei bis drei Studien in Öl, nur so viel, wie ich in einer Hand tragen kann. Oh, ich kann viel tragen!« Sehr viel, alles, wenn es sein musste, aber Anita wusste schon, Menge war kein Kriterium. Die Gedanken schwirrten wie die Fliegen im Sommer auf der Marsch. Ein Termin beim Präsidenten der Berliner Sezession, beim Vorstand des deutschen Künstlerbundes, bei einem gefeierten Impressionisten, einem hochgeachteten und gern gesehenen Gast in Kunstkreisen, besonders in Hamburg und in der Kunsthalle. Sie jubilierte. Liebermann also!

Anita fasste Emilie an den Händen. Sie drehten sich, tanzten im Kreis, ausgelassen. Anita schlang dem Vater die Arme um den Hals, hauchte der Mutter einen Kuss auf die blassen, knochigen Wangen. Es galt Entscheidungen zu treffen: Sollte sie die Selbstbildnisse aus Hittfeld wählen? Den Kopf oder das Brustbild oder beides? Wie wäre der Kuhmann? Kein Zweifel: Liebermann musste ihren Schuster sehen.

Wenige Tage später schritt Anita Unter den Linden entlang, die Allee hinauf zum Pariser Platz, das gewaltige Brandenburger Tor mit der prunkvollen Quadriga schüchterte sie ein, rechts davon das Palais Liebermann nicht minder. Es war Sonntag, der 7. Januar 1906 kurz vor 11 Uhr. Ein Passant lupfte seinen Hut und nickte Anita aufmunternd und überaus freundlich zu. Sie fürchtete, Angst und Aufregung seien ihr ins Gesicht geschrieben. So sehr verlangte es sie nach Zuversicht. Zitternd würde sie vor Liebermann stehen. Kein Wort herausbringen. Sie schaute die Fassade hinauf. Wolken bildeten einen schweren Baldachin. Immer neue Schichten schoben sich ineinander und übereinander. Grau legte sich über Grau. Dunkles Grau mischte sich mit noch dunklerem Grau. Es war die Verheißung eines tüchtigen Regens.

Eingehend betrachtete Liebermann die mitgebrachten Werke. Die Zeichnung vom Schuster stand auf der Staffelei. Liebermann war der unbedingte Wille zum kritischen Rat ins Gesicht geschrieben. Er ließ sich nicht stören vom rennenden Dackel. Immer im Kreis, als wäre das luftige Dachatelier des Familienpalais eine Rennstrecke. Alle paar Sekunden flitzte der Hund vorbei. Anita wurde ganz schwindelig.

»Männe, wat meinste?« Der Dackel hielt inne, stoppte, hob die Schnauze, schnupperte interessiert, als läge die Antwort auf die Frage seines Herrchens in einer Duftnote, die sich irgendwo hier finden ließe. Liebermann bückte sich, nahm das Tier auf den Arm und streichelte es liebevoll. »Wat meinste, kann dat Fräulein wat oder eher nich?«

Männe wuffte.

Auf Liebermanns Gesicht breitete sich ehrliche Freude aus. Er zog die rechte seiner buschigen Augenbrauen hoch. »Welchen Schuster mögen Se lieber, verehrtes Fräulein Rée?«

»Welchen?« Anita schüttelte den Kopf.

Der Professor nickte. »Ick sehe zwei. Einen müden Grantigen ohne jegliche Hoffnung. Der andere Schuster ist freundlich, jeduldig und jelassen, mit der natürlichen Würde eines hart arbeitenden Menschen.«

Anita legte ihre Hand auf Männes dunkles Fell. Es war warm und glatt. Vorsichtig streichelte sie den Hund. »Den einen Schuster gibt es nicht ohne den anderen. Der Mensch hat offenbar widersprüchliche Gesichter. Im einen Augenblick sind wir glücklich, im nächsten traurig. Wenn wir am Morgen noch voller Sorge in die Zukunft geschaut haben, sehen wir sie am Abend mit der Gelassenheit desjenigen, der sein Tagwerk vollbracht hat.«

»Sie zeichnen nicht nur mit Talent, liebes Fräulein Rée, Sie erkennen auch die Charaktere Ihrer Modelle.« Liebermann schritt zu einem kleinen Sekretär und schrieb etwas auf einen Zettel, den er ihr überreichte. »Da gehen Se morgen mal hin.«

Den Nachmittag vertrieb sich Anita in der Nationalgalerie. Die große Jahrhundertausstellung der deutschen Maler sollte erst am 24. Januar eröffnet werden, doch das Bildnis, das Liebermann vor einigen Jahren im niederländischen Dongen gemalt hatte, hing bereits. Sorgfältig betrachtete sie seine Schusterei. Ein lichter, großzügiger Raum. Ein Meister und sein Lehrjunge. Das Gesicht des einen im Profil, das des anderen nicht zu sehen. Der Meister zog die Knie an, stützte den linken Fuß auf die Stuhlstrebe, den rechten auf die des Tisches. Die plumpen Holzpantinen schienen über dem Boden zu schweben. Der Oberkörper bewegt, der Ellbogen energisch angewinkelt. Dieses Bild zeigte keinen tristen, ermüdenden Broterwerb, sondern wahrhaftige Freude am Handwerk und das Wissen um dessen Bedeutung. Ohne bequeme Schuhe wäre das Leben schließlich mühsam und eingeschränkt.

Am Montag erteilte Anita der Fahrt mit der elektrischen Straßenbahn kurzerhand eine Absage. Sie zog den ordentlichen Fußmarsch vor: durchs Brandenburger Tor, die Charlottenburger Chaussee hinauf, mitten durch den Großen Tiergarten, die riesige Parkanlage zur Rechten und Linken, über den Stern mit der Siegessäule. Grün und wieder grün, wohin das Auge auch reichte. Dann rechts ins Hansaviertel und schließlich den Siegmunds Hof hinauf. Mehrere Männer auf einem Fuhrwerk mühten sich mit dem Abladen eines wuchtigen Steinblocks. Eine blonde Frau erteilte energische Anweisungen. Anita hielt einen Augenblick inne, bevor sie ins Schleswiger Ufer einbog.

Entlang der Spree lief sie nun. Die Schule in rotem Backstein, fein mit Sandstein gegliedert, erinnerte an norddeutsche Architektur, schien so gar nicht nach Berlin zu passen. Knaben spielten Ball davor. Anita wich ihnen aus und erreichte bald darauf die von Liebermann genannte Adresse, die Malschule des Freiherrn Leo von König.

Das Namensschild war aus Messing. Die Wohnungstür im ersten Stock nur angelehnt. Jeder ihrer vorsichtigen Schritte ließ das Parkett knarzen. Im ersten Raum posierte ein nackter bärtiger Mann auf dem Podest. Ein nordischer Kämpfer, im Schritt verharrt. Seine Muskeln glänzten. Er schaute wie abwesend aus dem Fenster hinaus auf die Spree.

Vier der Staffeleien waren besetzt. Anita stellte sich vor den heißen Kachelofen und wärmte ihre Hände an den Keramikfliesen. Die einzige Frau im Raum drehte sich zu ihr um und sah sie fragend an.

Anita traf Leo von König nicht an, hinterließ ihm letztlich eine Nachricht und bemühte sich, der Enttäuschung keinen Raum zu geben. Der Besuch in Berlin war nicht vergebens. Die Bestätigung Liebermanns ließ sie wachsen. Sie hob ihr Kinn an. Nur die bestmögliche aller Ausbildungen war gut genug für sie.

Schon wenige Tage später teilte von König ihr die Bedingungen für die Malschule brieflich mit. Das Modell für

Akt und Porträt stehe täglich ab neun Uhr in der Früh für vier Stunden. Damen und Herren könnten gemeinsam oder getrennt arbeiten. Das Honorar enthalte das Modellgeld und betrage 50 Mark im Monat.

»Berlin? Wie stellst du dir das vor? Eine junge Frau kann nicht allein nach Berlin«, meinte die Mutter. Sie habe die ersehnte Bestätigung ihres Talents, jetzt gelte es, die Ausbildung bei Siebelist zu beenden.

Die Eltern erteilten einem Wechsel auf die Berliner Malschule eine klare Absage. Sie verschlossen sich allen Argumenten. Zu Anitas Zweifeln gesellte sich Einsamkeit. Was nützte all ihr Talent, wenn ihr eine vernünftige Ausbildung vorenthalten wurde.

Versehentlich trat Anita gegen einen Stein, der ungestüm ins Grün eines Hittfelder Gartens sprang. Das gefiel ihr. Erneut schoss sie einen Stein ins Aus. Anständige Fräuleins treten nicht nach Steinen. Der dritte Stein hüpfte weit voraus über das Kopfsteinpflaster der Bahnhofstraße.

Auch zwei weitere Anläufe waren im Sand verlaufen, eine Anfrage in Karlsruhe genauso wie eine zweite bei Leo von König in Berlin erst im vergangenen Jahr. Seine Bedingungen hatten sich genauso wenig verändert wie Anitas. Malen durfte sie, aber eine ordentliche Ausbildung verwehrte man ihr.

Anita beschleunigte den Schritt. Sie wollte und durfte den Zug nicht verpassen, sie hatte genug von Hittfeld, von Siebelist und *Pleinair*, von den Farben der Marsch, vom Gerede über Hamburgische Kunst und die Gefahr des französischen Einflusses, der doch nicht aufzuhalten war. Die ersten der Siebelist-Schüler verweigerten sich schon der Heimatkunst, spotteten über die Kuhmaler und waren dem fernen Rufen gefolgt. Längst studierten sie in Paris: Friedrich Ahlers-Hestermann, Franz Nölken und all die anderen. *Pleinair* gut und schön, jetzt absolvierten sie an der *Académie Matisse* ihre zweite malerische Grundausbildung. Im Couvent de Sacré-Cœur auf dem Boulevard des Invalides unterrichte Henri Matisse persönlich, hieß es. Dort, wo früher Nonnen beteten, lehre man nun die Moderne. Es ging nicht mehr darum, die Natur nachzuahmen, eine Illusion der Wirklichkeit aufs Papier zu bannen, sondern darum, ihr einen neuen Ausdruck zu verleihen, einen eigenen Ausdruck.

Anita trat einen Stein ins Gleisbett. Der Bahnsteig war um diese Zeit menschenleer. Ein uniformierter Eisenbahner döste im Stehen, wurde erst lebendig, als der Zug mit Getöse einfuhr. Anita suchte sich ein leeres Abteil, verstaute Koffer und Malutensilien im Gepäcknetz. Sie setzte sich ans Fenster.

Ein Bild ohne Stimmung sei kein Bild, meinte Siebelist stets. Der Hittfelder Bahnhof wirkte trostlos, der Bahnsteig schon wieder leer, kaum jemand war ausgestiegen. Wer nach Paris wollte, stieg nicht einmal in Hamburg aus. Der Zug fuhr laut und ruckelnd an. Knarzend öffnete sich die Abteiltür, und der massige Körper eines Mannes drängte sich herein. Ließ sich schwer auf den Sitz gegenüber fallen. Er nickte zum Gruß und legte einen farblosen Beutel in seinen Schoß.

Anita nickte auch.

Er schaute sie nicht an.

Anita schaute seine Hände an.

Die Gelenke waren zu dicken Knoten geschwollen. Die glänzten rot, verbogen die Finger, verkrümmt bis zur Nutzlosigkeit. Auf dem linken Handrücken ein pflaumengroßer Ball. Anita spürte, wie Scham den Hals hochkroch, wie Hitze ihr Gesicht rot färbte. Sie zwang sich, aus dem Fenster zu sehen, doch die fürchterlichen Hände wirkten magnetisch, zogen ihren Blick an, weckten Erinnerungen. Ausgerechnet Hände. Handwurzel, Mittelhand, Finger, Daumen. Ausgiebig hatte sie die Physiognomie studiert, doch die Hand entzog sich dem Verstehen, machte es ihr, anderen Anfängern und sogar den Fortgeschrittenen schwer. Siebelist hatte mit Freude und Absicht ins Schwarze getroffen. »Seht hier!« Anitas Studien, ungefragt zur Schau gestellt. Anita, die Fremde. Das Fräulein Rée, die Dilettantin. Er, die Zigarre paffend. Die Augen zusammengekniffen. Der Ton beißend. Die Sonne von ungewohnter Strahlkraft. Mücken schwirrten über Anitas Studien, die Siebelist ordentlich nebeneinander auf dem langen Tisch der Hittfelder Sommerschule aufgereiht hatte. Anita schämte sich. Für ihre Zeichnungen mit verborgenen Händen, mit unsichtbaren Händen, mit ungenauen Händen, mit misslungenen Händen. Dafür, dass sie eine Malerin sein wollte. Nicht einfach nur zufrieden oder Ehefrau. Dass sie zweifelte und nicht mutig ihr Ziel verfolgte. Sie betrachtete ihre eigenen Hände, öffnete sie, drehte sie. Sie betrachtete die verkrüppelten Hände ihres Gegenübers.

Anita schämte sich.

Am Isequai

Hinter verstaubten Kartons entdeckte Anita die Puppenstube. Erst hatte Emilie mit ihr gespielt, später sie selbst. Die Dachkammer war vollgestellt mit ausrangiertem, längst vergessenem Hausrat. Womit sollte sie beginnen? Mit dem vergilbten roten Teppich, der jahrelang in Mutters Ankleidezimmer gelegen hatte? Er könnte nach gründlicher Reinigung wieder hübsch aussehen. Die blinden Stellen des Spiegels störten nicht, und dem wackligen Holztisch, der früher im einem der Kinderzimmer seinen Dienst geleistet hatte, tat ein frischer Anstrich sicher gut. Der Stuhl war ein Fall für den Müll. Ihm fehlte nicht nur ein Bein, auch das Sitzgeflecht schien nicht reparabel. Anita trug ihn und die Puppenstube hinaus.

Spinnen stoben davon, während sie Weben entfernte und den Boden fegte. Sie öffnete das Fenster in der Gaube und ließ Luft herein. Staubkörnchen schwirrten in den Sonnenstrahlen. Ein hübscher Vorhang würde den Raum freundlicher wirken lassen. Er war alles andere als ideal zum Malen, viel zu klein, zu niedrig und die Lichtverhältnisse miserabel. Er war jedoch das, was man ihr zugestanden hatte.

Die Dachkammer sei doch die beste Lösung.

Nein, sie war schlicht die einfachste.

Anita fühlte sich aussortiert wie altes Kinderspielzeug, wie ein unbrauchbares Möbel. Sie pustete eine Haarsträhne weg und wischte sich mit dem Ärmel Staub aus dem Gesicht. Sie blinzelte das Zwicken in den Augen weg.

Sie wollte malen? Dies war ihr Atelier. Niemand würde sich hier oben in ihre Arbeit einmischen. Niemand würde sich die Treppen heraufbemühen, den nicht absolutes Interesse antrieb. Energisch hob Anita den Tisch hoch und platzierte ihn unter dem Fenster. Sie faltete einen Bogen Papier zu einem Wulst, den sie unter eines der Beine schob. Hier wackelte nichts mehr.

»Das sieht doch schon ganz hübsch aus.« Anita hatte

die Schwester nicht kommen hören. Emilie reichte ihr eine Langhalsvase mit frischen Blumen.

»Ich werde noch einen Schrank brauchen.« Anita wies auf den Korb mit Malutensilien. Sie zwang sich zu einem Lächeln. Sie wusste, wie sehr sich Emilie bemühte, wie sehr sie sich sorgte. »Kannst du mir den Stuhl aus meinem Zimmer holen?«

Emilie nickte, froh, helfen zu können, einen Auftrag zu haben. »Ich habe gedacht, du magst das Rembrandt-Bildnis aufhängen.«

Anita stellte die Vase auf den Tisch und lehnte die kleine Reproduktion an die Wand. Ein Selbstbildnis des jungen Rembrandts. Jeder fängt an, irgendwo, irgendwie. Wenn sie sich nun umdrehte, blickte sie direkt in den Spiegel, sah das Fenster, den Tisch, Emilies Blumen, den zweifelnden Blick Rembrandts und eine skeptisch dreinschauende junge Frau. Die Dachkammer mochte ein Abstellraum sein, er mochte ungeeignet sein, sich noch fremd und ungewohnt anfühlen, aber es war auch ihr erstes eigenes Atelier.

Sie lauschte Emilies Schritten, hörte, wie sie die Treppe hinunterstieg. Sie konnte die Tür schließen und das Leben unten im Haus aussperren.

»Weiter, weiter.« Franz Nölken trieb seinen Freund voran – durch den schmalen Flur, wie einen Schutzschild. Anita blieb in der geöffneten Tür stehen. Herbstlaub wehte herein. Äste samt Blattwerk sausten den Alsterkamp hinauf. Eine Katze huschte lautlos durchs Gebüsch. Alles brachte sich in Sicherheit. Der Wind heulte, es knackte und knisterte. Ein tüchtiger Sturm über der Ostsee war vorhergesagt worden. Anita musste mit Kraft gegen die Tür drücken, um sie zu schließen. Dann folgte sie den Männern.

Gemeinsam betraten sie das Wohnzimmer. Auf das Gesicht der Mutter stahl sich ein Lächeln. Emilie erhob sich freudig, der Vater zwirbelte seinen ergrauten Knebelbart, setzte seinen Körper in Bewegung, schwang ihn auf, als wäre das Leben im Rée'schen Haus erwacht und dürfte keinesfalls versäumt werden.

Franz Nölken knetete die Finger, setzte sich gleich an den Flügel, wie er es immer tat, wenn er die Rées besuchte. Am Klavier fühlte er sich aufgehoben. Anita konnte es sehen, in seinem Gesicht lesen, seine Bewegungen deuten. Die Falten auf Nölkens Stirn glätteten sich, die Augen öffneten sich weit, die hochgezogenen Schultern entspannten sich. Ein Haarbüschel löste sich. Er streckte den Kopf vor und machte den Rücken rund. Instrument und Mensch verschmolzen. Finger berührten Tasten, streichelten sie, noch bevor ein Ton zu hören war, zauberten Arpeggien, die selig durch den Raum waberten und Anita mehr wärmten als jedes Feuer im Kamin.

»Welche Stimmung brauchen Sie heute?«, rief Nölken forsch.

Anita hatte selbst das Klavierspielen gelernt. Sie wusste schon: Es war das Präludium aus Bachs *Wohltemperiertem Klavier*, der Anfang in C-Dur, ein Anfang, der Glück versprach. 24 Takte Erfüllung. Nölken ließ die Fuge des ersten Satzes aus und wechselte nahtlos in das C-Moll-Präludium des folgenden Satzes, das die Träumereien unterbrach. Auf den ersten Anfang folgte ein zweiter. Wechselnoten der rechten Hand konkurrierten mit den Sechzehnteln der linken Hand.

»Besser?«, rief Nölken, wartete auf keine Antwort. Seine Finger eilten zum fröhlichen dritten Satz, Cis-Dur, zum feierlich getragenen vierten in cis-Moll. Es folgte ein pathetischer Tanz in D-Dur, der mit dramatischem Unterton endete. D-Moll wirkte kühn und sorgte für Aufbruchsstimmung.

Plötzlich lachte er laut, klatschte in die Hände, als wollte er sagen: So, das war's. Das muss für den Anfang reichen. Er sprang auf.

Emilie applaudierte, die Eltern und Friedrich Ahlers-Hestermann stimmten ein. Anita auch, zaghaft jedoch.

Sie beobachtete, wie sich Nölkens Augenpartie wieder verschattete, wie die Haltung verkrampfte, als er seinen Platz neben Vater einnahm, und wie der spöttische Zug um seinen Mund zurückkehrte. Diese merkwürdige Traurigkeit hüllte ihn ein wie eine unsichtbare Haut.

»Die Welt hat einen begnadeten Musiker verloren.« Ahlers-Hestermann seufzte theatralisch.

»Du redest Blödsinn, Ahlers. Ich lebe doch noch.«

Ahlers-Hestermann zog eine Grimasse. »Vor einigen Jahren habe ich Franz in seinem Atelier im Sauerland besucht, in Borgeln, dort, wo er sich jeden Sommer versteckt. Vor dem Haus bunte Blumenrabatten und Gemüsebeete. Die Fenster weit geöffnet. Er sitzt am Klavier und spielt und spielt. Stundenlang. Das ganze Dorf hört zu. Wenn er nicht spielt, dann findet man ihn auf einer Gartenbank im Schatten, genüsslich eine Pfeife rauchend. Oder er trinkt in der Dorfkneipe ein Altbier mit dem Lehrer, dem Pfarrer und anderen wichtigen Leuten. Wenn man ihn weder hört noch sieht, dann malt er.«

»Die Welt hat einen begnadeten Maler bekommen!« Nölken saß im Dunkeln, sein Gesicht war kaum noch zu sehen.

Vater lachte auf, legte ihm freundschaftlich die Hand auf den Unterarm.

»Det is eben Schenie!« Nölken sagte es im völligen Ernst.

»Kähne hat das immer gesagt, unser alter Zeichenlehrer auf dem Johanneum«, erklärte Ahlers-Hestermann.

Nölken nickte. »Wenn man nun kein Schenie hat, soll man sich die Kunst vom Leibe halten und der Menschheit als Briefträger nützlich sein.«

Emilie brach in schallendes Gelächter aus.

Mutter schmunzelte.

»Lachen Sie nicht! Vor meiner ersten Paris-Reise ging mir ein Zittern durch die Knie, wenn ich bloß an Rubens dachte. Jetzt male ich die fabelhaftesten Sachen. Ich male Renoirs genauso, wie Matisse sie malen würde.«

Jetzt lachten auch Vater und Ahlers-Hestermann.

»Sollten wir darauf nicht anstoßen, Eduard?« Mutter sprach wie gewohnt leise. Sie beugte sich beim Sprechen vor.

Vater wies das Dienstmädchen an, eine Flasche Sekt und Gläser zu bringen.

»Paris hat sich also gelohnt?«, fragte Anita. Sie zwang sich zur Ruhe, durfte den Eltern nicht offenbaren, wie neugierig sie war. So gerne wollte sie Details erfahren, wollte alles wissen: Wie es in den Museen war. Wo man die moderne Kunst sah. Wie der Unterricht bei Matisse ablief. Ob sie Picasso getroffen hatten oder Degas. Und das Leben. Das Leben in Paris. Die prachtvollen Avenues, die verwunschenen Parks, die Straßencafés und die verruchten Cabarets. Ach, Anita träumte schon davon.

»Wir hatten ja zunächst gar keine Lust!«, sagte Ahlers-Hestermann.

Nölken schüttelte gelangweilt den Kopf.

Das Mädchen verteilte die Gläser auf dem Tisch.

»Keine Lust auf Paris? Das klingt merkwürdig«, sagte

Vater. Der Korken löste sich mit lautem Knall. Vater schenkte Sekt ein.

»Paris, die Stadt des Schnupfens.« Nölken lachte.

Anita seufzte. Sie hasste diese Plänkeleien, hatte selbst kein Talent dafür, nicht einmal Zeit.

»Erst hatte Franz einen ordentlichen Schnupfen, dann ich«, erklärte Ahlers-Hestermann.

Vater griff zum Glas, die anderen taten es ihm gleich.

Anita nippte.

Wieder entstand eine Pause. Es dauerte, bis sich Nölken erbarmte: »Unser erstes Atelier war eine Abstellkammer in der Rue d'Assas im 6. Arrondissement. Der Besitzer hat uns einen Kanonenofen hineingestellt, der nur zwei Zustände kannte: Entweder lief uns der Schweiß oder wir froren erbärmlich.«

»Mein zweites Atelier war in der Rue Notre-Dame-des-Champs in einem lang gestreckten Hinterhof. Ich musste mir die Toilette mit 19 anderen Ateliers teilen«, sagte Ahlers-Hestermann.

»Ein fürchterliches Dreckloch«, warf Nölken ein.

Ahlers-Hestermann nickte. »Für die Wohnung am Boulevard Edgar-Quinet haben mir meine Eltern aus Sorge um meine Gesundheit einen Kohle verschlingenden Dauerbrenner gekauft, der eine milde Temperatur verströmte. Die reichte jedoch nie, wie ich schnell herausfand. Meine Modelle froren bitterlich, und ich hustete ständig. Und dann der Lärm vom nahen Bahnhof. Donnernd stoßen beim Rangieren die Zugteile aneinander. In ganz Montparnasse hört man das Zischen der Dampfkessel und die dramatischen Trillerpfiffe der Zugführer kurz vor der Fahrt in die Hölle. Wie schön und still ist es dagegen in meinem großen und lichten Hamburger Atelier.«

Anita betrachtete ihre rechte Hand, starrte auf die Linien der Innenfläche, folgte ihnen berührungslos, sah alle Chancen schwinden. Niemals würde sie es nach Paris schaffen, wenn sich selbst Freunde in Gegenrede übten.

»Paris hat Sie also krank gemacht? Ich habe angenommen, Frankreich ist viel wärmer als Hamburg.« Mutter verschränkte die Arme und rieb mit den Händen ihre Oberarme, als hätten die Männer die Kälte ihrer Pariser Hinterhofateliers mit in den Alsterkamp gebracht.

»Es war nur eine ganz leichte Tuberkulose.«

Beschwichtigungen halfen nun auch nichts mehr. Mutter hatte ihr Stichwort bekommen. Krankheiten interessierten sie mehr als Kunst, damit kannte sie sich bestens aus. Das Leiden anderer war so viel befriedigender als eigenes. Am meisten Genugtuung bereitete das Leiden der jüngsten Tochter.

»Haben Sie sich denn während Ihrer Kur erholen können? Richtig gesund sehen Sie noch immer nicht aus. Wohin hat man Sie eigentlich geschickt?«, fragte die Mutter.

Anita kniff wütend die Lippen zusammen. Sie wusste, man nannte dies Konversation, und gewiss tat sie der Mutter unrecht, doch belanglose Gespräche widerten sie an. Nölken und sein Freund schienen nicht zu bedenken, was ihr Geplapper verursachte. Vielleicht hatten sie auch Freude daran, den Eltern Argumente gegen eine Reise nach Paris zu liefern.

»Ich war in einem als Gasthof getarnten Sanatorium im Schwarzwald. Eine mir völlig fremde Gegend. Die Bäuerinnen tragen Trachten, die ich bislang nur von Bildern kannte. Die Luft ist mild wie Milch, und die Landschaft lädt zum Spaziergehen ein. Allerdings nicht zum Malen«, erzählte Ahlers-Hestermann.

Anita kämpfte gegen den Drang, aufzuspringen und den Raum zu verlassen. Doch die Mutter würde ihr später Unhöflichkeit vorwerfen.

»Diesen Winter soll ich nicht in Hamburg verbringen. Ich will mich Ende November auf die *Palermo* einschiffen, Europa im Westen umfahren und über Gibraltar nach Korsika reisen.«

Unhöflich verhielten sich jedoch die, die ihre Fragen missachteten, die nicht verstanden, dass sie sich weder für den Schwarzwald noch für Korsika interessierte.

»Auf Korsika herrschen sicher angenehmere Temperaturen als in Hamburg, aber auf dem Schiff müssen Sie sich unbedingt warm anziehen«, sagte die Mutter.

»Aber Paris!«, rief Anita. Jetzt war sie aufgesprungen. Schrill hatte sie geklungen. Ihr *Paris* klang nach, klirrte im Kopf. Sie starrte stehend. Alle starrten. Die Gesichter verschwammen. Mutters empörte Miene legte sich über Emilies erschrockene, über Vaters besorgte. Ahlers-Hestermann wirkte erstaunt. Anita sah Nölkens spöttischen Blick, den Kopf schief zwischen den Schultern, die Stirn gerunzelt.

Spotten, ja, das konnte sie auch.

Emilie zog sie am Rock.

Anita griff nach dem Sektglas. »Trinken wir auf das kalte, dreckige und viel zu laute Paris«, rief sie. »À votre santé!« Feierlich hob sie ihr Glas.

Nölken richtete sich auf. Er betrachtete sie, während sich alle zuprosteten. Sein forschender Blick war fühlbar, ließ sie frösteln, dann spürte sie Wärme aufsteigen.

Er räusperte sich umständlich. »Paris ist ja ganz nett.« Er zögerte wieder. Dann lachte er laut auf. »Das ist natürlich eine Untertreibung. Paris ist hinreißend, wunderbar, aber, selbst wenn Sie mir den Kopf abreißen, verehrtes Fräulein Rée, *ösche* Kunst kann man in Berlin viel bequemer kennenlernen.«

»Ösche Kunst?«, fragte Emilie.

»Französische Kunst. Franz sagt *ösche* für französisch, *Osen* für Franzosen und Ahlers statt Hestermann.«

Dieser Ahlers-Hestermann schien es sich zur Aufgabe gemacht zu haben, Nölken zu erklären. Lieber sollte er sich zu Paris erklären.

»Matisse?«, fragte Anita. »Was ist nun mit Matisse?«

»Pfft! Der große Unbekannte. So haben wir ihn genannt. Wo sollten wir ihn suchen? Auf dem *Salon des indépendants*? Wir konnten ihn nirgendwo entdecken.« Nölken machte eine undefinierbare Handbewegung.

»Eine junge Malerin aus Franz' Heimat hat uns schließlich geholfen.« Ahlers-Hestermann erklärte wieder. »Unsere Erwartungen befanden sich auf dem Nullpunkt. Wir hatten genug gesehen und wollten endlich selbst malen. Sie wohnt in der Rue de la Grande Chaumière. Übersetzt heißt das *die große Strohhütte*.« Er lachte. »Dort befinden sich die Académie Colarossi und die *Croquis* der Académie Grande Chaumière. Hier kann man nachmittags oder abends für 50 Centimes Akt malen. Ohne Korrektur versteht sich. Dann wurden wir ins Café du Dôme eingeführt, der Stammsitz der deutschen Künstler in Paris. Er ist genauso trüb und heruntergekommen wie jedes andere Café in Paris. Die Leute sitzen herum, allein oder in Gruppen, als warteten sie auf irgendetwas, auf die große Chance, die Entdeckung, etwas Geld. Das Café du Dôme ist ein Wartesaal dritter Klasse und doch gehen wir immer wieder hin.« Ahlers-Hestermann grinste. »Wir haben einige Zeit gebraucht zu verstehen, dass in Paris jeder für sich ist.

Keine intensiven Beziehungen, keine Gruppierungen, keine Gefolgschaft, so wie wir das aus Hamburg kennen. Es mag daran liegen, dass das Leben provisorisch bleibt. Nur das Gefühl, in der Luft zu hängen, scheint ein ewiges.«

»Trotzdem machten wir endlich die Bekanntschaften, auf die wir so lange gehofft hatten.« Nölkens Stimme tönte wieder aus dem Dunkeln. »Wir bemerkten, dass man uns beobachtete. Offenbar haben wir die Prüfung bestanden.«

»Allerdings. Plötzlich gewährte man uns Zugang. Wilhelm Uhde nahm mich mit in die Rue de Fleurus in der Nähe vom Jardin du Luxembourg. Uhde ist Kunsthändler aus Brandenburg und schon einige Zeit in Paris. Mindestens genauso lange wie dieser Leo Stein, der Besitzer des Ateliers. Ein merkwürdiger Kerl in dunklem Cordanzug, ein Amerikaner. Er trägt eine Goldrandbrille und einen dünnen rötlichen Rauschbart. Ein Geistlicher, dachte ich, oder ein Philosoph. Seine Schwester Gertrude ist so rund wie freundlich und beide so beeindruckend wie ihre noch junge Sammlung. Sie besitzen Bilder von Cézanne und Renoir, mehrere von Matisse und zahlreiche Picassos.« Ahlers-Hestermann zögerte. »Monsieur Picasso befand sich auch unter den Gästen. Er ähnelt so gar nicht dem Magier, für den wir ihn alle halten. Er sieht aus wie ein Bursche vom Land, klein und stämmig, mit breitem Gesicht und einem eindringlichen Blick. Er hatte seiner Begleitung, der belle Fernande, einen Hut gekauft und wollte, dass wir ihn bewundern. Wir wollten lieber sein Skizzenbuch sehen, das er mit sich herumtrug, mit Zeichnungen von Südseemasken aus dem Musée Guimet.«

»Ihr habt wirklich viel erlebt.« Vater wirkte beeindruckt.

Ahlers-Hestermann nickte. »Im Oktober gingen wir auf die große Cézanne-Ausstellung im *Salon d'Automne*, ein Jahr nach dem Tod des Meisters. Ich war zum zweiten Mal in Paris und spürte das dumpfe Gefühl von etwas sehr Großem. Doch sagen, worin es bestand, konnte ich nicht. Cézanne weckt Ehrfurcht, vertraut werden seine Bilder erst nach und nach.«

»Und die Ausbildung bei Matisse?«, fragte Anita.

»Wir bekamen Rheu-Matisse-Mus davon.« Nölken beugte sich vor. Er zwinkerte ihr zu. Hatten sich beiden etwa doch auf ihre Seite geschlagen?

Sie lächelte gequält.

»Rheu-Matisse-Mus bekamen wir nicht vom Malen, sondern vom Diskutieren«, erklärte Ahlers-Hestermann. »Die Vertreter der schönen Malerei meinten, der Reiz eines Matisse-Bildes würde von jedem Gobelin übertroffen. Ein anderer hielt Matisse zwar für einen großen Maler, wollte jedoch nichts mehr lernen, sondern lieber eigene Erfahrungen machen. Franz und ich hofften dagegen immer noch, jemand würde uns endlich den Weg zur modernen Malerei zeigen.«

»Siehst du, Anita, Paris bringt dich nicht weiter«, mischte sich Mutter ein.

Nölken schüttelte den Kopf. »Madame Rée, entschuldigen Sie, wenn ich widerspreche. Matisse hat uns weitergebracht. Mit Matisse fühlten wir endlich, dass wir lernten. Vor den Ferien sagte er zu uns, wir sollten alles vergessen und wieder wie zuvor malen. Wir würden merken, dass wir etwas von dem, was er uns gelehrt hat, verinnerlicht hätten. Und so war es auch.«

»Alleine in meinem Dachatelier fühle ich nicht, dass ich etwas lerne«, sagte Anita.

Alle schwiegen, und draußen heulte der Wind.

»Du hast so viele Jahre gelernt. Male doch einfach!«

Mutter verstand nichts. Ihre dünne Stimme schnitt die Stille wie Papier die Haut.

Nölken setzte sich wieder an den Flügel. »Was soll ich spielen?« Sanft berührten seine Finger die Tasten, Töne perlten, erhoben sich wie Seifenblasen. Er ließ sie schweben. Ein kleines Mädchen blies sie fort. Der Wind spielte mit ihnen, wirbelte sie durch die Luft, bremste sie nach Belieben oder gab ihnen neuen Schwung, bis sie sich auflösten.

»Was war das?«, fragte Anita.

»*Clair de Lune* von Debussy. Er soll es nach einem Gedicht von Paul Verlaine geschrieben haben.«

»Das ist sehr schön!«, sagte Vater.

»Es ist doch so«, Nölken schaute niemanden an, sprach einfach in den Raum, wie für ein unsichtbares Publikum. »Den deutschen Künstlern fehlt die Orientierung. Bleiben sie ihrer Heimat verbunden, besteht die Gefahr, dass sie nur dem Geschmack des gemeinen Publikums dienen. Sie verlieren sich in einer kunstfremden Umgebung ohne Gleichgesinnte an ihrer Seite. Gehen sie in die Akademien, ergeht es ihnen auch nicht besser. Die Kunstschulen sind Feinde des Fortschritts. Sie bilden Künstler nach Schablonen aus. Die Künstler, denen es ernst ist, zieht es nach Paris.«

»Mich lässt man weder nach Paris noch auf eine Akademie. Ich bin Autodidaktin. Mir bleibt nichts als Orientierungslosigkeit.« Anita schaute niemanden an, hielt es wie Nölken.

»Was ist nur so großartig an Paris? Ich verstehe es noch immer nicht«, sagte Emilie.

»Paris atmet Kunst«, sagte Nölken.

»Paris kennt natürlich auch die strenge traditionelle

Ausbildung, aber es gibt eben eine andere Seite«, ergänzte Ahlers-Hestermann. »Beliebige malerische Anschauungen gedeihen frei nebeneinander. Manche Künstler verlieren sich, die großen Talente jedoch gehen gestärkt daraus hervor.« Er zögerte. »Wenn ich nicht verreisen würde ...« Erneut machte er eine Pause. »Franz, was meinst du denn?«

»Natürlich kann ich Fräulein Rée unterrichten«, sagte Nölken leise, den Oberkörper über die Tastatur gebeugt.

Zweimal kurz und einmal lang. Anita hatte weder das verabredete Klingelzeichen noch die Warnungen vergessen. Nölken lasse nicht jeden in sein Atelier. Er sei ein Einzelgänger, gelegentlich schwierig und aufbrausend, sie solle ihn keinesfalls bedrängen. Ahlers-Hestermann hatte Anita in einem stillen Moment beiseitegenommen, ihr Ratschläge erteilt und das Gegenteil von dem erreicht, was er beabsichtigte. Anita zweifelte. Sie zweifelte an Sinn und Ernsthaftigkeit von Nölkens Angebot. Es sprach so einiges dagegen: Die Eltern glaubten, der Unterricht bei einem Matisse-Schüler mache einen Aufenthalt in Paris überflüssig. Das Risiko, dass Anitas Ziel in weite Ferne rückte, schien größer als die Chance, etwas hinzuzulernen. Tatsächlich hätte sie ihre Zusage am liebsten gleich am nächsten Tag wieder zurückgenommen. Tatsächlich war sie nur deswegen hier, um Nölken zu sagen, er müsse sich nicht verpflichtet fühlen, sie wäre keineswegs das bedauernswerte Fräulein Rée, das er unter seine Fittiche nehmen müsse, sie werde ihren Weg finden, sie werde weitermalen, ohne Siebelist, ohne Nölken und zur Not auch ohne Paris. Und je länger es dauerte, bis Nölken sie auf das verabredete Zeichen hin einließ, je länger sie im Hausflur wartete und die Holzmaserung der Treppenstufen oder die Körnigkeit des Wandputzes studierte, desto mehr steigerte sich die Gewissheit, sich in wenigen Minuten wieder unten auf der Wallstraße zu befinden und den Heimweg anzutreten.

Und dann hörte Anita schlurfende Schritte, Rascheln, Geschäftigkeit. Der Schlüssel knarzte im Schloss, schließlich öffnete sich die Tür. Nölken schaute aus Augen, schmal wie Schlitze, die Stirn zerfurcht, die Haare zerzaust, das weiße Hemd zerknittert. Er wirkte wie aus einem tiefen Schlaf gerissen. Anita konnte sich ein Schmunzeln nicht verkneifen.

»Nicht lachen.« Auf sein Gesicht stahl sich ein verlegenes Grinsen, das eines Lausbuben, der sich für eine Dummheit entschuldigte.

»Ich komme ungelegen?«

Nölken schüttelte energisch den Kopf und bedeutete ihr mit einer Handbewegung einzutreten. Er schloss die Wohnungstür und folgte ihr durch den Flur ins große Zimmer.

»Die *Palermo* ist abgesoffen!«

»Die *Palermo*?« Anita verstand nicht, wovon er sprach, stattdessen staunte sie: Die Wände des Ateliers waren in einem ganz und gar ungewöhnlichen rosa Farbton gestrichen.

»Das Schiff, mit dem Ahlers nach Korsika wollte.«

»Er ist doch mit der Bahn gefahren. Seine Mutter war besorgt. Wegen was auch immer.«

»Zum Glück. Sonst würden wir ihn nie wiedersehen.«

»Das Schiff ist wirklich untergangen?«

»Irgendwo im Golf von Biskaya ist es passiert. Nur ein Rettungsboot wurde angeschwemmt.« Nölken war im Türrahmen stehen geblieben, als wollte er sich den Fluchtweg sichern. »Ich kenne Ahlers seit meinem siebten Lebensjahr. Wir konnten uns erst nicht leiden. Ich hielt ihn lange für hochnäsig und arrogant und er mich für trottelhaft. Was ich ja manchmal bin. Heute zum Beispiel. Ich war so erschüttert von der Vorstellung Ahlers' tot auf dem Grund des Atlantiks, dass ich wohl dringend Erholung brauchte. Ich habe den ganzen Nachmittag verschlafen.«

»Ruhe«, flüsterte Anita.

Ihre Blicke trafen sich, befragten sich. Nölken hielt seinen Kopf leicht gesenkt, schien ihn schützend zwischen breiten Schultern versenken zu wollen. Die Wangenknochen deutlich hervortretend, die Gesichtsfarbe seltsam gelb vor der rosa Wand.

Sie schwiegen.

Bisher hatte Anita Nölken nicht als eigenbrötlerisch erlebt. Schon deshalb hatte sie Ahlers-Hestermanns Warnung als merkwürdig empfunden. An den gemeinsamen Abenden im Hause Rée zeigte sich Nölken stets humorvoll, es war sein Witz, der Situationen entschärfte und schwere Themen leichter machte. Doch jetzt schien Anita, als befände sich noch ein anderes Wesen hinter all den Verrücktheiten.

»Was meinen Sie?«, fragte Nölken.

»Der Mensch sucht im Grunde nichts als Ruhe«, sagte Anita.

Nölken nickte zustimmend.

Wieder breitete sich Schweigen aus. Schweigen war das Fehlen von Kommunikation, Ruhe die Anwesenheit von Stille. Schweigen besaß die Fähigkeit, sich auszudehnen wie ein Gas bei Erwärmung. Schweigen konnte Räume füllen. Es war unangenehm, es war peinlich, es ließ Anita erst frösteln und dann erröten. Warum sprach er nicht? Unterricht ohne Kommunikation würde kaum möglich sein.

»Warum rosa?« Ihre Frage klang töricht, aber Anita

kannte keinen Mann, keinen Menschen, um genau zu sein, der seine Zimmerwände freiwillig in einer solchen Farbe strich.

»Sie können die Staffelei dort vor dem Fenster aufbauen.«

Anita trug die Tasche zur angedeuteten Stelle.

Nölken fuhr sich mit der Hand durch die Haare. Er räusperte sich. »Das Schulatelier von Matisse befand sich im ehemaligen Kloster von Sacré-Cœur. Ein hoher, großer und lichtdurchfluteter Raum. Die Wände waren nicht wie üblich grau, sondern ungewöhnlich hell. Die Rückwand fiel gleich ins Auge, im Gegensatz zu den Seiten war sie rosa.« Nölken stockte, schien zu überlegen, ob er weiterreden sollte. Er tat es nicht, sah zum Fenster hinaus.

Anita folgte seinem Blick. Aus der Gaube ihres Ateliers im Alsterkamp sah sie lediglich auf die Dächer der Nachbarhäuser. Nölken dagegen genoss Aussicht ins Grüne, auf Schrebergärten, Wiesen und den Wasserturm. Anita trat ans Fenster. Eine Bahn, von der Lübecker Straße kommend, näherte sich ratternd und quietschend. Sie fuhr zum Berliner Tor. Unten auf der Straße Betriebsamkeit. Passanten schützten sich mit rundem Rücken gegen Wind und Kälte. Ein Mann schob eilig seine Karre. Das Pferd vor dem Fuhrwerk jedoch trabte stolz, tänzelte geradezu. »Man könnte denken, man sei in Montparnasse, nicht wahr, Herr Nölken?«

Nölken schüttelte energisch den Kopf. Er stellte sich neben sie. Gemeinsam schauten sie hinaus. »Ich wünsche eine schöne Zeit in Paris, in der Stadt der Kunst und der Liebe.« Er lächelte nicht. »Hamburg bleibt immer Hamburg. Auch wenn wir hier oben so tun, als wären wir in Paris, sobald wir auf der Straße sind, holt uns die Wirklichkeit ein.«

Am nächsten Tag nahm Anita zwei Stufen auf einmal. Ihr war nach Hüpfen zumute. Gott malte mit Sonnenfarben, das Licht des frühen Nachmittags färbte sich im bunten Fensterglas und zauberte zarte, hoffnungsvolle Tupfer an die Wände des Treppenhauses. Als sie oben angekommen war, öffnete sich die Tür, noch bevor Anita klingeln konnte. Eine junge Frau, hübsch, mit dunklem Haarschopf, stolzierte aus Nölkens Wohnung, lief stur vorbei, ohne Anita auch nur eines Blickes zu würdigen. Anita sah verwundert hinterher. Ein unhöfliches Frauenzimmer. Mit tänzelndem Schritt stieg sie hinab, drehte sich auf dem Treppenabsatz um und hob die Hand zu einem angedeuteten Gruß.

Nölken nickte und erledigte Abschied der Gehenden und Begrüßung der Angekommenen lautlos in einer einzigen Geste. Anita ging an ihm vorbei in die Wohnung. Der Stoff ihres Mantels streifte unabsichtlich seinen Ärmel. Die Tür fiel hinter ihr ins Schloss. Er folgte ihr ins Atelier. Vor dem Fenster hockte eine Möwe und sah neugierig herein. *Schau du nur!* Nölken zog die Taschenuhr aus der Weste und prüfte die Uhrzeit. Seitlich zwischen seinen Lippen eine versteinerte Zigarette in einer versteinerten Miene. Das weiße Hemd mit gestärktem Kragen heute makellos und ohne Knitterfalten.

»Es ist 15 Uhr, wie vereinbart«, sagte Anita. Ihr Ton war schnippisch, sie hörte es selbst, aber zu einem anderen war sie nicht fähig. Passend zum Empfang. »Ich kann wieder gehen, wenn ich ungelegen komme.« Das konnte sie sich nicht verkneifen.

Am Morgen war sie mit einem prickelnden Glücksgefühl aufgewacht. Stunde um Stunde hatte es sie durch den Tag begleitet und ausgefüllt wie warme Luft einen Ballon. Jetzt war es verpufft, mit einem Knall zerplatzt, alle Freude dahin, verwirbelt, zerrissen, in Luft aufgelöst. Was tat sie hier? Wohin jetzt mit ihr? Sie baute sich vor ihrer Staffelei auf, stemmte die Hände in die Hüften. Ihn bloß nicht ansehen. Es leichter nehmen. So tun, als wäre nichts passiert.

Es war nichts passiert.

Anita fokussierte das am Vortag begonnene Stillleben, massierte ihre Stirn. Ein schlichter Krug und zwei Äpfel, mit Grafit gezeichnet. Sie beugte sich geschäftig über das Papier, verwendete abwechselnd Zeigefinger und kleinen Finger, um Konturen zu verwischen und Nuancen von Schwarz zu erzeugen.

Nölken räusperte sich.

Anita sah nicht hoch, konnte ihre Verstimmung nicht erklären, nicht in Worte fassen. Zweifellos hatte sie auf einen freundlicheren Empfang gehofft, aber was konnte Nölken für ihre übersteigerten Erwartungen, was für ihre Empfindsamkeit? Sie war nur zum Arbeiten hier.

Er schaute ihr aus einiger Entfernung zu. Wie noch im Sommer bei Siebelist spürte sie Nölkens Anwesenheit im Rücken. Sie hörte ihn. Er drückte seine Zigarette im Aschenbecher aus und steckte sich eine neue in den Mundwinkel, zündete sie jedoch nicht an.

»Sie zeichnen ausgezeichnet, sehr sicher und präzise. Was soll ich Ihnen bloß beibringen?« Er seufzte.

Anita schwieg, presste die Lippen aufeinander.

»Erinnern Sie sich an Edgar Bromberg, er studierte mit Ihnen bei Siebelist?«

Natürlich erinnerte sie sich. Wann hatte sie ihn zuletzt gesehen? Hatte Bromberg Siebelist noch vor ihr verlassen? Sie deutete ein Kopfnicken an.

»Wir haben ihn völlig aus den Augen verloren, er soll zuletzt in Holland, irgendwo an der See, gelebt haben. Dann ist sein Bruder gestorben, eine Lungenentzündung. Edgar kommt also nach Hamburg zur Beerdigung seines einzigen Bruders ...« Nölken stockte.

Jetzt sah Anita sich verblüfft um, wusste nichts zu sagen. Sie schaute nur.

Nölken ließ sich in den Sessel fallen, lehnte sich erschöpft zurück, schloss die Augen. »Danach hat er sich umgebracht. Mit dem Messer erstochen. Das kann man sich gar nicht vorstellen. Unbegreiflich. Ein plötzlicher Ausbruch von Wahnsinn, oder was?«

Edgar Bromberg. Anita spürte der Leere hinterher, der Lautlosigkeit, dem Fehlen eines Gefühls, dem Ausbleiben von Worten. Tot. So jung. Warum nur? Nein, das war unmöglich. Sie konnte sich nicht einmal mehr an Brombergs Gesicht erinnern. Welchen Sinn hatte er im Tod gesehen? Warum keinen im Leben? Anita sah nur die Möwe draußen auf dem Dach. Majestätisch entfaltete sie ihre Flügel, probte einen Schlag, als testete sie die Funktionsfähigkeit, als gehörten Dehnübungen vor dem Abflug zum Pflichtprogramm. Der Vogel nickte Anita zu, nickte so, wie Nölken im Treppenhaus genickt hatte, zumindest sah es so aus, als täte er genau das. »Ich gehe dann mal«, schien er zu sagen. »Ihr kommt ja wohl ohne mich klar.«

Nein. Kam sie nicht. Sie kam nicht klar.

Nölken nahm die eingeklemmte Zigarette aus dem Mundwinkel und zündete sie an. Hastig zog er, pustete Rauch aus, zog erneut. Der Qualm stieg hoch und waberte geisterhaft über dem Tisch. Unvermittelt sprang Nölken auf und setzte sich ans Klavier. Die Zigarette landete auf dem Rand eines Tellers, auf dem sich Kippen bereits häuften. Nölken begann zu spielen. Er sang mit tiefer Bassstimme:

»In diesen heil'gen Hallen
Kennt man die Rache nicht,
Und ist ein Mensch gefallen,
Führt Liebe ihn zur Pflicht.
Dann wandelt er an Freundes Hand
Vergnügt und froh ins beßre Land.«

Nölken machte sich über sie lustig. Oder war er verzweifelt? Er zog hastig an seiner Zigarette und setzte zum zweiten Vers an.

»In diesen heil'gen Mauern,
Wo Mensch den Menschen liebt,
Kann kein Verräter lauern,
Weil man dem Feind vergibt.
Wen solche Lehren nicht erfreun,
Verdienet nicht, ein Mensch zu sein.«

Wie sagte Nölken? Ein Ausbruch von Wahnsinn? Wie konnte er in dieser Situation singen? Auch nicht den Sarastro. Auch Mozarts Vogelfänger machte es nicht besser. Nölken explodierte, während sie einfror. Sie fühlte sich überfordert, sie ärgerte sich, war verunsichert. Alles zur selben Zeit. Seine Stimmungen schwankten im Minutentakt. Sie befand sich auf einem wackeligen Kahn auf den Wellen mitten im Meer.

»Schluss!« Er klappte den Deckel auf die Tasten. »Das Fräulein Rée ist nicht hier, um Arien zu hören, sondern um zu malen, wie Matisse malt.« Er schlenderte zu ihr herüber, als befände er sich auf einem Sonntagsspaziergang, als hätte er Bromberg schon zu Grabe getragen. Er verstellte seine Stimme. »Mein Name ist Henri Matisse. Ich habe rötliches Haar und einen Vollbart. Ich trage eine goldgeränderte Brille.« Nölken setzte sich seine Lesebrille auf die Nase und massierte einen fiktiven Bart.

Anita musste gegen ihren Willen lachen. Nölken konnte sie zum Lachen bringen und zum Schweigen. Wieso versuchte sie ständig, ihn zu begreifen? Er war nicht zu begreifen.

»Man sagt mir dämonische Kräfte nach, doch eigentlich bin ich die Ruhe selbst. Wenn ich durch das rosa Atelier von Sacré-Cœur wandele, durch die Reihen schreite, von Staffelei zu Staffelei, von einem Bild zum nächsten, arbeitet niemand mehr.« Nölken schritt, die Arme hinter dem Rücken verschränkt, durch den Raum. »Hinten stellen sie sich auf die Stühle, um besser verstehen und sehen zu können. Meine Schüler, junge Damen wie Herren, sind längst ausgebildete Maler, haben alle ihre Ausbildung hinter sich, und doch wissen sie nichts.« Nölken beugte sich tief über Anitas Zeichnung. Er krauste die Nase, legte die Stirn in Falten. Er nickte vielsagend und ernst. »Selbst wenn ich ein niederschmetterndes Urteil fälle, bleibe ich höflich, sodass der Betreffende die Schwere meines Richtspruchs erst später bemerkt. Meine Schüler vertrauen mir. Ich bin ihr Freund, nicht ihr Feind.« Nölken griff nach einem Pinsel und hielt ihn wie einen zu kurz geratenen Zeigestock, fuchtelte herum. »Einer der Neuankömmlinge versucht meine Aufmerksamkeit mit einer grotesken Aktion zu wecken. Er stellt seinen Keilrahmen übereck und malt den Akt auf die Diagonale. Warum tun Sie das? Ich ignoriere das Gestotter des jungen Mannes. Beginnen Sie erneut, ziehen Sie eine Senkrechte mit der Reißschiene und loten Sie mit dem Senkblei aus, wo sich der Stützpunkt befindet.«

Anita kicherte.

»Solche Ratschläge gab Matisse all jenen, die sich besonders dumm anstellten.«

Anita ließ Nölken allein mit dem Studium ihrer Zeichnung. Sie legte die Handfläche auf die rosafarbene Wand. Das hatte sie schon seit gestern tun wollen. Vermutlich bildete sie es sich ein: Es ging eine Kraft von der Wand aus, die Farbe vermittelte Wärme, erzeugte Energie und regte die Fantasie an.

»Keiner hat Matisse widersprochen?«, fragte Anita schließlich. Sie stand mit dem Rücken an der Wand, der Hinterkopf berührte Rosa.

Nölken betrachtete sie über den Brillenrand hinweg. Sein Blick bohrend. »Die meisten trauten sich kaum zu antworten. Marie Vassilieff würde Ihnen gefallen. Eine Russin. Sie hielt Matisse ungeniert fest, wenn ihr etwas nicht passte, und diskutierte mit ihm in einem merkwürdig schnarrenden Französisch.« Nölken lachte laut auf.

Anita war sich sicher, sie würde diese Russin mögen.

Nölken wies mit seinem Zeigestock-Pinsel auf ein Detail ihrer Zeichnung und sagte mit einer Bassstimme: »Schwer, viel zu schwer und zu dumpf.«

»Schwer und dumpf, das ist meine Stimmung, Monsieur Matisse«, antwortet Anita.

»Ich erinnere mich an eine Deutsche. Wir nannten sie den *Bunten Bauch*, weil sie die Pinsel an ihrer Schürze abstrich. Matisse kritisierte ihre Studie, fand sie schwer und dumpf. Sie antwortete, sie sei nach Paris gekommen, *pour devenir légère*, um leichter zu werden. Dies beziehe sich nicht auf die Malerei, sondern auf das Leben.«

Ein leichtes Leben, das gab es wohl nicht, nicht für sie, aber Anita würde sehr gerne lernen, das Leben nur ein wenig leichter zu nehmen. Ein Tüpfelchen leichter wäre bereits ein enormer Fortschritt: weniger Wollen, mehr Gelingen, weniger Sorgen, mehr Genuss, weniger Furcht, mehr Zufriedenheit. Wenn Paris dabei helfen könnte?! »Was hat Matisse geantwortet?«, fragte sie.

»Es sei die richtige Entscheidung. Er sagte es mit ausgesuchter Höflichkeit, und ich weiß bis heute nicht, wie er es gemeint hat.«

»Und ist das Leben in Paris tatsächlich leichter?«

»Paris will erobert werden. Man darf nichts erwarten. Wenn man Glück hat, weckt Paris das im Menschen, was bisher tief verborgen war. Man muss geduldig warten und es geschehen lassen.«

»Ich warte schon so lange. Ich wünschte, endlich geschieht etwas.« Anita sah dahin, wo vor einigen Minuten noch die Möwe gesessen hatte. »Alles Unbekannte erschließt eine neue Welt. Ich bin bereit, sie kennenzulernen, sie mir zu erobern, auch wenn es Kraft kostet, Geduld, Zeit. Da ist eine solche Sehnsucht in mir, Franz, ich kann sie gar nicht erklären.« Anita strich mit der Handfläche über die rosa Wand. Ihre Haut prickelte, sie zitterte, auf das Frösteln folgte eine Welle von Hitze. Franz. Ihre Wangen färbten sich rosarot.

Franz wollte nicht. Er wollte sie nicht begleiten. Laut gelacht hatte er. »Irgendwann schaue ich mir die Ausstellung an, aber sicher nicht bei der Eröffnung.«

Anita war bemüht, seine Absage nicht persönlich zu nehmen, hatte verstanden, dass Franz' Schroffheit nicht ihr galt. Von Matisse zu lernen bedeutete auch, das Leben leichter zu nehmen.

»Hamburg ist nicht Paris«, hatte Franz seine Haltung erklärt. »Hamburg ist nicht einmal Berlin.«

»Deswegen«, argumentierte Anita. »Deswegen müssen wir jede Gelegenheit, moderne Kunst zu sehen, beim Schopfe packen.«

»Packe zu, Anita, packe fest zu. Wenn du etwas willst, nimm es dir. Wir wissen nicht, wann bei uns der Wahnsinn ausbricht.«

Der Wahnsinn war rosa, doch in den Oberlichtsälen waren die Wände weiß. Strahlend weiß, gelbweiß, blauweiß. In den Oberlichtsälen des Commeterhauses sah man im Gewimmel der Besucher kaum mehr die ausgestellten Bilder. Hier und da erhaschte Anita Flammenrot, intensives Zitronengelb, sattes Enzianblau und transparentes Moosgrün. Farben über Farben versprachen die Bilder von Karl Schmidt-Rottluff, viele Farben, starke Farben, besonders Rot.

Das prachtvolle Jugendstilhaus in der Hamburger Innenstadt an der Ecke Bergstraße-Hermannstraße stand erst seit 1908, die Räumlichkeiten hatten im vergangenen Jahr schon erweitert werden müssen. Was anfangs gewaltig und übertrieben schien, erwies sich nur für kurze Zeit als passend, bevor es wenig später aus allen Nähten platzte. Zu klein für Kunstverlag, Büroräume, Lagerflächen und die Zwecke des Hamburger Kunstvereins. Zu klein auch für die heutige Ausstellung. Noch immer drängten Besucher in die Galerie Commeter. Noch immer transportierte der Paternoster Menschen die sechs Etagen hinauf und spuckte sie im Dachgeschoss aus. Anita hörte erleichterte Jauchzer nach dem erfolgreichen Ausstieg. Andere quälten sich die Treppen herauf.

Die Sonntagsmatinee besaß Anziehungskraft, versprach besonders zu werden. Nach stillen Weihnachtsfeiertagen und ausgelassenem Jahreswechsel gelüstete es die Menschen nach Kultur, dachte Anita, nach anregenden Gesprächen, nach Futter für den Geist.

Solche Art Futter würde Schmidt-Rottluff zweifellos bieten. Er gehörte zur *Brücke*, einer Künstlergruppe, die sich ganz und gar der Moderne verschrieb. Franz hatte es erzählt. Er kannte die Gründer: Ernst Ludwig Kirchner, Fritz Bleyl, Erich Heckel und Karl Schmidt-Rottluff, allesamt aus dem Architekturfach kommend. Max Pechstein war hinzugestoßen. Für kurze Zeit hatte Franz selbst zur *Brücke* gehört. Den Grund für seinen raschen Austritt verriet er nicht. Franz redete gerne, aber wenn nicht, schwieg er sich aus. So jemand war nicht gemacht für eine Gruppe, so jemand ging seinen Weg besser allein, schritt allein über eine Brücke, von der man bisher nur wissen konnte, wo sie begann. In der Abkehr von akademischen Regeln. In der Loslösung von allem Bekannten. *Was groß ist am Menschen, das ist, daß er eine Brücke und kein Zweck ist.* Doch wohin führte das? Zweifellos hatten die *Brücke*-Künstler Nietzsche gelesen. Was sprach Zarathustra? *Was geliebt werden kann am Menschen, das ist, daß er ein Übergang und ein Untergang ist.* Der Mensch muss sich überwinden, sich selbst überwinden, um Höheres zu erschaffen. Er muss sich ohne Selbstzweck in den Dienst der Schöpfung stellen. Der Untergang des Menschen ist seine Erneuerung, sie ist eine Chance. Ob das die Menschen hier in den Oberlichtsälen ahnten? Dass die *Brücke* einen neuen Menschen wollte?

Anita lachte in sich hinein. Schade, dass Franz nicht bei ihr war, schade, dass sie ihre Einfälle nicht mit ihm teilen konnte. Gemeinsam war es doch lustiger.

Die Leute im Allgemeinen wollten nicht erneuert werden. Wie sich das anhörte! Erneuert. Die Leute im

Allgemeinen sorgten sich um ihre eigenen Angelegenheiten. Dort, die Frau, die verschämt nach ihrem Haar im Nacken tastete, den Sitz prüfte, erst den der Frisur, dann den des übergroßen Hutes. Keck dieser Federbüschel, wie er albern wackelte, wenn sie besonders majestätisch mit dem Kopf zum Gruß nickte. Kam sie wegen der Kunst oder um gesehen zu werden? Der Mann im langen Überzieher wirkte gelangweilt, desinteressiert, die Hände in den Manteltaschen, den Blick in eine nicht vorhandene Ferne gerichtet. *Wenn es doch bloß schon vorbei wäre.* Vermutlich dachte er so etwas. Wer von den Anwesenden besaß einen Sinn für Schöpfung, Schönheit und Höheres? Die meisten Menschen suchten Sicherheit, hielten es mit dem Alten und Bekannten und gierten nach Sensationen.

Wo steckte eigentlich die Organisatorin der Ausstellung? Anita reckte den Hals, neigte sich nach rechts und nach links, hielt Ausschau. Irgendwo musste sich das Fräulein Schapire doch verborgen halten.

Genau genommen war Rosa Schapire Sensation genug. Geboren in Galizien, in Österreich-Ungarn. Eine Frau, die Kunstgeschichte studiert hatte. Mehr noch: Sie hatte promoviert. Sie gehörte zur *Brücke*, ein passives Mitglied, eine Mäzenin von Schmidt-Rottluff, hieß es. Wegen ihr sei er nach Hamburg gekommen, habe die Wände ihrer Wohnung nicht rosa gestrichen, sondern mit grüner Leimfarbe bepinselt und die Möbel gelb, braun und ultramarinblau bemalt. So erzählte man sich.

All das war mehr als genug, um Aufsehen zu erregen. Die Schapire liebte das Bad in der Menge, spielte mit Freude die erste Geige, drängte sich mit Leidenschaft in den Vordergrund, alles Eigenschaften, die nützlich waren, um sich einen Namen zu machen. Und einen Namen brauchte man als Mäzenin, als Sammlerin und Expertin, erst recht als Künstlerin. Ein Name nützte. Anita seufzte. Anita Rée kannte keiner von Bedeutung. Nicht die Schapire, nicht Kunsthallen-Direktor Lichtwark, der gerade den Oberlichtsaal betrat, der die Kunst liebte, sammelte und zu den *Brücke*-Sympathisanten gehörte.

Hinter ihm entdeckte Anita jetzt Rosa Schapire, die sich ihren Weg durchs Publikum bahnte, hinauf auf eine kleine Bühne. Sie wirkte bescheiden, die dunklen, nicht einmal kinnlangen Haare brav in der Mitte gescheitelt, das Kleid hochgeschlossen und rüschenbesetzt. Von Statur eher klein, doch ihre aufrechte Haltung ließ sie größer erscheinen. Sie räusperte sich, verschaffte sich Ruhe, das Gemurmel wurde leiser, verstummte schließlich ganz, als Rosa Schapire die Gäste begrüßte, einen dunkelhaarigen Herrn mit Oberlippen- und Kinnbärtchen als Karl Schmidt-Rottluff vorstellte.

So sah also ein Expressionist aus, einer, der nicht die Wirklichkeit imitierte, sondern nach dem Geheimnis dahinter suchte und ausdrückte, was er empfand. Ernst schaute er und nachdenklich, ganz so wie Franz. Aber nicht wie ein Künstler, sondern eher wie ... ein Buchhalter. Anita grinste in sich hinein, während die Schapire redete:

»Seine Kunst rührt an tief Verborgenes. Sie konzentriert sich auf das Wesentliche, reduziert die Details auf die entscheidenden Komponenten. Der Impressionismus interessiert sich für das Spiel des Lichts, für die Atmosphäre. Der Impressionismus mag flimmernden Sonnenschein und Nebel, Schmidt-Rottluffs Expressionismus mag Farben von aufregender Intensität ...«

Gewiss. Aufregen würden sich die Leute. Die Leute mochten Altbekanntes. Die Leute hatten diebische Freude daran, ihrem Widerwillen vehement Ausdruck zu verleihen, zu spotten, zu höhnen, zu urteilen, alles, ohne versucht zu haben zu verstehen. Das war der eigentliche Antrieb des Menschen. Zu glauben, es seien Erkenntnis und Wissen, es sei gar die Schönheit oder eine tief verborgene Wahrheit, blieb eine naive Hoffnung.

»... Manches von dem, was bei Schmidt-Rottluff nach Ausdruck und Form ringt, haben seine Verwandten, die Impressionisten, angestrebt ...«

Glaubte die Schapire tatsächlich, eine wie auch immer geartete Verwandtschaft würde irgendwen überzeugen? Glaubte sie, ihr Schützling würde von den Hamburger Kunstfreunden auf Händen getragen? Die schimpften doch über die Impressionisten, selbst die Großen blieben nicht verschont von Boshaftigkeit. Renoir zum Beispiel. Es ärgerte Anita, wenn seine Werke kritisiert wurden, es traf sie persönlich, es fühlte sich an, als gälte die Kritik ihrer eigenen Arbeit. Es tat weh. Seine Gemälde waren wunderschön, schöner gar als die von Rubens, darin war sich Anita mit Franz einig. Renoir verstand es wie kein anderer, das bezaubernde und glückliche Lächeln einer Frau auf Leinwand zu bannen:

Pourtant ses tableaux
Sont vraiment très beaux
Et ses demoiselles
Sont toujours très belles.

Le grand Renoir! Er feierte Ende Februar seinen 70. Geburtstag. Anita hatte sich in den Kopf gesetzt, ihm zu gratulieren, ihm nach Südfrankreich zu schreiben, ein Gedicht hatte sie verfasst, eine Huldigung. Es war fast fertig.

Längst hatte sich Renoir vom Impressionismus abgewandt, nach Jahren des Zweifelns, des Malens im Freien und des Kampfes um Anerkennung hatte er schließlich einen neuen Weg eingeschlagen und etwas Eigenes gefunden, sich nicht den Fauvisten angeschlossen, nicht den Kubisten und schon gar nicht den Expressionisten. Er konnte kaum mehr den Pinsel halten, hatte Anita gehört, und doch waren seine Werke von einer neuen Sinnlichkeit, die er nicht in Paris gefunden hatte. Italien sollte ihm den Weg gewiesen haben.

Welcher Ort dieser Welt würde Anita die Augen öffnen, und wie lange würde sie darauf noch warten müssen?

Das Publikum geriet in Bewegung, die Ansprache schien beendet, über die Renoir'schen Träumereien hatte Anita die letzten Worte glatt verpasst.

Die Schapire und der Künstler steckten die Köpfe zusammen, schützten einander vor kritischen Blicken, vor möglichen Fragen. Letztere blieben jedoch aus. Die Schaulustigen wandten sich den ausgestellten Bildern zu. Strömten aus wie Pfadfinder auf Erkundungstour, mit blitzender Neugierde in den Augen und wildem Entdeckergeist. Eröffneten den Sturm auf die Farben. Es gab auch jene, die sich Zeit ließen, die erst die Lage sondierten, sich beobachtend umschauten.

Anita erwiderte das ungezwungene Lächeln einer Frau, die auch das Abwarten dem schnellen Handeln vorzuziehen schien. Sie war älter als Anita, vielleicht Ende 30, trug ein langes, dunkles Reformkleid mit einer hellen, auffälligen Bordüre am Rocksaum, die sich am engen Bund der weiten Ärmel wiederfand, am hochgeschlossenen Kragen. Ein breiter Streifen davon zog sich quer über die Brust. Die zwei prächtigen Halsketten fielen auf. Anita wurde sich bewusst, dass sie die Frau in einer Weise musterte, die kaum anständig zu nennen war. Schnell senkte sie den Blick, wandte sich ab und folgte der Schapire, die sich von Schmidt-Rottluff gelöst hatte, unentschlossen durch den Raum wanderte und schließlich vor einem Gemälde stehen blieb.

Blau, Grün, Gelb, Rot. Nichts weiter. Vier Farben mit schnellen, groben, pastosen Pinselstrichen aufgetragen. Jeder einzelne davon deutlich zu erkennen. Kein Versuch, sich im Detail zu verlieren. Alles war Ausdruck, alles heiterer Strudel, die Farbe Treibgut des Künstlers.

»Van Gogh und Schmidt-Rottluff. Zwei Brüder im Geiste, nicht wahr?« Die Schapire betrachtete sie gründlich und schenkte ihr eine schmallippige Aufforderung. Anita fühlte sich gedrängt, widerwillig nickte sie, beugte sich vor und las den Titel. *Am Meer.* Mit diesem Wissen ließ sich am rechten Bildrand ein Fischerboot erkennen. Angesichts des Farbeninfernos war es wohl der Sicherheit wegen auf den Strand gezogen worden.

»Unser Künstler empfindet ganz besonders intensiv«, erklärte die Schapire, als läse sie Gedanken.

Anita suchte nach der Antwort im Gemalten, fand nur Aufruhr, und die Schapire verlor die Geduld. Mit einer flüchtigen Geste wechselte sie den Betrachtungsgegenstand.

Erleichtert wählte Anita die entgegengesetzte Richtung. Vorbei an einer Flusslandschaft im Sommer. Vierfarbige Tupfer statt Strichen. Vorbei an Dorfhäusern, die deutlicher als die Landschaften als solche zu erkennen waren. Tupfer verloren sich zunehmend in Flächen. Rot dominierte.

Die elegante Frau im Reformkleid neigte nachdenklich

den Kopf. Anita gesellte sich zu ihr. Ihre Augen waren braun und sanft, der Mund und das runde, weiche Gesicht von einer Sinnlichkeit, die Renoir erfreuen würde. Das dunkle Haar bereitete den Rahmen. Sie musste Künstlerin sein. Wenn sie nicht selbst Kunst schuf, war sie jemandes Muse. Sie schrie danach, gemalt zu werden.

»Mögen Sie die Bilder?« Ihre Stimme angenehm und leise.

»Ich mag Renoir und Cézanne. Und ich beschäftige mich mit Matisse«, antwortete Anita.

»Sie malen selbst, nicht wahr?« Die Frau streckte ihr die Hand entgegen.

»Woher wissen Sie das?« Anita ergriff die Hand.

»Ida Dehmel«, stellte sich die Frau vor. »Sagen wir, es ist Erfahrung. Ich kenne viele Künstler. Mit der Zeit entwickelt man einen Blick.«

Jetzt wusste Anita, wen sie vor sich hatte. Sie hatte schon von dem Ehepaar Dehmel gehört. Ida und Richard Dehmel führten in ihrer Wohnung in Blankenese einen Salon. Dichter, Künstler und Intellektuelle waren bei ihnen zu Gast. »Ich kenne die Werke Ihres Mannes. Ich habe *Zwei Menschen* gelesen.« Anita lächelte.

Ida Dehmel schien erfreut. Eine leichte Röte überzog ihr schönes Gesicht. »Ich hoffe, ich sehe einmal etwas von Ihnen.«

So entspannt wie während des Klavierspiels erlebte Anita Franz selten. Arbeitete er, wirkte er konzentriert, um den Mund einen Hauch Unzufriedenheit, in den verschatteten Augen Spuren von Ungeduld und Skepsis. Zwischen den Stirnfalten nistete Tadel, jederzeit bereit zur Rüge. Franz war sich selbst der größte Kritiker. Gelegenheiten dazu gab es reichlich. Wenn er sich zu sehr um Details kümmerte, wenn er sein Werk mit Einzelheiten überfrachtete, die verwirrend und überflüssig waren. Wenn die Farben nicht harmonierten oder die Formen unbestimmt und unklar gerieten. Die Leitlinien der Matisse'schen Kompositionslehre waren in Paris auf offene Nölken'sche Ohren gestoßen. Der Meister hatte Franz in seinen Ansichten und all seinem Streben bestätigt, die Zielvorgabe sozusagen präzisiert. Doch in der Praxis geriet die Theorie allzu leicht unter die Räder. Dann brach sich Franz' Ärger in langen Tiraden Bahn:

»Mal wieder einfach drauflosgemalt. Das ist ja alles sehr respektabel und nett. Merk dir, Anita, selbst unsere geliebten Impressionisten werden irgendwann zu Klassikern. Da geht es Renoir nicht besser als Cézanne. Und was kommt danach? Wer kann ihnen das Wasser reichen? Wir strengen uns alle sehr an, aber in unserem Wahn halten wir uns für ebenso wichtig wie die Pariser Sterne.«

Anita ertrug die Monologe geduldig. Sie hatte gelernt, sie nicht persönlich zu nehmen. Dagegenzuhalten erschien ihr zwecklos. Ihr Bericht von der Commeter-Ausstellung im Januar war in wüsten Beschimpfungen ertrunken, da hatte sie den Namen Schmidt-Rottluff noch nicht einmal genannt.

»Pah! Diese Expressionisten mit ihren merkwürdigen Ansichten. Wenn du mich fragst, können sie alle nichts. Sie haben nichts als hübsche Ideen, aber ihnen fehlt die Mystik der Maße, das Denken in Proportionen. Anita, es ist wie in der Musik: Erstens muss man den Kontrapunkt können und zweitens Übung haben. Für die Malerei heißt das: Gehe in die Galerien und analysiere die Bilder. Dann musst du zeichnen, zeichnen, zeichnen: Akte und Porträts.

Du bemerkst, dass nicht alle Nasen gleich sind, und du lernst, nach hundert krummen Nasen auch noch eine gerade hinzubekommen.«

Anita übte. Nicht weil Franz sie ermahnte, nicht um ihm zu gefallen, nicht um irgendeines Lohnes oder Ruhmes willen. Sie malte, um zu malen, um wie Matisse zu malen. Sie hatte ihre Staffelei auf der Brücke über dem Isekanal aufgebaut. Es war ein warmer Julitag. Himmelblau mischte sich mit Wolkenweiß, Häuser warfen ihre langen tiefvioletten Schatten in die Ufergärten. Kein Weiß, kein Schwarz. Alles war Farbe: Rasengrün, Baumgrün, Wasserblau, Himmelblau, Ultramarinblau, Grünblau. Rotviolette Zäune schufen Strukturen, vereinzelte rote Dächer Kontraste, der rosafarbene Strand erinnerte Anita an Franz.

Sie vermisste ihn.

Erst vor wenigen Tagen war er nach Westfalen gereist. Den Sommer würde er in Borgeln verbringen, ihr und Hamburg so fern. Er hatte ihr wortlos den Schlüssel zum Atelier in die Hand gedrückt, ihr sanft über die Wange gestrichen und einen Kuss auf dieselbe gehaucht.

Bleib! Anita hatte Franz still beschworen, einen verzweifelten Kampf mit sich gefochten. *Halt ihn fest. Lass ihn nicht gehen. Küss mich noch einmal. Küss mich richtig. Küss ihn!* Dreckige Schlieren schienen an der rosafarbenen Wand herunterzulaufen. Zerplatzte Träume waren nicht rosa, sondern grau. Starr wie ein Baum hatte sie in der Tür gestanden, hatte nicht gehen wollen, bis zuletzt gehofft, er würde ihr anbieten, ihn zu begleiten. Sie bitten. Sie anflehen. *Komm mit, Anita. Wie kann ich fahren ohne dich? Was kann ich malen ohne dich? Wie kann ich sein?* Was wäre ihre Antwort gewesen? Hätte sie es gewagt? Hätte sie den missbilligenden Blicken der Eltern widerstanden? *Jetzt ist Anita völlig verrückt geworden!* Der Gesichtsausdruck der Mutter nichts als Entsetzen.

Sie war und blieb ein Rehlein, ein Kitz, das nicht einmal wagte, nach Paris zu gehen.

Franz hatte nicht gefragt.

Zwei Holzkähne lagen hintereinander am Ufer des Isequais. Dem vorderen fehlte die Farbe. Er war holzgrau und schutzlos Witterung und Wasser ausgesetzt. Er benötigte dringend einen Anstrich.

Franz befand sich in Borgeln, aber Anita ging auch an diesem Abend in die Wallstraße. Was sollte sie anderes tun? Franz' Dachatelier war ihr zu einem zweiten Zuhause geworden. Anfangs hatten sie sich zwei-, maximal dreimal die Woche am späten Nachmittag zum Unterricht getroffen. Die Nachmittagstermine verschoben sich in die Abendstunden, sie besaßen einen definierten Anfang, aber das Ende war nie vorauszusehen. Anita hatte nicht damit gerechnet, dass sie Franz aushalten würde, dass sie sein Stimmungspotpourri ertragen konnte. Aber er bewies nicht nur einzigartiges Talent, ihr vor den Kopf zu stoßen, er riss sie auch aus ihren Grübeleien, unterhielt sie mit unerhörten Anekdoten, diskutierte über Kunst, auch über Musik mit ihr, forderte sie heraus, akzeptierte sie als Künstlerin und traute ihr mehr zu als sie sich manchmal selbst.

»Du zeichnest so gut wie ein Kerl«, bemerkte er mehr als einmal, und als was, wenn nicht als Anerkennung, sollte Anita diese Wertung verstehen?

Das Leben war leichter geworden.

Anita wanderte durch den Raum, ihre Schulter streifte

die Wand, die heute falsch und orange wirkte. Sie ordnete die Kissen auf dem Sofa. Sie schlenderte rastlos umher, öffnete das Fenster und hielt nach der einsamen Möwe Ausschau, die ihnen gern krächzend und schief ihr Leid klagte, die ihr Klagelied immer dann zu singen schien, wenn es Franz besonders schlecht ging, wenn sein Redefluss aussetzte, sein Arbeitseifer zum Erliegen kam, wenn selbst Musik nichts mehr gegen diese grausige Gesichtsneuralgie ausrichten konnte, wenn seine Züge sich verspannten, eingefroren vom Schmerz, wenn Anita die Hilflosigkeit befiel wie eine plötzliche, aber nicht enden wollende Lähmung. Was konnte sie tun?

Franz' Leben schien alles andere als leicht. Nicht einmal ein Alkoholrausch half. In Paris hatte er es einmal – natürlich auf einen ärztlichen Rat hin – mit Whisky versucht. Das Ergebnis war ein tüchtiger Kater gewesen.

Anita setzte sich ans Klavier, berührte vorsichtig die Tasten. Spielte leise mit der linken Hand tiefe, dumpfe Töne. All dieses Moll in Franz' Leben. Die ständige Sorge ums Geld. Seine Eltern waren vor einigen Jahren verstorben, sie konnten ihn nicht mehr unterstützen. Noch hatte sich immer eine Lösung gefunden. Irgendjemand kaufte in letzter Minute ein Bild. Kurz bevor die Miete fällig war, bevor aus dem Magenknurren unerträglicher Hunger wurde, bevor die Sorge in Panik umschlug. Würde sie selbst Ruhe und Konzentration finden, wenn sie ums Notwendigste bangen müsste? Würde sie unter solchen Umständen arbeiten können? Und wollen?

Anita schloss den Deckel über der Tastatur. Renoir arbeitete trotz seiner schweren Gicht, es hieß, er lasse sich den Pinsel an die Hand binden.

Franz lachte selten, aber er hatte laut gelacht, als Anita

ihm von ihrem Geburtstagsgedicht für Renoir und von dessen Antwortschreiben erzählt hatte.

Schallend gelacht hatte der Franz.

Franz schickte einen missbilligenden Blick. Anita bezweifelte, dass sie sich auch nur einmal in der vergangenen Stunde bewegte hatte. Das Modellsitzen verlangte Geduld und Disziplin, eben die Fähigkeit, regungslos zu verharren, und das möglichst stundenlang. Das bleierne Herumsitzen beschwor Melancholie herauf. Vermutlich würde sie sich nie mehr bewegen können. So fühlte es sich an. Sie fröstelte. Die Kälte fand ihren Weg. Erst ins Zimmer, dann in den Körper. Zuletzt gefror die Seele. Entschlossen griff Anita nach der weißen Decke und zog sie über die rechte Schulter.

Franz schüttelte verärgert den Kopf. »Hier, nimm das rote Tuch. Ich brauche eine ordentliche Farbe im Bild.«

Anita nickte, streckte ihm die Hand entgegen. Franz übersah ihre Blöße. Der Seidenstoff wehte vorbei, streifte sie wie ein Windhauch. Sanft legte Franz das Tuch um ihren Nacken, drapierte es sorgfältig als Kragen. Wie zufällig berührte er mit den Fingerkuppen ihre Haut. Es kitzelte. Einem Reflex folgend, zog Anita die Schultern hoch. Es war eine ganz und gar dumme Reaktion, der sinnlose Versuch, seine Hand festzuhalten, den Freund zum Innenhalten zu bewegen, zu einer Annäherung, zu einem Moment der Nähe, zu irgendwas.

»Franz«, flüsterte Anita.

Er ignorierte es, hatte es nicht gehört, nicht verstanden, wollte nicht verstehen. Er hob vorsichtig ihre Hand und wies dieser einen Platz am Dekolleté zu, legte sie ab, als wäre Anita eine Puppe. Er winkelte die Hand an, dass sie die Enden des roten Tuches halten konnte. Lieber hätte die Hand Franz festgehalten, lieber hätte die Hand seine Hand ergriffen. Ein Modell hatte keinen eigenen Willen zu haben, es durfte nichts wollen. Nichts wünschen. Nur leiden und halten. Franz begutachtete sein Werk mit geneigtem Kopf, nickte zufrieden und nahm seine Stellung an der Staffelei wieder ein.

Er war im Oktober vergangenen Jahres aus Borgeln zurückgekehrt und mit ihm die so lieb gewonnene Routine ihrer gemeinsamen Arbeit. Anita hatte ihr Selbstbildnis fertiggestellt, während Franz mit den Vorbereitungen für eine Ausstellung bei Commeter beschäftigt war. Ahlers-Hestermann und er durften im Januar einige ihrer Werke den Hamburger Kunstfreunden vorstellen. Anita konnte die Aufregung gut nachvollziehen. Sie freute sich für Franz, und sie war froh über jede Stunde, die sie gemeinsam verbringen konnten. Die Tage hatten einen Anker. Anita lebte von der Vorfreude auf den Abend, auf intensive und wortreiche Gespräche, über Musik, über Kunst, über die unsäglichen Expressionisten, über die fantastischen Impressionisten, Cézanne und Matisse, über Renoir, Gespräche, die Franz sehr mochte.

Scheinbar nicht heute. Anita war nach Weinen zumute, wegen Franz' Unnahbarkeit oder wegen was auch immer. Doch ein Gefühlsausbruch jeder Art würde Franz völlig verschrecken. Lieber reden, diskutieren, fachsimpeln. Auch die eigene Stimme vermochte die Stille zu vertreiben. Jedes Thema war jetzt recht. Sie räusperte sich. *Ich rede gleich*, hieß das. Sie suchte nach einem geeigneten Anfang. Sie schluckte letzte Einwände hinunter. *Ich ertrage das Schweigen nicht. Schweigen muss ich auch allein. Schweigen bedeutet Einsamkeit.*

»Ich habe an einer Vortragsreihe von Aby Warburg über die Kultur der Frührenaissance teilgenommen.« Sie räusperte sich erneut. »Hast du dir einmal Gedanken darüber gemacht, was Künstler wie Botticelli und Tizian lasen, wofür sie sich interessierten, welche Vorstellungen sie von der Antike hatten?«

Franz starrte sie regungslos an. Anita registrierte seinen verständnislosen, abwesenden Blick.

Sie zwang sich fortzufahren. »Ich habe an Renoir denken müssen. Was hat ihn zur Abkehr vom Impressionismus gebracht? Ich will das mit eigenen Augen sehen. Ich muss unbedingt nach Italien.«

»Ich dachte, du willst nach Paris?«

»Kann ich nicht beides wollen?«

»Du musst still sitzen. Ich kann sonst nicht arbeiten.«

Rede weiter, Anita. Irgendwas. Nur nicht der Traurigkeit Raum schenken.

»Ich habe die Warburgs in der Heilwigstraße besucht. Kennst du ihr Haus? Dort ist so wunderbar viel Platz für Abys riesige Bibliothek. Du weißt, dass der jüngere Bruder Max sich verpflichtet hat, Aby zeitlebens alle Bücher zu kaufen, die er für seine Sammlung braucht?«

Franz brummte Unverständliches.

Jetzt plapperte sie, tat genau das, was Franz gar nicht leiden konnte. Sei's drum.

»Im Gegenzug erhielt er dessen Recht des Erstgeborenen: die Leitung der Warburg-Bank. Alle Brüder sind Bankiers geworden, nur Aby hat sich der Kunstgeschichte verschrieben. Stell dir einmal vor: Du müsstest dich nicht um den Verkauf deiner Bilder sorgen und könntest dich ganz auf deine Arbeit konzentrieren. Unglaublich, oder?«

»Ich wäre mit viel weniger zufrieden«, antwortete Franz.

Immerhin eine Antwort.

»Ich mag Mary, Abys Frau. Sie ist Malerin und Bildhauerin. Sie hat mich im Alsterkamp besucht und sich meine Arbeiten angeschaut. Sie hat es auch gesagt. Ich soll unbedingt nach Italien.«

»Wenn *sie* das sagt.«

»Was ist eigentlich los mit dir heute?« Eine plötzliche Bewegung, und das rote Tuch segelte zu Boden.

»Sitz doch einmal still.«

»Dann rede mit mir.«

Franz kam zu ihr herüber, die Miene düster und grau. Er bückte sich nach dem Tuch und reichte es ihr. Dieses Mal konnte sie keine zärtliche Berührung erwarten.

»Ich hab' einen neuen Schüler angenommen.«

Anita schaute Franz hinterher. Er stellte sich wieder an die Staffelei.

»Einen jungen Mann aus Dockenhuden. Er will auch nach Paris, vielleicht schon im nächsten Winter, und braucht eine gründliche Vorbereitung.«

Anita nickte. Das war eigentlich eine gute Nachricht.

»Zusammen mit dem Unterricht an der Frauenkunstschule, du weißt schon, die am Glockengießerwall, habe ich ordentlich zu tun. Im vergangenen Jahr hatte ich viel Zeit, aber kein Geld. Dieses Jahr ist es umgekehrt.« Franz lächelte schief. »Wir können uns also weniger sehen in den kommenden Wochen. Im nächsten Monat will ich einige Zeit aufs Land, so lange wie möglich, auf jeden Fall den ganzen April. Dann ist in Köln eine Ausstellung des Sonderbunds, und den Sommer verbringe ich wie immer in Borgeln.«

Anita rang nach Worten. Das war es also. Jetzt hatte er alles ausgespuckt, was in ihm arbeitete. Er wollte weg, weg von ihr oder weg von Hamburg. Woandershin. Ohne sie. Mühsam kämpfte Anita die Tränen zurück. Wie konnte sie ihn aufhalten? Mit Bitten? Mit Klagen und Jammern? Mit Liebe?

Liebe.

»Ahlers-Hestermann fährt im Mai nach Paris«, sagte Anita so sachlich wie möglich.

Franz nickte. Er schaute sie an.

»Vielleicht fahre ich mit ihm.«

Franz nickte erneut. Er stellte seinen Pinsel in ein Glas, säuberte seine Hände mit einem Tuch und schleuderte es unvermittelt auf den Boden. »Dieses verdammte Porträt will mir nicht gelingen.« Er griff nach seiner Jacke. »Du kannst nachher einfach die Tür ins Schloss ziehen. Ich muss weg.« Er hob die Hand und ging.

Im Flur fiel die Tür klackend zu. Anita hörte seine Tritte im Treppenhaus, hörte, wie sie leiser wurden, sich entfernten. Dann hörte sie nichts mehr als ihr eigenes Atmen.

Sie legte das rote Tuch auf die Seite und zog zitternd die weiße Decke über die Schulter. Hüllte sich ein. Sie stand auf und bewegte vorsichtig ihre Arme, dehnte sich, beugte den Kopf, drehte ihn in die eine Richtung und in die andere. Müdigkeit überfiel sie. Mit geschlossenen Augen fühlte sie ihre Erschöpfung noch mehr. Erschöpft vom Sitzen. Erschöpft vom Schweigen. Von Franz und den Versuchen, die Entfernung zwischen ihnen zu reduzieren, die Mauer des Schweigens zu überwinden, Ungesagtes in Worte zu fassen.

Liebe.

Sie spürte dem Wort hinterher, stellte sich vor, dass er sie in seine Arme nahm. Seine Hand streichelte zärtlich ihren Nacken. Er flüsterte in ihr Ohr: *Liebes.*

»Franz«, flüsterte sie.

Anita stellte sich vor die Staffelei und erschrak.

Das sah er also in ihr: eine 27-jährige Frau mit dem Äußeren einer Frau in den Vierzigern oder gar in den Fünfzigern, alles andere als schön, ohne Reize, ohne Ambitionen, ohne Zukunft. Die schwarzen Haare und die starken Augenbrauen dominierten das Gesicht. Sie war eine Fremde, eine Exotin, eine Außenseiterin, mitnichten eine kompetente und akzeptierte Kollegin, keine gern gesehene Freundin oder liebenswerte Gefährtin. Das Kinn sprang vor und verlieh ihr einen bösartigen Zug. Das Gesicht Ausdruck menschgewordener Trostlosigkeit. Der Blick nicht melancholisch, nicht traurig, nein, voller Bitterkeit und ohne jede Hoffnung.

In ihren Augen quollen Tränen. Zuvor mühsam zurückgehalten, jetzt schossen sie heraus. Weder Kraft noch Grund gab es, gegen ihre Gefühle anzukämpfen. So musste sich das Sterben anfühlen. Der Tod schnürte ihren Brustkorb ein, er umschlang sie mit seinen kräftigen Armen, presste die Luft aus ihr heraus, schlug rücksichtslos auf ihr Herz ein, hämmerte ohne Erbarmen in ihrem Kopf. Bald schon, bald würde es vorbei sein. Bereits jetzt fühlte sie sich tot, dabei hatte sie noch gar nicht gelebt.

Teil 2
1912–1913

Fünf Minuten

Das Café du Dôme besaß einen großen Namen, unterschied sich rein äußerlich jedoch kaum von anderen Pariser Cafés gleichen Ranges. Die pompöse Kuppel, die das spitz zulaufende Haus auf der Ecke von Boulevard du Montparnasse und Rue Delambre krönte, mochte für die Namensgebung verantwortlich gewesen sein. Sie schaute nach oben: Mächtige Wolkenskulpturen stellten sich am sonst tiefblauen Himmel zur Schau und erzählten von heißen Spätsommertagen.

Forsch betrat Anita das Lokal, atmete Tabakqualm und hustete. An der zinkbeschlagenen Bar verkürzten sich zwei Droschkenkutscher die Zeit zwischen zwei Fuhren mit einem Glas Wein. Ein dürres Mädchen in auffällig leichter Bekleidung posierte auf einem Hocker, die Miene gelangweilt, zwischen den Fingern eine Zigarette. Vermutlich wartete sie auf Kundschaft. Sie schlug die nackten Beine übereinander und wippte aufreizend mit dem Fuß. Ihr unverhohlen musternder Blick entging Anita nicht. Schnell folgte sie Carls morgendlicher Instruktion. »Geh durch die halbhohe Glastür ins Hinterzimmer.« Dort wollten sie sich um 17 Uhr treffen.

Die verspiegelten Wände ließen den vollgepfropften

Raum noch voller erscheinen. Männer in Anzügen und Frauen mit Hut vervielfachten sich. Dabei saßen sie ohnehin dicht gedrängt, die Marmortische überfüllt mit Kaffeetassen, Weingläsern, halb leeren Eisbechern und Likörgläschen. Auf Tellern angebissene Croissants oder letzte Krümel. In der Luft der gleiche dicke, undurchdringliche und reizende Qualm wie im Eingangsbereich. Warum trafen sie sich nicht draußen auf der Café-Terrasse? Anita seufzte, sah sich nach einem freien Stuhl um und schritt entschlossen auf eine Lücke zwischen zwei Grüppchen und einen winzigen allein stehenden Tisch zu. Auf ihr zaghaftes »Bonjour« machte eine Frau bereitwillig Platz, rückte nach links und schenkte ihr ein freundliches Lächeln.

Anita stellte ihre Tasche auf den wohl letzten freien Stuhl, in der Hoffnung, ihn auf diese Weise für Carl reservieren zu können. Selbst setzte sie sich auf die schäbige, wachstuchbezogene Bank.

Sie war eine Viertelstunde zu früh zur Verabredung erschienen. Keinesfalls wollte sie unter all diesen geschwätzigen, amüsierten, beschwipsten oder mindestens belustigten Leuten einsam oder schutzbedürftig wirken, also holte sie das Manuskript aus der Tasche, das Carl Einstein ihr überlassen hatte, das den merkwürdigen Titel *Bebuquin* trug und den noch sonderbareren Untertitel *Die Dilettanten des Wunders*. Kapitelweise war es seit Juli in der literarischen, künstlerischen und politischen Wochenschrift *Die Aktion* veröffentlicht worden. Carl bezeichnete es als eine Anti-Novelle, die jetzt auch als Buch erscheinen sollte. Sie umfasste nur knapp 50 Seiten, doch ihr Inhalt war so ungewöhnlich und aufsehenerregend, dass es keiner weiteren Seite bedurfte. Ungewöhnlich deswegen, weil Anita keine konkrete Handlung erkennen konnte. Aufsehenerregend, weil der Text sich mit dem Sinn des Lebens beschäftigte und der Tod dabei die Hauptrolle zu spielen schien. Bereits auf der Zugfahrt von Hamburg nach Paris hatte Anita *Bebuquin* zweimal mit wachsendem Interesse gelesen. Carl neben ihr war währenddessen eingeschlafen, die Brille das Nasenbein hinuntergerutscht, die Lektüre auf den Schoß gefallen. Mit welcher Gelassenheit er die Reise absolvierte, die ihr jede Ruhe geraubt hatte. Nachts in ihrem tiefblau gestrichenen Zimmer in dem kleinen Hotel unweit von Saint-Sulpice und dem Jardin du Luxembourg, wo Carl nach eigenen Angaben abzusteigen pflegte, wenn er in Paris weilte, hatte Anita *Bebuquin* ein weiteres Mal studiert. Jetzt suchte sie das Blatt mit dem 15. Kapitel.

»Die Landschaft gibt es nicht!«, rief ein Mann an einem der Tische sehr laut und bestimmt. Anita sah verwundert hoch. Er war vermutlich nicht älter als sie selbst. Groß gewachsen. Raubkatzenblick. Dunkle Locken fielen ihm wild in die Stirn. Ein anderer Mann, ebenso schwarzhaarig wie schwergewichtig, mit wulstigen Lippen und Glupschaugen, sprang auf, donnerte mit der Faust auf den Tisch und brüllte noch lauter: »Die Landschaft gibt es doch!« Der Raum bebte vom Gelächter der Anwesenden. Auch Anita entschlüpfte ein Lächeln.

»Vous êtes ici pour la première fois?« Die Frau vom Nachbartisch beugte sich neugierig herüber. Sie sprach mit hoher Stimme. Ihre Haare schwarz wie die von Anita, aber kraus, wirr geradezu, ohne die erkennbare Ordnung einer Frisur. Löckchen kringelten sich. Das Gesicht mädchenhaft mit einem zugewandten Lächeln. Ein unerwartet artiger weißer Kragen schmückte das dunkle Kleid. Der junge Mann an ihrer anderen Seite hatte besitzergreifend seinen Arm um ihre Hüfte geschlungen und flüsterte ihr gerade etwas ins Ohr, irgendeine Verrücktheit, ein Kosewort, eine Liebeserklärung. Er wirkte um einige Jahre jünger. Einen solch verliebten Blick hätte sich Anita von Franz gewünscht.

Ein Mal nur. Sie seufzte.

Die Frau lächelte in den Raum. Sie schien das Interesse bereits wieder verloren zu haben, ihre Frage vergessen. Sie war abgelenkt. Sie und alle anderen Gäste hatten sich der Tür zugewandt, wo Anita Carl Einstein entdeckte, der plötzlich aufgetaucht war, als wäre ein Vorhang geöffnet worden. Klein, rundlich, mit glänzender Glatze und großer Hornbrille, die er auf der Nase zurechtrückte. Er stand da, als befände er sich auf einer Bühne, als wartete er auf genau den Zeitpunkt, an dem alle Aufmerksamkeit ihm galt. In diesem Moment sprach er, leise eigentlich, doch so deutlich und eindringlich, dass er jeden zum Zuhören zwang, wie ein großer Schauspieler, der wusste, wie er sein Publikum fesseln konnte.

»Ich verkehre so gerne mit Mördern«, sagte er und räusperte sich, schien irgendwelchen Gedanken nachzuhängen. Die Stille im Raum wog schwer. Schließlich ergänzte er: »Mörder sind so angenehme Menschen.«

Verlegenes Lachen folgte, schließlich herzhaftes Gelächter. Ungeheuerliches wurde beklatscht. Der Landschaftsleugner mit dem Raubtierblick rief Unverständliches. Der keimende Aufruhr erstickte und klang in langem Raunen aus, das Carl nutzte, um sich seinen Weg zu Anita zu bahnen. Er setzte sich auf den frei gehaltenen Stuhl, wohlwissend, dass jeder, wirklich jeder, neugierig zu ihnen herüberschaute.

»Wen habe ich ermordet, Carl? Und all die anderen

hier. Wen haben wir ermordet?« Anita beugte sich flüsternd über den Tisch. »Du magst die Gesellschaft von Mördern?« Sie kicherte verlegen. Carls Auftritt trieb ihr die Hitze ins Gesicht, er war ihr unangenehm, sie mochte das Aufsehen nicht, das Carl erregte, das sie ungefragt mit einbezog. Andererseits: Niemand kannte sie, und war sie nicht in Paris, um etwas zu erleben?

»Sag du es mir.« Carl nahm die Brille von der Nase, putzte sie akribisch mit einem hellrosa Stofftuch.

Der Kellner brachte eine Kanne mit Wasser und zwei hohe Gläser, die je drei Fingerbreit einer blassgrünen Flüssigkeit enthielten. Carl musste es an der Bar bestellt haben.

»Das ist Absinth, nicht wahr?« Anita schnupperte, es roch süßlich, ein Schwall Alkohol erreichte ihre Nase, aber auch ein Duft, der sie an Weihnachtsgebäck erinnerte, an Tee, den sie als Kind getrunken hatte, der Bauchweh linderte und bei Husten half, den die Mutter ihr ans Bett gebracht hatte. »Es riecht nach Anis.«

»Ein probates Mittel für Dilettanten«, sagte Carl.

»Mittel wozu?«

Carl setzte seine Brille wieder auf, blinzelte mehrmals, betrachtete Anita eindringlich. »Um die Vernunft zu begraben. Wenn es der Künstler allein nicht bewerkstelligt, sich von ihr zu befreien, dann muss es die grüne Fee richten.«

»Die Vernunft trinkt sich um den Verstand«, sinnierte Anita. Sie griff zum Glas, doch Carl hielt sie zurück, goss Wasser aus der Karaffe hinzu, der Absinth verwandelte sich unmittelbar, wurde zu einer zartgrünen Wolke, wurde geheimnisvoll und undurchdringlich.

»In der grünen Stunde verwandeln sich die Männer in

wilde Tiere und die Frauen in Märtyrerinnen, heißt es. Die grüne Fee ist Verführung und Dämon. Sie ist Hoffnung und Tod.« Carl grinste schelmisch. »Tatsächlich ist es so, dass die grüne Fee nichts erschafft, was nicht bereits da ist. Sie verstärkt lediglich, was in dir steckt. Sie macht einen traurigen Menschen todtraurig, einen wütenden Menschen jähzornig, einen Dichter poetischer, einen Maler kreativer und einen Musiker virtuoser.«

Anita nippte mit Vorsicht, mit leichtem Widerwillen, mit Neugier. Die Süße überraschte sie, sie leckte begierig ihre Lippen und schämte sich gleich dafür. Röte stieg in die Wangen. Mutter hält mich für unvernünftig. Sie war bis zuletzt gegen meine Reise nach Paris. Macht mich der Absinth noch unvernünftiger?, fragte sie sich. Sie spürte der verblassenden bitteren Note hinterher und dachte an ein Gemälde von Picasso, an seine Absinth-Trinkerin, sah sich selbst anstelle der jungen Frau dasitzen, tief gebeugt, mit geschlossenen Augen, verfroren in eine Decke gehüllt. Vom Leben im Stich gelassen, trauriger als je zuvor. »Wenn mich Paris zu einer Vernunftmörderin gemacht hat, soll es mir recht sein«, murmelte sie.

Carl sah sie stirnrunzelnd über den Brillenrand an und beugte sich vor, als wollte er eine Verschwörung vorbereiten. »Du musst frei sein. Und kühn. Suche nicht nach dem Sinn im Leben, er ist nur eine Illusion. Sinn hat nur, was du selbst erschaffst. Versuche die Vernunft zu überwinden, wage das Ungewöhnliche, riskiere das Unmögliche, übe so lange, bis dir das Wunder gelingt. Den ersten Schritt hast du getan. Du bist in Paris.« Er griff zum Glas und hob es zu einem Toast: »Töten wir die Vernunft. Ohne Vernunft verliert selbst der Tod seinen Schrecken.«

Anita nippte mehrmals am Absinth. Es galt, nicht nur

die Vernunft zu töten. Auch allzu starke Gefühle standen Carls Wunder im Wege. »Manche meiner Tage sind so mühsam, dass der Tod eine Erlösung sein muss«, flüsterte Anita.

Seit jenem Abend im März, seit jenem Moment, als die Tür ins Schloss gefallen war und Franz sie verlassen hatte, waren ihre Tage nichts als Mühe gewesen. Sie versperrte die Tür ihres Dachateliers und ignorierte das Flehen von Emilie, das Schimpfen der Mutter, die Bitten des Vaters. Anita erstickte an der bitteren Erkenntnis, dass Franz' Verhalten vorhersehbar gewesen war. Sie hatte ignoriert, dass seine Termine nichts als Ausreden gewesen waren. Er ging ihr aus dem Weg, wann immer sich die Gelegenheit bot. Er war ihrer überdrüssig, vermisste seine Einsiedelei, verfolgte nur den einen Wunsch, sie loszuwerden.

Nie wieder wollte Anita so blind sein. Die Tränen trockneten schließlich aus. Sie fühlte sich wie lehmige Erde nach tagelanger Hitze. Eine harte Kruste hielt sie in ihrer Scholle gefangen. Kopfschmerz nistete hinter der Stirn. Als die Kruste so trocken war, dass sich erste Risse zeigten, brachte sie endlich genügend Kraft auf, um ihre Dachklause zu verlassen. Um keinen Preis wollte sie die Arbeiten aufgeben, die sie bei ihrem überstürzten Aufbruch in Franz' Atelier zurückgelassen hatte. Steinern stand er zwischen gepackten Taschen, als sie es betrat. Sie drückten sich die Hände. Er sah sie gleichmütig an. Es war eine einsilbige Begrüßung und zugleich ein Abschied. Kein Wort verlor Anita über sein furchtbares Porträt. Ein weißes Leinentuch verhüllte es. Ob es wohl fertig war? Er freue sich auf die gemeinsame Arbeit im Herbst, log Franz. Der Gedanke, dass es im Herbst kein gemeinsames Arbeiten geben würde, war zunächst nichts als ein Saatkorn gewesen. Doch es keimte. Wenn sie Franz noch einmal gegenübertrat, wollte sie eine andere sein.

Der Kellner brachte zwei neue Absinthe, Carl goss Wasser auf und reichte ihr ein Glas.

»Am schlimmsten sind die Tage, an denen mich die Trägheit fest im Griff hat. Diese andauernde Melancholie führt zur Erstarrung.« Anita trank einen tüchtigen Schluck. »Am liebsten ist mir das Kapitel über den Tod.« Sie tippte auf das Manuskript und beugte sich wie Carl über den kleinen Tisch, spürte Kribbeln hinter der Stirn. Leise las sie: »›Ich beginne die Rede vom Tod im Leben, von der großen Ruhe, von der reinen Armut und der leeren Lauterkeit ... denn nur in der Ruhe ist Festigkeit und dauerndes Ende.‹« Sie sah den Freund an. »Ich fürchte mich gar nicht vor dem richtigen Tod, Carl, vor dem Tod im Leben jedoch sehr.«

»Deine Fantasie kann dir helfen, Anita. Sie ist der natürliche Feind des Todes. Die Kunst kann Ängste bezwingen. Sie allein kann das Wunder vollbringen.«

»Das Wunder geschieht, wenn ich zufrieden bin, wenn ich sagen kann, ich habe etwas geschaffen. Das ist der Anfang. Ich bezweifle, dass mir die grüne Fee helfen wird.« Anita grinste. »Obwohl sie sehr lecker ist.«

Carl kramte ein kleines gebundenes Buch aus seinem Jackett, öffnete es mit dem Lesebändchen und notierte etwas.

»Was schreibst du?«

»Etwas, das ich nicht vergessen will.«

Anita runzelte die Stirn.

»Es geht um das 15. Kapitel«, erklärte Carl.

Anita schwieg.

»Gehen wir morgen in den Louvre? Wir schauen uns die Bilder von Jean Chardin an, von Camille Corot, all das, was du gesehen haben musst, um deinen eigenen Weg zu finden, bevor du dich mit Cézanne und Matisse beschäftigen darfst.«

»Ich dürfte nicht einmal in Paris sein«, antwortete Anita. Sie erhob sich. »Ich will mir alles langsam erarbeiten. Heute noch ein wenig Montparnasse, morgen mit dir den Louvre.« Anita berührte Carls Schulter. »Bis bald«, flüsterte sie.

An der Zwischentür, dort, wo Carl noch vor einiger Zeit einsam und prominent gestanden hatte, drehte sie sich noch einmal um. Die Frau mit Lockenkopf sah sie fragend an.

Sie ließ das Automobil passieren und huschte zwischen zwei Droschken über den Boulevard du Montparnasse. Das Café La Rotonde war äußerst gut besucht. Carl hatte erzählt, das Lokal habe sich in den vergangenen Monaten zu einer ernst zu nehmenden Konkurrenz für das Café du Dôme entwickelt. Der Kaffee sei zehn Centimes preiswerter, und niemand rege sich auf, wenn ein Gast allzu lang vor einer leeren Tasse sitze. Viele der Künstler und Schriftsteller waren knapp bei Kasse, gerade die deutschen, und so klemmten sie die Zeitung aus der Heimat unter den Arm und wechselten einfach die Straßenseite.

Anita querte eine weitere Straße. Zwei große Boulevards und eine kleine Straße kreuzten sich am Carrefour Vavin. Was im Westen Rue Delambre hieß, nannte sich im Osten Rue de la Grande Chaumière, ein Mauseloch verglichen mit seiner westlichen Schwester, eine Häuserflucht, in der weder Rummel noch Sonne Einlass zu finden schienen.

Anita verlangsamte den Schritt, hier konnte sie sich nicht in der Menge verstecken, die kleine Straße war menschenleer. Ein Schaufenster verhangen, vor neugierigen Blicken geschützt. Die Absätze ihrer Schuhe klackerten auf dem Pflaster, buhlten um Aufmerksamkeit. Wenige Schritte nur. 50 Meter knapp. Auf der linken Seite entdeckte Anita das Schild. *Académie de la Grande Chaumière*. Über dem Milchglasfenster Buchstaben in Gold, drei Wörter lediglich. *Peinture*, *Académie* und *Sculpture*.

Anita stockte. Die gewohnte, verhasste Schüchternheit verschluckte die Aufbruchsstimmung, verdrängte den Schwung, der sie eben im Café du Dôme noch beflügelt hatte. Sie fühlte sich erschöpft, mutlos. Vielleicht hätte sie mehr von der grünen Fee trinken sollen oder lieber nichts? Sie seufzte tief, fuhr herum, als sie eilige Schritte hörte.

»Wusste ich doch, dass du hier bist.« Die Frau aus dem Café du Dôme hauchte Anita einen Kuss auf die Wange. »Marie«, sagte sie und berührte ihren Arm, »Marie Laurencin. Du heißt Anita, nicht wahr? Entschuldige, ich habe dich und deinen Freund belauscht. Ich bin furchtbar neugierig.«

Anita konnte Maries Französisch gut folgen, doch die unerwartete Begegnung ließ sie verstummen. Andererseits war sie heilfroh, nicht allein zu sein.

»Mach nicht so ein entsetztes Gesicht. Es besteht kein Grund zur Sorge, ich habe nicht viel verstanden, mein Deutsch ist sehr schlecht.« Marie lachte.

Anita formulierte im Kopf Sätze, die sie gleich wieder verwarf. Wie antworten? Was sagen? Erst einmal den Namen. »Ich heiße Anita Rée.«

»Rée? Das klingt Französisch. Du siehst nicht aus wie eine Französin, aber auch nicht wie eine Deutsche. Das ist mir gleich aufgefallen. Das haben wir beide gemeinsam: Mich hält man auch nicht für eine Französin.« Marie beugte sich verschwörerisch vor. »In der Familie meiner Mutter sind ein paar Tropfen schwarzen Blutes. Schau meine Haare an. Sind das die Haare eine Französin? Damit fällt man überall auf, nicht wahr? Anfangs ist es unangenehm, aber für eine Künstlerin ist es durchaus ein Segen. Ich bin sehr exzentrisch. Dann lebt es sich leichter.« Marie kicherte. Sie schob Anita durch die Tür ins Haus.

Der Raum gleich links war riesig, luftig und ausgesprochen hell. Durch die verglaste Wand strömte Licht herein, selbst jetzt am frühen Abend war keine künstliche Beleuchtung nötig. Eine Treppe führte auf eine Empore. Doch Frauen und Männer, junge wie ältere, saßen unten, vor Staffeleien oder Malblöcken, auf Hockern, in Reihen, trotzdem wild und ungeordnet, die Blicke konzentriert nach vorne gerichtet.

Niemand beachtete die Neuankömmlinge. Ein Bleistift rollte leise klackernd über das Parkett. Nasenschnauben, Verlegenheitsräuspern, Hockerquietschen, unbestimmtes Flüstern. Ein merkwürdiges Flirren erfüllte die Luft, hüllte die Kunstschaffenden ein wie ein Zauber. Die junge Frau, die auf dem hölzernen Podest posierte, schien davon unbeeindruckt. Ihre nackte Haut schimmerte seidig. Sie lag regungslos auf der Seite, starrte an die Decke. Den schlanken, muskulösen Körper in einer theatralischen Haltung verrenkt. Den Kopf im Nacken auf ein Kissen dunkler Haare gebettet, Knie artig auf Knie gelegt, die linke Hand auf der Hüfte. Die Brüste wehrhaft, stolz und gleichzeitig anrührend. Das Geschlecht unverhüllt. Anita genierte sich hinzuschauen. Doch sie war nicht nach Paris gekommen, um den Blick abzuwenden.

Plötzlich sprang das Modell auf, reckte sich, setzte sich dieses Mal auf den Po, wandte sich jedoch ab, zeigte ihren Rücken, schmal, knochig, verdreht, die Schultern hochgezogen, Schutz suchend.

»Du hast fünf Minuten Zeit für deine Skizze.« Marie flüsterte ganz dicht an ihrem Ohr. Ihr Atem kitzelte. »Es geht nicht um die Details. Vereinfache, reduziere, suche nach geometrischen Formen, übertrage das Leben aufs Papier.«

Anita nickte, sah, wie die Schülerinnen und Schüler blitzschnell den Papierbogen wechselten, wie sie Maß nahmen und den ersten Strich setzten.

»Wenn du willst, kannst du abends zum Malen herkommen. Es gibt keine Korrektur, aber immer interessante Modelle.«

»Bist du oft hier?«, fragte Anita.

Marie schüttelte den Kopf. »Nicht mehr. Komm!« Sie nahm Anitas Hand und zog sie mit sich. »Was machen wir beide mit dem schönen Abend? Du hast doch Zeit?« Sie standen wieder auf der Straße vor der Akademie.

»Und dein Freund?«, fragte Anita.

»Mein Freund?«

»Der Mann aus dem Café du Dôme.«

Marie winkte ab. »Er ist viel zu jung. Zehn Jahre bestimmt.« Sie grinste. »Er erinnert mich stets daran, dass ich älter werde. Aber er ist süß, nicht wahr? Ein deutscher Jurastudent. Ich bringe Thankmar ein wenig Französisch bei und führe ihn in die Pariser Künstlerszene ein, das lenkt mich ab. Ich glaube, er ist in mich verliebt.«

Sie kicherten, während sie gemeinsam zurück zum Boulevard du Montparnasse schlenderten.

»Und du?«, fragte Anita.

»Was meinst du?«

»Bist du in ihn verliebt?«

»Ach«, sagte Marie, »das mit der Liebe ist kompliziert.«

Die ganze Geschichte erfuhr Anita nach und nach. Dass Maries Liebe eigentlich Guillaume Apollinaire galt, der ein Dichter war und im vergangenen Jahr fünf Tage im Gefängnis gesessen hatte, weil er Leonardo da Vincis *Mona Lisa* gestohlen haben sollte. Die unsägliche Geschichte sei natürlich lediglich eine Verstrickung von unglücklichen Umständen gewesen, gewiss sei Guillaume kein Dieb, hatte Marie erzählt. Der Schuldige, ein Belgier, habe sich in einem Brief zu seiner Tat bekannt. Guillaume sei im Januar im Gerichtsprozess aus Mangel an Beweisen freigesprochen worden, doch jetzt lasse die Traurigkeit ihn nicht aus ihren Klauen. Der andauernde Spott wegen der *Mona-Lisa*-Affäre tue sein Übriges. Überhaupt: Ständig versuche man sie auseinanderzubringen, ihre Heirat zu verhindern, seine Mutter, ihre Mutter, irgendeine Mutter arbeite stets dagegen, manchmal Guillaume selbst, sein schwieriger Charakter, seine Übertreibungen, sein Wankelmut, seine Betrügereien, er liebe einfach zu viele Frauen, und jetzt wolle sie, Marie, ihn nicht mehr lieben.

Maries Geschichte ließ Anita nicht los, verursachte wilde Träume, tagsüber und nachts, von verrückt gewordenen Müttern, von der eigenen Mutter, von Franz in den Armen einer anderen, von gestohlenen Bildern und viel zu jungen Liebhabern. Maries Geschichte begleitete sie, auch jetzt, als Anita durch den Grand Palais irrte. Furchtbar groß war das Gebäude an den Champs-Élysées, 1900 hatte es die Pariser Weltausstellung beherbergt. Wie sollte sie hier die Halle für dekorative Kunst finden? Sie fragte einen eilig vorüberlaufenden Passanten nach dem Weg und erhielt als Antwort nur einen Fingerzeig.

Geradeaus also.

Beruhigend, dass auch andere Paare nicht zueinanderfanden, dass auch die Liebe anderer unter Komplikationen litt. Franz war ebenfalls ein schwieriger Charakter, er würde schon noch merken, wie gut sie zueinander passten. Vielleicht, wenn sie auf ihn zuging, wenn sie Ballast abwarf, ihre Schüchternheit überwand und Hemmungen missachtete. Schließlich trafen sie sich seit Monaten regelmäßig, hatten sich viel zu erzählen, teilten die Begeisterung für Malerei, arbeiteten zusammen. Was würden sie sich alles zu berichten haben, wenn sie aus Paris zurückkehrte und Franz aus Borgeln? Zwischen ihnen standen keine Mütter oder Väter, im Gegenteil, Vater würde sich über Franz als Schwiegersohn freuen.

Anita schüttelte sich entsetzt. Immer geisterte Franz durch ihre Gedankenwelt, sogar auf ihrem ersten *Salon d'Automne*.

»Geh weg«, flüsterte sie.

Mitten in der Halle stand ein Haus. Keine Frage, das erregte Aufsehen. *La Maison Cubiste* war zwar nur ein Modell, hatte Marie erklärt, trotzdem begehbar, der Flur, der Salon, das Schlafzimmer. Aus der Ferne wirkte die Architektur gewöhnlich, an die klassische Bauweise angelehnt. Stürze, Giebel und Balustraden zierten die Gipsfassade, wenn auch deren Form ungewöhnlich war. Wuchtige Würfel und spitze Prismen über der geöffneten Eingangstür. Anita zog unwillkürlich den Kopf ein.

Am 31. Oktober war der Pariser Herbstsalon eröffnet worden. Zuletzt schien Marie ihren Guillaume doch vergessen zu haben. Sie hatte nur noch über die bevorstehende

Ausstellung gesprochen, über das Projekt mehrerer Künstler, das kubistische Haus, an dem sie gemeinsam Monate gearbeitet hatten, Marie und ihre Kollegen, darunter der Bildhauer Raymond Duchamp-Villon, der die Fassade entworfen hatte, und André Mare, der für das Innendesign verantwortlich war. Das musste dem gutbürgerlichen Geschmack doch eigentlich entgegenkommen. Neugierig betrat Anita den *Salon Bourgeois*. Bunte, florale Muster mit stilisierten Rosen schmückten Wände und Möbelbezüge. Marie jedoch überraschte. Stocksteif, mit grimmiger Miene und bewaffnet mit einem Regenschirm, stand sie in der Ecke. Sie wirkte entschlossen, die Exponate zu verteidigen, gegen Beleidigungen, gegen tätliche Angriffe, gegen jedwede Anfeindungen. Nach den niederschmetternden Kritiken in der Presse befürchtete man Vandalismus. Das sensationsgierige Publikum hatte sich den Meinungsmachern bereitwillig angeschlossen und schien zu allem bereit. So auch die Künstler, die entschieden hatten, Wache zu schieben.

»Soll ich dich ablösen?« Anita begrüßte die Freundin mit Küssen auf beide Wangen.

Marie schüttelte den Kopf. »Schau dich lieber um.« Sie wies auf die ovalen Wandtafeln, die sie selbst gefertigt hatte und die je einen Frauenkopf zeigten. Junge Mädchen in blassen, luftigen Farben. Bilder wie ein Gedicht oder eine Sommerbrise. Werke, die so gar nichts gemein hatten mit den beiden Ölgemälden, die zweifelsohne zu denen gehörten, über die sich Paris gerade das Maul zerriss. Solche wie sie waren sicher auch in der Halle 11 zu sehen, im Raum der Avantgardisten. Anita würde später hinübergehen. Jetzt riss es sie hin und her zwischen Maries zarten Frauenbildnissen und den zwei Ölgemälden.

In Fernand Légers *Le Passage à Niveau* dominierten massive, teils gerundete Formen, mehr flächig als räumlich, die meisten tiefgrün. Kopfschüttelnd suchte Anita den im Bildtitel erwähnten Bahnübergang. Die Aufgabe schien darin bestanden zu haben, aus einem begrenzten Schatz von Formen und Farben ein Bild zum Thema zu malen. Mit Mühe erkannte Anita Gleise und Schranken. Ärger noch hatte es Jean Metzinger mit seiner *Femme à l'Éventail* getrieben. Als hätte er die Frau im blauen Tupfenkleid zunächst gemalt, um sie dann in Streifen zu schneiden und mutwillig und mit erkennbarem Versatz wieder zusammenzusetzen. Das Gesicht schien sich gleichzeitig dem Betrachter zu- und abzuwenden. Am linken Bildrand glaubte Anita ein Segelschiff zu erkennen. Und das Fenster mit grünen Läden blieb so rätselhaft wie die Rolle des grünen Stuhls: Stand die Frau daneben oder saß sie auf ihm?

Marie legte den Arm um Anitas Hüften und den Kopf auf ihre Schulter. »Die Kubisten stellen alles infrage, was wir kennen, nicht wahr?«

Anita schüttelte den Kopf. »Sie wollen, dass wir genau hinsehen und ungewohnte Blickwinkel einnehmen.«

»Ach was.« Marie machte eine wegwerfende Handbewegung. »Es wird zu viel hineingedeutet. Eigentlich ist der Kubismus nur ein Mittel auszudrücken, was man sieht und wie man es wahrnimmt.« Sie kniff Anita in die Taille. »Und ich sehe eben ganz andere Dinge als die Männer.« Marie kicherte.

»Du bist immer unter Männern und verfolgst doch konsequent deinen eigenen Stil.«

»Das bisschen, was ich kann, haben sie mir beigebracht, Matisse, Derain, Picasso, Braque. Ich bin nicht fähig, so zu malen wie sie, ich werde niemals eine Kubistin sein, eine von ihnen, obwohl mich ihre Arbeiten begeistern. Ich bin ich«, sagte Marie, »ich bin Marie Laurencin.«

»Die Menschen haben Angst.« Marie hatte sich bei Anita untergehakt. Gemeinsam schlenderten sie durch den Grand Palais zur Halle der Avantgardisten. »1910 hat es angefangen, und es wird von Jahr zu Jahr schlimmer. Je weniger die Menschen die neue Kunst verstehen, desto mehr schlagen sie sich auf die Seite der Alten Meister, kämpfen für deren Legitimation, als wollten wir ihnen die wunderbaren Werke der Renaissance wegnehmen, als wäre nicht genug Platz für jede Art von Kunst. Ehrlich, wir haben selbst Angst. Wir fürchten den Streit, den unsere Bilder entfachen, den Lärm, den die Kritiker machen, die Presse, die Akademien, die Vertreter der Regierung, die Politik. Der Kubismus wird zum Skandal stilisiert. Wir stecken all unsere Leidenschaft in unsere Kunst, und sie lachen uns aus, greifen uns an, fordern gar unsere Köpfe. Die Menschen sind so furchtbar engstirnig und gewalttätig, Anita.« Marie verzog das Gesicht, Tränen standen in ihren Augen.

Dass Bilder solch eine Macht hatten. Anita war sprachlos, suchte nach Worten, um die Freundin zu trösten. »Sie werden sich schon daran gewöhnen«, sagte sie lahm und glaubte es selbst nicht recht.

Marie schüttelte den Kopf. Ihre Löckchen sprangen wild. »Sie wollen den Kubismus verbieten, wollen unsere Werke nicht mehr im Grand Palais hängen. Wir seien unpatriotisch, behaupten sie.«

Anita fühlte, wie sich Marie an sie klammerte, den Arm drückte, fast tat es weh.

»Wer weiß, was uns noch blüht. Die Ausstellung hat ja gerade erst begonnen.«

Sie betraten die Halle 11, Männer standen in einem verworrenen Knäuel beisammen. Unvermittelt schrie Marie hell auf, löste sich von Anita, ein kindliches Lächeln erhellte ihr Gesicht. Sie begann zu laufen, begrüßte stürmisch einen der Männer, recht kräftig war er, der Kopf rundlich und mit listigen Äuglein. Marie fiel ihm um den Hals. Anita blieb in einigem Abstand stehen, bis genügend Küsse verteilt, Worte ausgetauscht und Hände geschüttelt waren, bis alle Männer die Aufmerksamkeit erhalten hatten, die ihnen Marie bereit war, zuteilwerden zu lassen. Anita fühlte sich ausgeschlossen, fühlte jeden von Maries Küssen als Stich in ihrem Herzen und wusste genau, sie selbst schloss sich aus. Niemals würde sie sein wie Marie, so unbefangen, ausgelassen, ein Leben versprühender, nie versiegender Springbrunnen.

»Anita«, rief Marie und winkte aufgeregt. »Komm.«

Paris bot freimütig an, was es zu bieten hatte. Paris erklärte sich nicht, es forderte.

Anita zwang sich zu einem Lächeln, verständnisvoll, liebevoll, freundschaftlich, sie setzte sich in Bewegung, lauschte dem Strom von Maries Worten, verstand nur »meine Freundin Anita«, ergriff die Hände, die sich ihr entgegenstreckten, und bot ihre Wangen den Männern zum obligatorischen Kuss an.

Flanieren, Schauen, Suchen, Hören, Erkennen, Staunen. Anita sammelte alles, was sie erlebte, aber begriff sie es?

»Darf ich dir Guillaume Apollinaire vorstellen?«

Maries komplizierter Liebhaber küsste die Hand. Namen rauschten an Anita vorbei. Fernand Léger, Jean Metzinger. Pablo Picasso wirkte tatsächlich wie ein normaler Bursche vom Land. Sie erkannte den Landschaftsleugner aus dem Café du Dôme, Amedeo Modigliani hieß er also. Galant reichte er ihr den Arm und führte sie unter dem Gejohle der Freunde herum. Vier der Skulpturen seien von ihm, wenn sie bitte so freundlich sei, einen Blick zu riskieren. Er widme sich ausschließlich dem Menschen, die Landschaft interessiere ihn überhaupt nicht. Derzeit ziehe er den Stein der Leinwand vor. »Es sind Säulen der Zärtlichkeit«, erklärte Modigliani.

Die hageren Frauenköpfe schienen allesamt gleich groß und waren aus hohen rechteckigen Blöcken geschlagen, mit Frisuren wie Türme, im Kinn schmal zulaufend, mit seltsam eng beieinanderliegenden Augenschlitzen, langen Hälsen, noch längeren, viel zu dünnen Nasen, die kurz vor einem winzigen Mund endeten. Noch nie zuvor hatte Anita solche Plastiken gesehen. Sie wirkten wie religiöse Ikonen, schienen emotionslos und strahlten doch eine majestätische Ruhe aus. Fieberhaft suchte Anita nach Worten, solchen, die Interesse, besser Erstaunen und Bewunderung ausdrückten. Tatsächlich war sie sich alles andere als sicher, was sie von Modiglianis Arbeiten zu halten hatte. Sie musste erst verstehen, was sie zu sehen glaubte: die Vereinfachung, die Stilisierung, die Anleihen an die Renaissance.

Erschöpft verabschiedete Anita sich schließlich von den Künstlern.

Sie luden sie ins Bateau-Lavoir ein, »unser einzigartiges Atelierhaus auf dem Montmartre«, erklärte Léger. »Kommen Sie uns besuchen?«

Anita stimmte zu, eine Ablehnung würde kaum akzeptiert werden. Und sie wollte es ja auch gerne. An der Tür zur Halle drehte sich um und winkte.

Die Männer vertieften sich wieder in ihre Gespräche. Marie strahlte glücklich.

»Fräulein Rée!«, rief eine männliche Stimme. Die kannte sie doch. Erstaunt fuhr sie herum.

Es war eine große Überraschung, den Hamburger Freund auf dem *Salon d'Automne* zu treffen. Er stellte die zierliche Schönheit an seiner Seite vor. Alexandra Povòrina sei Russin. Sie hätten sich im Atelier einer anderen Russin kennengelernt, erklärte Ahlers-Hestermann und grinste wie ein Schuljunge.

Ohne Zweifel war er schwer verliebt.

Die andere Russin hieß Marie Vassilieff, eine Schülerin der ehemaligen *Académie Matisse*. Franz hatte Anita bereits in Hamburg von der quirligen Frau berichtet, wie unerschrocken sie damals mit Matisse diskutiert habe. Jetzt unterhielt die Vassilieff ihr eigenes Atelier. Ein Geheimtipp in Montparnasse, wolle man das Paris der Avantgarde entdecken.

Zwischen zwei Häusern in der Avenue du Maine führte ein Weg in einen lang gezogenen Hinterhof, beidseitig gesäumt von Baracken, gebaut aus wiederverwertetem Material der 1900er-Weltausstellung, daher von schlechter Qualität, die Miete jedoch günstig, erklärte Ahlers-Hestermann. Ideal für Handwerker und Künstler, für Bildhauer, Gipsgießer und Maler, die hier zentral und trotzdem abseits von Lärm und Verkehr ihr Paradies gefunden hätten, ergänzte Alexandra Povòrina.

Ein Ort genau nach Anitas Vorstellungen. Der kopfsteingepflasterte Chemin du Montparnasse war üppig begrünt. Wie herrlich musste es im Sommer sein, wenn Wein und Blauregen blühten? Sie stieg die steile Holztreppe zuletzt hinauf, folgte den Freunden in den Glaskasten, den sie *L'Académie Vassilieff* nannten. Hier trafen sich angeblich alle, die dazugehören wollten. Die Pariser Boheme kletterte herauf, gestört nur von einer allzu neugierigen Ziege, die ältere Rechte zu haben schien. Vorsichtig zwängte sich Anita an dem ungewöhnlichen Wachtier vorbei, hob die Arme und balancierte Zeichenblock und Utensilien über dem Kopf.

Ahlers-Hestermann und Alexandra Povòrina führten Anita herum und stellten sie vor. Viele der Künstler kannten sich aus der *Académie Matisse*. Die Vassilieff hieß die Neuankömmlinge freudig willkommen.

Dicht gedrängt stand Leinwand an Leinwand. Statt vor schmutzgrauen Wänden wie in anderen Malschulen posierten die Modelle vor farbenfrohen kaukasischen Tüchern. Und was für Menschen die Vassilieff auftrieb. Ein Indianer mit Kriegsschmuck, eine indische Tänzerin, erzählte Alexandra Povòrina. In der vergangenen Woche hätten sie eine ziemlich dicke schwarze Frau gemalt. Heute dürften sie sich auf eine Landsmännin freuen, eine russische Zigeunerin.

In diesem Augenblick betrat eine Frau in einem grellen rosafarbenen Kleid den Raum.

Anita fühlte sich wie ein Zaungast, wie ein Eindringling aus der bürgerlichen, höchst gewöhnlichen und überaus langweiligen Welt, dem ein unerwarteter Einblick in das brodelnde Leben der Modernisten, der Exoten, der Unangepassten gewährt wurde. Der Funke war längst übergesprungen, hatte ein Feuer entfacht, das in ihr brannte.

Die Vassilieff schäumte über vor Freude, als Fernand Léger ihr Atelier betrat. Sie begrüßte ihn stürmisch. Der Kubist ging von Staffelei zu Staffelei, ließ den Malern Tipps zuteilwerden, beugte sich auch über Anitas Studie.

Nickte anerkennend und richtete lautstark Grüße an Carl Einstein aus:

»Sagen Sie ihm, mit der Malerei ist es aus. Er soll in den Luftfahrtsalon ins Grand Palais gehen. Er muss hin, wenn er noch nicht da war. Auch Sie, Anita, gehen Sie hin. Was soll der Künstler auf all diese Maschinen antworten, auf die glänzenden Automobile, die Flugzeuge, die mechanischen Vorrichtungen? Welche Bedeutung hat der einzelne Mensch? Wie können wir Künstler mit der Schönheit und Nützlichkeit der Apparate konkurrieren?«

Anita blieb sprachlos, als drohte ihr inneres Feuer zu ersticken, wenn sie es in Worte fasste oder in Aktivitäten umwandelte, als könnte sie so ihre Gefühle bewahren, über Paris hinaus, zurück nach Hamburg, eine konservierte Euphorie. Sie fürchtete sich schon vor der Heimkehr, vor der Leere, die ihr in ihrem Dachatelier drohte, vor den Fragen der Eltern.

»Was hat Paris dir nun gebracht?«

Und vor dem Wiedersehen mit Franz.

Würde sie ihn wiedersehen?

Anita stolperte. Über einen Kiesel, eine Bodenwelle, einen fehlenden Pflasterstein. Sie fing sich gerade noch rechtzeitig vor dem Fallen, dem Aufschlagen auf hartem Grund, ein großer Ausfallschritt rettete sie, sie richtete sich auf, klopfte imaginären Staub vom Rock. Hatte jemand ihren Beinahe-Sturz gesehen? Sie blickte sich suchend um, konnte nicht einmal finden, worüber sie gestrauchelt war. Sie schien die Letzte gewesen zu sein, die die Metro verlassen hatte, Station Lamarck-Caulaincourt, sie war erst vor Kurzem eröffnet worden, die Pariser Untergrundbahn wuchs und wuchs. Unten wie oben blieb die Stadt ein Mysterium.

Anita hörte das Gelächter des Pärchens, das ihr vorangeeilt war, das bereits die Treppe zur Rue Caulaincourt hinaufstieg. Sie folgte flink.

Die abendliche Dunkelheit ließ Geräusche lauter erscheinen, die Silhouetten größer. Eine Droschke ratterte dröhnend über das Pflaster, dahinter folgte gemächlich ein Pferdekarren mit überdimensionalen Rädern, auf dem jemand hockte, eingesunken, schlafend vielleicht, mit krummem Rücken und gesenktem Kopf. Sein Pferd schien den Weg nach Hause allein zu finden.

Der Gehsteig bedeckt vom einstmals bunten Herbstlaub. Baumgerippe säumten die Straße auf beiden Seiten. Links bürgerliche Wohnhäuser aus der Jahrhundertwende, ordentlich wie an einer Schnur aufgereiht. Die Zimmer hell erleuchtet. Hier schien das städtische Paris zu enden. Hier begann Montmartre. Holzschuppen, graue Hütten und Gärten wuchsen auf der rechten Seite ungeordnet den Hügel hinauf. Bereits zu Paris gehörend, doch noch immer Dorf. So würde es kaum bleiben. Immer mehr Städter zogen nach Montmartre und vertrieben die Künstler. Die siedelten sich jetzt in Montparnasse an.

Anita bog rechts in die Rue des Saules ein. Ein schmaler, nicht beleuchteter Weg führte steil den Hügel hinauf. Seufzend begann Anita den Aufstieg, vorbei an klapprigen Holzzäunen und windschiefen Häusern. In einer geöffneten Tür stehend, rauchte ein Mann eine Pfeife. Dahinter, im vermutlich einzigen Raum, flackerte eine Kerze. Ein Baby schrie.

Anita fröstelte, schlug schützend die Arme um ihren Körper.

Wie lange hatte sie von der Reise in die französische Hauptstadt geträumt, wie viele Bücher und Artikel hatte sie zuvor gelesen? Die leuchtenden Gemälde der Impressionisten zeigten ein Paris der prächtigen Boulevards, erzählten von gut gekleideten Menschen, die mit Hut und Schirm auf der Avenue des Champs-Élysées flanierten oder im Bois de Boulogne ausgelassen feierten, von verträumten Mädchen, die auf einer Parkbank im Jardin du Luxembourg ein Buch lasen, von Verliebten auf einer Brücke über der Seine. Paris repräsentierte die Moderne, stand für Luxuswaren in illuminierten Schaufenstern, für Amüsement in Cafés und Cabarets, für Freiheit, besonders die der Kunst. Aber was war genau von einer Freiheit zu halten, wenn in der Pariser Nationalversammlung eine hitzige Debatte über den *Salon d'Automne* entbrannte? Maries Befürchtung hatte sich bewahrheitet. Unter den 700 Künstlern seien 300 Ausländer, die die französische Kunst in Misskredit brachten, das schien die einhellige Meinung in der Tagespresse.

Anita verschnaufte auf einem Treppenabsatz, ein kurzer ebener Streckenabschnitt lag vor einem erneuten Aufstieg. Noch immer war dieses *Lapin Agile* nirgends zu entdecken, ein kleines Cabaret auf der linken Seite, unterhalb von Sacré-Cœur, hatte Ahlers-Hestermann erklärt, es sei nicht zu übersehen.

Anita war einige Minuten zu spät, schnappte nach Luft, drückte die Faust in die Taille, dort, wo es heftig stach. Paris forderte sie. Wie viele Museen sie besucht hatte, wie viele Straßen und Parks sie abgelaufen war! Statt das Paris ihrer Träume zu finden, statt moderne Kunst zu lernen, fand sie immer nur sich selbst.

Das *Lapin Agile* tauchte am Ende der Rue des Saules auf. Zuerst sah Anita das Paar. Ahlers-Hestermanns Hand lag auf der Hüfte seiner Geliebten, ihre in seinem Nacken. Sie küssten sich. Das innige Bild erinnerte Anita an den *Kuss* von Auguste Rodin, die Skulptur, die sie lange im Musée du Luxembourg bewundert hatte, ihren Ausdruck von tiefer Verbundenheit, von Zärtlichkeit, von Respekt und zugleich von prickelnder Erotik.

Anita räusperte sich diskret.

Die Verliebten sahen verwirrt auf.

Agnes

In Hamburg wartete Post. Sie lag im klirrend kalten Dachatelier auf dem Holztischchen, ein rechteckiges Päckchen, sorgfältig in festes braunes Packpapier eingeschlagen, die flimmernde Morgensonne setzte es bedeutsam ins rechte Licht. Darunter der Staub von bald sechs Monaten Abwesenheit. Am Fenster wuchsen filigrane Eisblumen. Anita legte die flache Hand an die nasse, kalte Scheibe. Von Paris war der Gedanke geblieben, ein vages Gefühl von Unabhängigkeit und Aufbruch, ein Wirrwarr von Eindrücken. Unverständnis und Kopfschütteln legte sich über zaghaftes Verstehen wie ein derbes Kleidungsstück. Die Namen von Menschen, die sie kennengelernt hatte, von Gemälden, die sie studiert hatte, von Straßen, die sie abgelaufen war, von betrachteten Gebäuden und besuchten Museen, wie Fliegen schwirrten all die Namen, die am nächsten Tag längst vergessen sein mochten. Was war wichtig, was galt es zu bewahren?

Anita seufzte. Sie griff nach dem Päckchen, drehte es, befühlte es. Die Handschrift auf dem Umschlag war geübt und bewegt, der Poststempel schlecht lesbar, wenigstens den Absender konnte Anita deutlich entziffern. *Verlag Die*

Aktion, Berlin-Wilmersdorf, Nassauische Straße 17. Eine Ahnung erfasste sie. Neugier gewann die Oberhand. Anita riss das Papier auf. Ein schmales rotes Buch kam zum Vorschein. Mit einem spitzen Schrei presste sie es an die Brust, Carl Einsteins *Bebuquin*, ihren *Bebuquin*. Anita drehte sich, wiegte die Hüften, sang leise:

»Bebuquin, Bebuquin.«

Sie hauchte einen Kuss auf den Einband und fuhr zärtlich mit der Handfläche darüber. So sehr freute sie sich für Carl, freute sich, dass Carl an sie gedacht und ihr ein Exemplar hatte zukommen lassen.

»Bebuquin, mannequin, le bébé, Bebuquin.«

Das beiliegende Schreiben richtete Grüße des Verlegers aus. Franz Pfemfert empfahl die Öffnung des Büchleins auf einer bestimmten Seite. Sie blätterte eilig und sehr aufgeregt. Dann fand sie es:

Kapitel 15. Für Anita Rée.

Anita zog sich einen Stuhl heran. Damit hatte sie nicht gerechnet. Das Kapitel war ihr gewidmet. Natürlich erinnerte sie sich an den Abschnitt über den Tod. Carl hatte etwas notiert. Hatte sie ihn inspiriert? Wollte er ihr einen Gefallen tun?

»Freust du dich, wieder zu Hause zu sein?«

Anita erschrak, fuhr herum und erkannte Emilie im Türrahmen.

»Ich habe dich nicht kommen hören.«

»Du warst ganz versunken in deine Lektüre.« Emilie zögerte. »Ich möchte dir etwas erzählen.«

Anita nickte. »Setz dich.«

Emilie blieb stehen. »Bevor du es von jemand anderem hörst: Ich werde heiraten. Im April schon.« Sie streckte die Hand aus, bewegte spielerisch die Finger, präsentierte ihren Verlobungsring. »Heinrich ist Jurist, wir werden in Bremen leben. Seine Familie kommt aus der Schweiz.«

»Oh!« Anita sprang auf. Fieberhaft suchte sie nach Worten. »Das ist ganz wunderbar.« Sie befragte sich, natürlich freute sie sich für die Schwester, was denn auch sonst? »Es kommt so überraschend«, sagte sie. Tatsächlich war Überraschung das vorherrschende Gefühl. »Ich weiß gar nicht, was ich sagen soll.« Ein Schweizer Jurist war also der Auserwählte. »Sieht er gut aus?«, fragte Anita, sie kicherte verlegen.

Emilie legte den Kopf schief und lächelte geheimnisvoll. »Du warst ja nicht zu Hause, wie hätte ich dich vorbereiten sollen? Du wirst ihn bald kennenlernen.«

Anita schlang die Arme um Emilies Hals. »Ich freue mich für dich, große Schwester«, flüsterte sie ihr ins Ohr. Sie fürchtete sich plötzlich. Die Angst fraß sich in ihren Brustkorb, verengte ihr Herz, verstopfte die Kehle, sie räusperte sich, schluckte, schluckte die aufsteigende Panik hinunter. Jetzt war sie die Nächste, die unter die Haube musste. Jetzt ließ Emilie sie allein. Alles würde sich ändern, alles.

»Du findest sicher auch bald den Richtigen«, sagte Emilie sanft und streichelte ihre Wange. Sie schien Gedanken lesen zu können.

Ich habe ihn doch schon gefunden, dachte Anita.

»Freuen Sie sich?« Agnes bewegte sich nicht. Sie war ein exzellentes Modell, saß nahezu regungslos, das sei so viel angenehmer als zu putzen, als Staub zu wischen, aufzuräumen, zu servieren. Die Mutter hatte es erlaubt. Eine Stunde pro Tag dürfe das Dienstmädchen in Anitas Dachatelier Modell sitzen.

Agnes hatte die Hände ineinander verschränkt, sittsam lagen sie im Schoß, bildeten mit Schultern und Armen einen Bogen. Rund, alles rund. Anita mochte das Porzellangesicht, die hohe Stirn, den sinnlichen Mund, die katzenhafte Augenpartie. Der Kopf ein Oval, alles rund. Der Oberkörper zusammengesetzt aus geometrischen Formen. Zartheit und Zerbrechlichkeit der Rée'schen Hausangestellten faszinierten Anita, gleichzeitig strahlte die junge Frau Entschlossenheit aus, eine innere Kraft.

»Warum soll ich mich freuen?«, fragte Anita.

Sie hatte Agnes vor einem Stapel Staffelei- und Rahmenhölzer positioniert. Ein Geflecht aus Horizontalen, Senkrechten und Winkeln. Jetzt verwendete sie dünnflüssige Ölfarbe, um Flächen zu kolorieren, beigebraun, zartrosa, graugelb und blaugrau. Wichtiger als die Farbigkeit waren die Formen. Die Konturen zeichnete sie mit dem Pinsel nach. Anita experimentierte, wollte sich versuchen, ausprobieren, was sie in Paris gesehen hatte, bei Picasso, bei Braque, bei Léger, die Auflösung in einfache Formen. Doch sie scheute sich, Köpfe und Körper völlig aufzubrechen, aufzulösen, zu verzerren. Nicht mit allem, was die Kubisten anstellten, konnte, nein, wollte sie sich anfreunden. Sie hatte ihren gewohnt pastosen Pinselstrich bereits verbannt, die Farbe war nicht mehr zähflüssig, der Auftrag nicht mehr reliefartig. Sie hatte aufgegeben, ein möglichst naturalistisches Abbild schaffen zu wollen, doch der Charakter des Modells, das, was Agnes ausmachte, das wollte Anita bewahren. Sie wollte keinen Stil imitieren.

»Ihre Bilder wurden ausgestellt, oder? Das muss Sie doch freuen«, sagte Agnes.

Anita nickte. Freuen, freuen ... natürlich freute es sie.

Alle sprachen darüber, die Eltern, die Schwester, die Familie, die Freunde. Sie solle sich glücklich schätzen. Es sei eine Ehre, dass Commeter ihre Bilder ausstellte. Anita verzog das Gesicht. Was wussten sie schon? Die große Ausstellung hamburgischer bildender Künstler. Hätte Ahlers-Hestermann nicht zu den Juroren gehört, würden kaum drei ihrer Ölgemälde im Oberlichtsaal hängen: *Landschaft mit Teich*, *Gebäude im Klosterhof*, ein Stillleben. Der Katalog wies ihre Objekte mit 700 bzw. 800 Mark aus. Man musste schon etwas verlangen, die Leute würden ein Bild nicht für gut befinden, wenn es weniger als 400 kostete, hatte Franz erklärt, aber für so wenig würde Anita ohnehin nicht verkaufen.

»Meinen Sie, eines der Bilder, das Sie von mir malen, hängt auch einmal in so einer Ausstellung?«

»Natürlich!« Eine solch eindeutige Antwort schien Agnes nicht erwartet zu haben. Erstaunt riss sie die Augen auf, schreckensrund wurden sie, dann schloss sie die Lider, als verordnete sie sich Gelassenheit.

Ahlers-Hestermann war mit Eifer und Leidenschaft für seine Schützlinge eingetreten. Er hatte bei den Mit-Juroren, Kunsthallen-Direktor Lichtwark und dessen Freund, dem Maler Leopold von Kalckreuth, einen eigenen Saal für seine Künstlerfreunde durchgesetzt, für alle, die sich stilistisch von den etablierten Malern unterschieden und sich ihm angeschlossen hatten. Es galt, sich auch räumlich abzutrennen. Freilich war der Widerspruch der Hamburger Kunstfreunde so groß wie das Interesse, die Zeitungen zeigten unverhohlen ihre Ablehnung. Im Saal der neuen Hamburger Avantgarde wurde so heftig diskutiert und gestritten, dass keine rechte Freude aufkommen wollte. Die Gefühle der ausstellenden Maler schwankten zwischen aufblühender Verärgerung, starrsinnigem Trotz und dumpfer Resignation. Nur einmal musste Anita lachen. Lichtwark schritt mit von Kalckreuth von Bild zu Bild. Anita beobachtete sie und konnte nicht umhin, Lichtwarks Klagelied zu belauschen:

»Ich kann tun, was ich will. Ich sehe nur noch Matisse. Die Jugend betrachtet ihn als ihren Erlöser, aber ich begreife ihn nicht. Die Wirklichkeit ist bei diesem Maler Nebensache. Die eine Figur hat zu kurze Beine, bei einer anderen ragt das Becken auf wie der Mont Blanc. Und Schuld an allem hat nur Cézanne. Er hat sie alle krank gemacht.«

Lichtwark seufzte so herzzerreißend, dass Anita sich die Hand vor den Mund schlug, um nicht laut zu kichern. Ein wenig erinnerte sie die Szene an den *Salon d'Automne*. Wer weiß, vielleicht würde sie sich beim nächsten Mal wie Marie mit einem Regenschirm bewaffnen müssen.

Vermutlich in diesem Moment hatte sich dieses merkwürdige Gefühl eingestellt. Sie gehörte dazu, leistete einen kleinen Beitrag zu einer Bewegung, die sich der Moderne stellte, stand am Anfang von etwas, das man noch nicht genau beschreiben konnte. Instinktiv hatte sie gespürt, dass es sich um etwas Bahnbrechendes handelte. Es war ein Gefühl von Stolz gewesen, ein noch unbestimmtes und vages, vielleicht dem von Agnes nicht unähnlich – ein Dienstmädchen, das für würdig befunden wurde, gemalt zu werden, eine Magd auf dem Weg zum Musenolymp. Und eine Malerin im Aufbruch.

Anita schmunzelte. Sie wischte sich mit dem Ärmel ihres Malerkittels die Stirn, neigte den Kopf, prüfte die Proportionen, zweifelte, ignorierte. So wie Agnes Hoffnung in ihre neue Rolle als Modell setzte, hatte sie selbst auf

Paris gesetzt. Was hatte die Reise gebracht? Mutter hatte gefragt, Emilie auch. Sie war ihnen die Antwort schuldig geblieben.

Eines wusste sie jedoch: Hätte sie Ahlers-Hestermann nicht in Paris getroffen, hätte er sie und Franz nicht zu einem Treffen geladen, Ende Januar im Hamburg.

»Die Ausstellung bei Commeter. Welche Bilder wollen wir zeigen? Franz? Fräulein Rée? Wer soll noch teilnehmen?«

Die Zusammenkunft hatte einen leicht konspirativen Charakter gehabt. Freitag, der 24. Januar. »17 Uhr 30«, hatte Anita noch in Paris in ihren Taschenkalender notiert. Ein wenig über Frankreich plaudern. Die Werkschau hamburgischer Künstler vorbereiten. Anita hatte Franz auf französische Art begrüßt, mit Küssen auf beide Wangen, mit einer neuen, einer zugegeben noch ungewohnten Ungezwungenheit, einem beflügelnden Selbstbewusstsein. Jetzt war sie eine von ihnen. Paris zeigte Wirkung. Anita dachte an Marie. Was, wenn Marie an ihrer Stelle wäre? Was, wenn sie Marie wäre? Das Wiedersehen mit Franz nach den vielen Monaten der Trennung verlief unerwartet unkompliziert. Sie begrüßten sich wie Freunde, vergangene Differenzen blieben unausgesprochen, verblichen unter seinem Lausbubengrinsen, gerieten in seiner Umarmung zur Nichtigkeit, flapsige Späße lösten Verkrampfungen. Anita war mutig und bereit für einen Neuanfang und Franz in Hochstimmung. Er plante eine eigene Ausstellung bei Commeter im Mai. 25 bis 30 Bilder garantiert. Franz hatte geschwebt. Er hatte gestrahlt wie die Wintersonne über der Binnenalster.

»Schluss für heute, Agnes.« Anita zog den Kittel aus. Erhob sich. Mit dem Handrücken strich sie dem Hausmädchen flüchtig über die Wange. »Morgen machen wir weiter.«

Der Himmel war von einem einzigartigen leuchtenden Blau. Als wäre er in Ölfarbe getaucht worden. Als wäre er eine glückselige Verbindung mit dem Tiefblau eines entfernten Meeres eingegangen. Ein geheimnisvolles Strahlen erfüllte das abendliche Firmament, wenige Minuten nachdem die Sonne untergegangen war.

Anita betrat das Haus in der Wallstraße und stieg die Treppen hinauf. Sie schloss die Tür auf und ging ins Dachatelier. Zu ihrer Überraschung war es dunkel, obwohl Franz versprochen hatte, zu Hause zu sein.

Doch sie spürte seine Anwesenheit.

Regungslos stand er vor dem Fenster. Sein Körper schemenhaft. Der Atem ruhig.

»Schön, nicht wahr?« Er schaut sie nicht an.

Anita nickte. Schweigen erfüllte den Raum, kein bleiernes, kein verlangendes und hoffnungsschweres, keines, das sich aufblähte und ihr die Luft nahm. Am liebsten hätte sie ihren Kopf an seinen Arm gelehnt.

Oder ihre Hand in seine gelegt.

Oder ihn geküsst.

Doch seine abgewandte Position machte eine derart spontane, unbefangene Begrüßung unmöglich.

»Unser Aktmodell hat leider abgesagt.« Franz zündete sich eine Zigarette an. Er wirkte nicht enttäuscht, eher gleichgültig.

Anita zuckte mit den Schultern. Ihr Herz dagegen hopste. Mit gemischten Gefühlen hatte sie dem Aktzeichnen entgegengesehen. In Paris hatte es ihr nichts ausgemacht, aber da war sie eine unter vielen Malerinnen und Malern gewesen. Die Atmosphäre ungezwungen und natürlich. Doch sie allein mit Franz, die Vorstellung machte ihr zu schaffen. Sie wollte Franz nicht mit einer unbekleideten Frau teilen.

»Was jetzt?«

»Nichts.« Franz zog an seiner Zigarette.

»Dann müssen wir uns wohl selbst helfen«, sagte Anita. Ihr Herz begann dumpf zu pochen. Sie drehte sich um, wandte Franz den Rücken zu, legte ihre Tasche ab und knöpfte sich die Bluse auf. Es war eine Eingebung. Sie hatte nichts geplant, nicht überlegt, keine Konsequenzen bedacht, nicht, was Franz von ihr denken könnte. Etliche Male hatte Anita es gesehen, beobachtet, wie die Modelle posierten, jedes war auf seine Weise gut, man konnte es nicht falsch machen, es war die Aufgabe des Malers, Persönlichkeit und Stimmung einzufangen. Und Stimmung hatte diese blaue Stunde zweifellos zu bieten.

»Was machst du da?«

Anita antwortete nicht, sie brachte kein Wort heraus, was hätte sie auch sagen sollen, ihr fielen keine Worte ein, ihr Gehirn hatte eine Denkblockade, und würde sie tatsächlich zu denken beginnen, wäre der Moment vorbei, bevor er begonnen hatte. Sie zog die Bluse aus und legte sie auf den Stuhl. Ein Schaudern lief über ihren Körper. Es war kühl, das merkte sie erst jetzt. Sie fühlte sich wie ein Küken, das gerade aus dem Ei schlüpfte, hilflos, orientierungslos, scheu und zerbrechlich, aber auch neugierig und ungeheuer aufgeregt. Sie öffnete den Büstenhalter, ahnte Freiheit, wünschte sich, sie könnte ihren nackten Körper so unbefangen zur Schau stellen wie die französischen Modelle, so frei und selbstverständlich wie daheim vor dem Spiegel. *Atme. Atme tief und langsam*, beschwor sie sich. Die Spuren des Büstenhalters, die Striemen der straffen Träger, verblichen nur langsam. Sie ließ die Schultern sinken, suchte Entspannung.

»Wo soll ich mich hinsetzen?« Ihre Stimme klang brüchig, die Beine zitterten. Franz' Blick im Rücken schmerzte.

»Bleib so. Bleib bitte stehen. Schau nach links auf deine Schulter und lege die rechte Hand in deinen Rücken.«

Eine Lampe wurde angeschaltet. Anita hörte, wie Franz an der Staffelei hantierte, wie er sie verrückte, die richtige Perspektive suchte, einen Bogen Papier zurechtlegte, den Bleistift spitzte, sie hörte, wie er zeichnete, er würde mit den Konturen beginnen. Jedes Geräusch schien verzerrt, gedehnt, falsch und zu laut. Sie schloss die Augen. Das Licht wärmte ihre Haut. Sie zählte die Sekunden. Eine Sekunde konnte unendlich lang sein, fünf Minuten bestanden aus unerträglichen 300 Sekunden. Bei der Vorstellung, wie lange es dauern würde, beim Gedanken daran, was danach kommen würde, stieg der Schrecken auf wie eine züngelnde Flamme. Sie bereute, sie bereute zutiefst. Gleichzeitig wünschte sie, er würde zu ihr kommen, seine Hand in ihren Rücken legen, an der Wirbelsäule hinabgleiten. Der Gedanke daran verursachte ein wohliges Gefühl. Sanft streichelte er sie, er drehte sie herum, seine rechte Hand fand ihre rechte Hand, seine linke Hand fand ihre linke Hand, ihre Brust berührte seine, er presste sich an sie, er zog sie an sich.

Sie spürte seine Haut.

Er roch nach blauer Farbe.

Er drückte seine Lippen auf ihre.

»Kannst du dich jetzt hinsetzen?«

Ein kleiner Seufzer entfuhr ihr. Anita nickte, wandte sich ihm zu, eine ungelenke Bewegung, viel zu schnell und linkisch. Er stand noch immer an der Staffelei und beobachtete sie unverwandt. Die Zigarette lässig im Mundwinkel. Ihre Blicke trafen sich. Es war nicht die gewohnte Sicherheit, die sie in seinen Augen las, es war Überraschung, eine Spur Neugier, ein nervöses Flackern, das sie nicht zu deuten wusste. Ob sie ihm gefiel?

Franz deutete auf das Sofa.

Sie setzte sich, froh, dass er sie steuerte. Sie streckte die Beine aus, kreuzte die Füße. Die Hände legte sie sittsam in den Schoß ihres Rockes. Viel zu brav. Sie sah sein Stirnrunzeln.

»Was mache ich mit dem Kopf?«

»Schau nach links.«

Sie gehorchte. Sie atmete ein und vergaß das Ausatmen. Der Oberkörper schob sich vor, die Brüste strafften sich, sie brannten. Sie gehörten ihr nicht mehr. Sie gehörten ihm. In den Wangen die Hitze der Aufregung, im Gedächtnis der Moment eingefroren und bewahrt für die Ewigkeit. So hielt sie aus. Serviert wie eine reife Feige auf dem Silbertablett. Eine entblößte, nicht mehr blutjunge Frau auf einem arabischen Diwan.

Sie schämte sich. Sie hasste ihre Scham.

Franz zeichnete.

Der Himmel längst nicht mehr blau.

Aufregung war Folter, aber noch leidvoller wäre es, ein weiteres Mal den Moment zu verpassen. Jetzt. Anita erhob sich. Straffte sich. Langsam ging sie auf Franz zu. Plötzlich erfasste sie Ruhe, mehr noch: Gewissheit. War es nicht besser, etwas Falsches zu tun, als es unversucht zu lassen, als niemals etwas zu wagen?

In Franz' Augen wieder Überraschung.

»Komm«, sagte Anita. Sie nahm den Stift aus seiner

Hand. Er ließ es geschehen. Sie drückte sich an ihn, ihre Brüste fühlten seinen Herzschlag. Ihr Rücken seine Hand.

Den Tag nach ihrer ersten gemeinsamen Nacht begleitete ein außergewöhnliches Hochgefühl, ein seliges Glück, das Anita von der Wallstraße zurück in den Alsterkamp schweben ließ. Im Gesicht ein ununterbrochenes Strahlen, das nur sie spürte, selbst nicht sehen konnte, allerdings wohl jeder Passant, der sie anschaute und dem ihr aufgelöster Seelenzustand ein Lächeln entlockte. Die Wangenknochen schmerzten von der ungewohnten Gesichtsakrobatik, der Kopf brummte von widerstreitenden Gedanken, die wie bunte Blitze durch ihren Kopf stoben. Deutlich musste es auf ihrer Stirn geschrieben stehen:

Ich liebe. Ich liebe Franz. Ich bin glücklich.

Der Mutter gelang es ohne die geringste Anstrengung, jede Stimmung zu dämpfen. Sie öffnete die Tür und stand einem konfrontationslosen Zugang zu ihrem Dachatelier im Wege. Der vernichtende Mutterblick holte Anita zurück in die Realität. Liebe und Glück überzeugten nicht. Freiheit gehörte den Männern. Kunst war für Töchter nur ein Zeitvertreib, als Beschäftigung bis zur erlösenden Heirat akzeptabel. Mutter sagte nichts. Mutter blickte durch sie hindurch.

Agnes wartete bereits. Sie schaute besorgt, wirkte nachdenklich oder traurig, ihr Blick verschlossen, missbilligend gar. Das Dienstmädchen war zum Modellsitzen gekommen, legte den rechten Arm in den Schoß und hielt den linken vor die Brust, als schützte sie sich vor unverschämten Blicken, als schlösse sie eine zu offenherzige Bluse, als ängstigte sie sich vor einem unsittlichen Vorschlag.

Anita lachte, sie lachte laut, sie drehte sich im Kreis, sie riss die Arme hoch und öffnete das Fenster. Die Spatzenbande auf dem Baum stob kreischend davon. Anita lachte. Tränen der Freude liefen die Wangen hinunter. Sie war so euphorisch, so voller Zuversicht und Hoffnung. Ihr Leben an der Seite von Franz hatte begonnen. Die Tür fiel leise klackend ins Schloss. Anita sah sich erstaunt um.

Agnes war gegangen.

Tiefgreifender als das, was in jener Nacht und in all den darauffolgenden geschehen war, schien Anita das, was nicht geschehen war, was nicht gesagt worden war. Das, was fehlte. Ihr fehlte.

Sobald Anita das Gewicht verlagerte, wackelte der kleine Holztisch. Doch sie mochte sich nicht bücken, um ein Gleichgewicht herzustellen, sich nicht von ihrer Arbeit ablenken lassen, eines Tischbeines wegen. Sie kaute nervös auf dem Bleistiftstummel, dann schrieb sie weiter:

Lea (allein, träumerisch): Und also sprach zu mir der Vater, als ich langsam hinabstieg in den Nussgarten. »Morgen zur Nacht, da soll ein Fest dir sein. Da will ich Jacob geben dich zum Weibe.«

Ein Bühnenstück zu schreiben war zweifellos eine Herausforderung. Es half, sich eines dieser religiösen Bilder vor Augen zu halten, solche, die in der Frührenaissance entstanden waren. Die Maler dieser Zeit hatten sich für die Werke der antiken Meister interessiert, Renoir tat es heute noch. Seine jüngste, sinnliche Figurenmalerei war einfach herrlich.

Wenn Anita an eine Jungfrau Maria mit Heiligenschein dachte, an Engel oder auch nur an Menschen in langen, wallenden Gewändern, an ausdrucksvolle Gesichter, wenn sie sich intensive Farben und überbordende Gefühle vorstellte, flossen die Wörter und bildeten Sätze wie von selbst.

Seit sie Aby Warburgs Vortragsreihe über die Kultur der italienischen Frührenaissance besucht hatte, war sie faszinierter denn je. Die Maler des 15. Jahrhunderts beschäftigten sich mit der antiken Darstellung von Bewegung, wie sie sich in Gewändern und Haaren zeigte, sie orientierten sich jedoch auch an antiker Dichtung. Je länger sie derartige Literatur las, die Hymnen Homers zum Beispiel, desto mehr reizte es Anita, selbst zu schreiben. Es lenkte sie ab, brachte sie auf andere Gedanken, half ihr, die eigene Situation richtig einzuordnen. Eine Geschichte, so alt wie die Menschheit, es war nichts Neues, nichts Ungewöhnliches, dass Liebe nicht erwidert wurde, auch wenn es furchtbar wehtat, wenn der Schmerz sie zerriss, sie innerlich absterben ließ. Schreien, am liebsten laut schreien. Die Tränen waren ihr längst ausgegangen.

Jacob sollte das Stück heißen, nach dem Jacob aus dem Alten Testament, dem Sohn Isaaks und Enkel Abrahams, dem die schöne Rahel versprochen war. Heimlich und hinterhältig gab Laban ihm stattdessen Lea, die ältere Tochter, zur Frau.

Jacob: Rahel, ich liebe dich! (Er hebt den Schleier.)
Lea (schreit): Mein Gott, das also war's. Mein Gott, ich hatt' ihn lieb. (Fällt ohnmächtig nieder.)
Jacob (ausser sich): Betrug! O Schändliche. Was schlichst du dich ein zu mir, um Liebe mir zu heucheln. Um Liebe zu empfangen, die nimmer dein.

Hatte sie sich etwa bei Franz eingeschlichen? Anita fühlte sich wie Lea, auch wenn sie nicht wusste, ob eine Rahel existierte, ob Franz' Liebe tatsächlich einer anderen galt.

Es hatte lange gedauert, bis sie sich eingestehen konnte, dass die gemeinsamen Nächte nichts änderten, dass die nächtliche Nähe die unerklärbare Entfernung am Tage nicht zu reduzieren vermochte, dass sie Franz nicht das bedeutete, was er ihr bedeutete. In seinen Armen vermisste sie nichts. Spürte ihre Haut seine, fühlte sie sich eins mit ihm. Doch übten sie sich beide in Alltagsdingen, trennte sie eine unsichtbare Barriere, eine durchsichtige Wand, etwas, was man nicht greifen konnte. Sprachen sie gar über etwas, das über den Augenblick hinausging, etwas in der nahen oder fernen Zukunft, kannte Franz kein Wir mehr. Ein Wir existierte nur im Hier und Jetzt. Die Zukunft gehörte Franz allein.

Im Sommer plante er eine längere Arbeitsreise an die Ostsee, wollte Freunde besuchen, überlegte laut, ob er zuvor nach Borgeln fahren sollte.

Im Herbst stand eine Ausstellungsteilnahme in Berlin in Aussicht. Ein Streit habe die Sezessionisten entzweit. Der größere Teil davon bereite eine außergewöhnliche, ja radikale Schau am Kurfürstendamm vor, der Impressionismus solle dem Expressionismus und Kubismus weichen. Werke der *Brücke*-Maler, Arbeiten von Edvard Munch und Picasso würden zu sehen sein. Franz' Augen hatten geleuchtet, während er ihr davon erzählt hatte. »Denk dir, Anita, daneben hängen dann die Bilder von Ahlers und mir.«

Fragte Anita ihn, ob sie sich am nächsten Tage treffen würden, schüttelte er den Kopf. Nie wusste sie vorher, ob er in seinem Atelier war, wenn sie es betrat. Ihre Liebe gehörte dem Zufall. Es gab nie einen Plan, und nach und nach war selbst der Zufall selten geworden. Die aufsteigende Gewissheit, den Sommer allein in Hamburg verbringen zu müssen, legte sich wie ein dickes Kopfkissen auf ihr Gesicht und drohte sie zu ersticken.

Lea (wimmernd): Nie lass ich ihn. Ich hab' ihn lieb.
Ich hab ihn lieb, wenn er mich gleich verstiess.

In der Dachstube im Alsterkamp fühlte sie sich unendlich einsam, aber immerhin geschützt vor dem unbegreiflichen Glück der Nächsten, die ihren Jammer nicht mehr hören wollten.

Im April hatte Emilie geheiratet und war wie angekündigt mit ihrem Heinrich nach Bremen gezogen. Hilfsbereitschaft und Unterstützung, der schwesterliche Beistand, fehlten Anita entsetzlich. Jetzt trafen sie die bohrenden, strengen Blicke der Mutter ungefiltert. Niemand stoppte den Hagel der mütterlichen Vorwürfe.

Ahlers-Hestermann befand sich seit März in Sankt Petersburg, um Alexandra Povòrina zu treffen, die ihren Zukünftigen den Eltern vorstellen wollte.

Carl Einstein hatte sich verliebt, auch eine Russin, eine Übersetzerin, die er bei der Arbeit für *Die Aktion* kennengelernt hatte. Immerhin hatte er Anita nicht völlig vergessen. In der jüngsten Post aus Berlin waren mehrere Ausgaben der Wochenschrift gewesen und zwischen den Seiten Zettel, die als Lesezeichen dienten und auf Artikel hinwiesen, die Carl geschrieben hatte. Unter einem Pseudonym – Anita lächelte schief. Carl schrieb als Sabine Ree, ein anderer Vorname, ein fehlender Akzent, trotzdem.

Dann Lotte. Die liebste Lotte, ihre Freundin und Kameradin, gemeinsam hatten sie die Schulbank gedrückt und die Ausbildung bei Siebelist absolviert. Während unzähliger langer Nächte in der Mansarde über der Hittfelder Schusterei hatten sie sich flüsternd Geheimnisse, Ängste und Wünsche anvertraut. Lotte hatte geheiratet und war mit ihrem Augenarzt nach Bergedorf gezogen. Sich zu besuchen setzte nun Vorbereitung und Planung voraus. Bald würde Lotte Kinder haben, und Freundschaft und Gemeinsamkeiten würden in Vergessenheit geraten.

Inmitten all der Liebenden wog eigenes Leid noch schwerer.

Franz war abgereist. Ohne Ankündigung, ohne Nachricht. Der aufgeräumte Zustand des Dachateliers hatte neue Tränen in ihre Augen getrieben. Seine Malutensilien fehlten. Er war fort. Sie hatte sich auf den Boden gesetzt und an die rosafarbene Wand gelehnt. Die dämliche, wahnsinnige Farbe erzeugte ein unerträgliches Kribbeln im Rücken, eine Hitze, eine Wut, die aufstieg und ausströmte, überall hin, bis sie alles ausfüllte. Anita schluchzte sie heraus, verschloss gleichzeitig den Mund mit der Hand, um ihr kindisches Wimmern selbst nicht hören zu müssen. Und doch tat es gut, weinen zu können, so unendlich gut, ihre Gefühle in Franz' Kammer zu entlassen. Sie rang mit sich selbst. Das Zimmer zu verwüsten. Ihre Enttäuschung aus dem Fenster zu brüllen. Hinauszuspringen. Ihr Körper zerplatzt und verkrümmt auf dem Bürgersteig vor dem Haus. Ihr Kopf in einem Heiligenschein aus Blut. Sie schüttelte sich bei dem Gedanken. Kalt war ihr. Eisig war das Unglück.

An jenem Abend hatte sie minutenlang mit dem Gedanken gespielt, den Schlüssel zum Atelier dort liegen zu lassen, um es nie wieder zu betreten, um Franz nie wiederzusehen.

Lea: Würd mein Geschlecht auch nie durch mich vermehrt, ich lass ihn nicht, denn ihm gehört mein Herz.

Anita seufzte tief, legte die sorgfältig beschriebenen Blätter in eine Mappe und erhob sich schwerfällig. Der Schlüssel lag vor ihr, hier auf dem wackligen Tischchen. Das Metall glänzte auffordernd.

Sie hörte ihn kommen. Er stampfte die Treppe herauf, stocherte planlos im Schloss. Die Wohnungstür wurde aufgestoßen. Poltern im Flur. Eine Tasche platschte auf den Boden. Franz stolperte ins Dachatelier. Seine Haare zerzaust, der Blick düster, ungestüm und wild.

»Du?«

Er wirkte erschrocken, schaute verärgert. Die Stirn in tiefen Falten. Die Augen in dunklen Höhlen.

»Soll ich wieder gehen?«

Er zuckte mit den Schultern. *Ist mir egal*, sollte das heißen. *Bleib oder geh. Tu, was du willst.* Seine Hand zischte durch die Luft. Eine Bewegung, die seinen Ärger ausdrückte. Er sagte: »Ich bin gleich mit Ernst Rump verabredet.«

Anita nickte. »Ich weiß. Er ist wieder gegangen. Du bist zu spät gekommen.«

»Was? Wir waren doch um eins verabredet.«

Anita schüttelte den Kopf. »Er war anderer Ansicht.«

»Mist! Seit ich das Rauchen aufgegeben habe, ist mein Hirn total verwirrt. Ich bin mir sicher, dass wir eins vereinbart hatten.«

»Verwirrt warst du bereits, als du noch geraucht hast.«

»Was machst du eigentlich hier?«

»Ich hab deinen Schlüssel. Du hast mir angeboten, dein Atelier zu nutzen, wenn ich das möchte.«

Franz schwieg. Er schaute sie unverwandt an.

»Wir sind Freunde. Wir sind ...« Anita beendete ihren Satz nicht. Sie fixierte Franz, versuchte seinen flackernden Blick einzufangen. »Schon vergessen?«

Franz antwortete nicht.

»So wie du im Sommer vergessen hast, dich zu verabschieden. Einfach verschwunden bist du.«

»Hat dein Vater dir nichts gesagt?«

»Mein Vater? Was hat mein Vater damit zu tun?«

»Er hat mir aufgelauert.«

»Was redest du da?«

»Er sprang plötzlich hinter dem Gebüsch hervor, machte mir Vorwürfe, wollte wissen, warum ich mich nicht mehr bei euch im Alsterkamp sehen lasse.«

Anita schluckte. Sie hielt sich die Hand vor den Mund. Die Vorstellung, der Vater hätte ihr ein Treffen mit Franz verheimlicht, verursachte Übelkeit. Konnte das wahr sein? Wenn ja, hatte er es gut gemeint, hatte gewiss geglaubt, in ihrem Interesse zu handeln, wenn er versuchte, Franz zu einem Zugeständnis zu zwingen. Doch das Gegenteil war passiert. Deswegen war Franz verschwunden. Deswegen hatte er Reißaus genommen.

»Ich weiß davon nichts«, flüsterte Anita. »Das musst du mir glauben.«

Franz stampfte durch das Atelier. Er trat ans Fenster. Sie starrte auf seinen Rücken. Plötzlich drehte er sich herum.

»Du und dein Vater!« Er schnaubte. Er stieß die Worte aus, als gälte es, sich ihrer zu entledigen. Sein Gesicht gerötet, die Augen aufgerissen und funkelnd, die Nasenflügel gebläht. »Ihr gebärdet euch, als hätte ich dir ein Kind gemacht.«

5. Juli 1914

Wilhelm zerknautschte seine Mütze. Er schlug die Beine übereinander und stellte sie sogleich wieder nebeneinander. Das elende Warten verstärkte die Aufregung. Er beugte sich vor, die Ellenbogen auf die Knie gestützt, den Kopf gesenkt. Er fror. Auf dem Weg in die Kunsthalle war er in einen Regenschauer geraten und ordentlich nass geworden. Ein warmer Ofen wäre gerade mehr als recht.

Er erhob sich unvermittelt.

Die letzten Besucher querten die imposante Eingangshalle und verließen das Gebäude, einige eilig, andere gemächlich, schwatzend oder in stiller Einkehr. In wenigen Minuten würde die Kunsthalle ihre Türen schließen. Die Ausstellungsräume in den oberen Stockwerken waren vermutlich bereits menschenleer. Viel würde Wilhelm dafür geben, allein von Bild zu Bild zu wandeln und sich ungestört Stillleben oder Landschaften anzusehen, düstere und ruhige oder sonnige und bewegte, in Öl gemalte oder mit Grafit gezeichnete. Alfred Lichtwark, der Vorgänger des neuen Kunsthallen-Direktors, hatte Gemälde angeschafft, die Hamburg von seinen besten Seiten zeigten. *Die Terrasse des Restaurants Jacob* von Max Liebermann aus Berlin mochte Wilhelm besonders. Wie der Maler das Licht gemalt hatte! Es fiel durch das dichte Blattwerk der Baumkronen auf die Gartentische. Darüber flirrte aufgeregt die Sonne, darunter saßen Mütter mit ihren Kindern am schattigen Tisch, spielten, tranken Limonade oder Kaffee. Ein Alsterkahn tuckerte vorbei.

Die Arbeit in der Kunsthalle hatte ihm Freude gemacht. Es war nur aushilfsweise gewesen, um etwas zusätzliches Geld zu verdienen. Das Leben in Hamburg kostete viel und die Unterkunft am Pulverteich 18 nicht minder. Seine Pflegeeltern in Hohenwestedt wollte und konnte Wilhelm nicht um Unterstützung bitten. Bereits mehr als genug hatten sie für ihn getan.

Er war 27. Er musste allein zurechtkommen.

Eine junge Frau näherte sich und nickte freundlich. »Der Herr Direktor empfängt Sie jetzt.« Sie bedeutete ihm, ihr zu folgen, und stieg leichten Schrittes die Stufen hoch.

Wilhelm schnaufte auf dem zweiten Treppenabsatz und auf dem dritten erst recht. Nun war ihm doch noch warm geworden.

Die Frau klopfte an einer Tür im Obergeschoss, horchte und drückte dann die Klinke hinunter.

»Kommen Sie nur«, rief Professor Dr. Pauli. Er stand mitten im Saal über einen langen Tisch gebeugt.

Wilhelm näherte sich zögernd und entdeckte zuerst sein Bewerbungsschreiben und dann die Reihe von Zeichnungen, die der Herr Direktor aufmerksam begutachtete.

»Die Malerin ist in etwa so alt wie Sie«, murmelte Dr. Pauli. »Was halten Sie davon?«

»Sie sind sehr gut«, sagte Wilhelm vorsichtig.

Dr. Pauli nickte. »Da haben Sie vollkommen recht. Ich überlege, einige für die Kunsthalle zu kaufen.«

»Wie heißt die Malerin?«, fragte Wilhelm.

»Anita Rée«, antwortete der Herr Direktor.

Nun nickte Wilhelm. Den Namen wollte er sich merken.

»Warum haben Sie sich als Aufseher beworben? Sie sind doch gelernter Tischler.«

»Ich mag die Arbeit. Ich bin gern hier in der Kunsthalle.«

Dr. Pauli sah ihn fragend an.

Wilhelm überlegte, wie er es besser erklären könnte. »In diesen Räumen wächst man.« Er zögerte. »Der Alltag tritt zurück, ich vergesse all die kleinen Nöte, die mich sonst unentwegt beschäftigen. An so viel Schönem und Kostbarem teilhaben zu dürfen ist ein Geschenk.

»Ich verstehe Sie sehr gut.« Dr. Pauli lächelte freundlich. »So viel Begeisterung muss unterstützt werden. Ich werde dem Bürgermeister Ihre Einstellung als Hilfsaufseher vorschlagen. Einverstanden?« Dr. Pauli streckte seine Hand aus, und Wilhelm schlug ein.

Teil 3
1914–1919

Junger Chinese

Wie schwierig es war, die Farbe der Haut zu treffen. Vielleicht hatte sie deswegen einen Narren an dem schlanken jungen Mann gefressen. Der Teint des Chinesen entpuppte sich als Herausforderung. Die Farben der Kleidung und des Hintergrunds, das Kobaltblau, das Ultramarin, das Zinnober spiegelten sich in seinem Gesicht wider. Es war so weich, so zart und gleichzeitig kraftvoll. Schloss der Chinese die Augen, verstärkte sich dieser Eindruck. Er wirkte gleichmütig und in sich ruhend. Mit nur wenigen Linien den Augenblick auf das Papier bannen. Nur Bögen und Farben. Und das Blau.

Über dem Malen vergaß Anita. Nicht nur ihr, allen ermöglichte es den Rückzug. Die konzentrierten Blicke, die Stille, Anita mochte Malkreise. Was draußen in der Welt geschah, blieb außen vor. Was die Malenden bewegte, verdrängten sie eine Zeit lang. Das Modell einte sie, und doch schaffte jede und jeder etwas Eigenes, über das sie anschließend diskutieren konnten. Je außergewöhnlicher das Modell, desto lauter und bewegter die Gespräche. Margrit Durrieu hatte ein Händchen dafür, Menschen mit charakteristischen Zügen oder markantem Äußeren zu finden. Der Gatte importierte Kautschuk, verfügte über geschäftliche Beziehungen nach Asien. Und sie besaß genug Überzeugungskraft, um die Auserwählten zum ausdauernden Sitzen zu überreden. Kein Wunder, dass der Malkreis immer bekannter und beliebter wurde. Alle drei bis vier Wochen trafen sich mehr Malerinnen und Maler in der Eilenau 119 und beschworen einen gemeinsamen Seifenblasentraum, Europäer zu sein, zu einer länderumspannenden künstlerischen Bewegung zu gehören, als europäische Avantgarde voranzuschreiten, jedoch nicht mit Waffen, sondern mit dem festen Glauben an die Macht des kreativen Geistes.

Doch Entscheidungen trafen andere. Friedrich Ahlers-Hestermann und Alexandra Povòrina war der Schrecken darüber ins Gesicht geschrieben. Heute waren beide zum ersten Mal in der Eilenau, zum ersten Mal seit ihrer überstürzten Flucht aus Frankreich. Österreich-Ungarn hatte Serbien den Krieg erklärt. Deutschland sicherte den Kriegstreibern zu, ihnen den Rücken gegen Russland zu stärken, und Frankreich versprach Russland Unterstützung gegen die Deutschen. Franzosen und Russen waren zu Feinden erklärt worden.

»Die Bauern in Poigny haben uns erst übel beschimpft und dann aus dem Dorf gejagt«, erzählte Povòrina in einer Malpause. In kleinen Gruppen standen sie auf der Terrasse der Durrieu'schen Villa. Anita wärmte ihre kalten Hände an einer Tasse heißem Tee und hörte schweigend zu.

»Der Sommer war so wunderbar friedlich. Marie Vassilieff hatte die Kolonie nur für uns Malerinnen organisiert. Wir lebten in einem alten Herrenhaus und arbeiteten in der freien Natur. Es war herrlich idyllisch.«

»Bis die Mobilmachung verlesen wurde«, sagte Ahlers-Hestermann.

»Ich bin gebürtige Russin, habe die österreichisch-ungarische Staatsangehörigkeit, mein Verlobter ist Deutscher, und ich liebe Frankreich.« Povòrina schluchzte. »Ich gehöre nirgendwo mehr hin.«

»Alexandra rettete sich aus Poigny, ohne etwas mitnehmen zu können, ohne ihr Gepäck und ihre Bilder. Ein Bummelzug brachte sie über Belgien nach Deutschland, wo man sie gleich als Spionin verhaftete. Meinem Schwager ist es zu verdanken, dass sie heute frei ist, wohlbehalten und bei mir.« Er streichelte ihr zärtlich über die Wange.

»Wir hören so furchtbare Nachrichten aus Paris«, sagte Povòrina. Ihre Augen waren gerötet.

Ahlers-Hestermann nickte. »Die Scheiben des Café du Dôme wurden von einem wütenden Mob zertrümmert. Das gilt uns allen.«

Marie, dachte Anita. Wie ging es Marie Laurencin? Würde sie die Freundin jemals wiedersehen? Würde sie noch einmal nach Paris reisen können? Soweit sie wusste, waren die deutschen Freunde wohlbehalten aus Frankreich zurückgekehrt. Selbst Franz, der im Frühjahr erneut aufgebrochen war, schien wieder in Hamburg sein, zu Hause, in der Heimat und trotzdem mittendrin, im Krieg. Viele Deutsche hatten die Mobilmachung mit Jubel begrüßt, konnten es kaum erwarten, mit Begeisterung für das Vaterland gegen Freunde ins Feld zu ziehen, ihr Leben zu opfern. Hamburg war zur Heimatfront erklärt worden. Anita hatte es mit Stirnrunzeln, mit Unverständnis, mit Befremden zur Kenntnis genommen. Die Front verlief mitten durch ihre Stadt, durch andere Städte, mitten durchs Land, mitten durch Europa. Sie trennte das Volk, verursachte Meinungsverschiedenheiten unter Freunden, Zerwürfnisse unter Nachbarn, gar Feindschaften. Sie warf jede und jeden auf sich selbst zurück. Wie schnell sich alles ändern konnte. Wie verletzlich sie doch alle waren. In den Geschäften gähnten leere Regale. Die Sorge, dass es morgen nichts mehr zu essen geben könnte, hatte zu Hamsterkäufen geführt. Die Lebensmittelpreise waren gestiegen, stiegen noch immer. Nichts nützte es, dass der Senat Höchstpreise festgelegt hatte, um die Teuerung einzudämmen. Die Bauern gaben ihre Waren direkt an zahlungskräftige Kunden weiter. Die Front war nicht weit weg, sondern überall. Die Vorstellung löste Übelkeit aus. Wie lange würde dieser Zustand dauern?

Anita schaute sich nach dem Dienstmädchen um, ging ins Haus, um sich ihre Teetasse erneut füllen zu lassen. Dann kehrte sie zu den Freunden auf die Terrasse zurück.

»Haben Sie schon mitbekommen, dass Geschäfte und Lokale mit englischen oder französischen Namen umbenannt werden?« Ahlers-Hestermann sprach laut, lauter als gewöhnlich. So aufgeregt kannte Anita ihn nicht. »Der Hamburger Senat wurde weitestgehend entmachtet. Wir haben jetzt ein militärisches Generalkommando an der Palmaille. Die Presse wird kontrolliert, die Post überwacht und das öffentliche Leben eingeschränkt. Alle wehrfähigen Männer eingezogen. Ich bin gerade noch davongekommen. Wegen meiner Tuberkulose vor einigen Jahren.«

»Und Franz Nölken?« Erschrocken hielt Anita inne. Sie hatte seinen Namen nicht aussprechen wollen. Er war gestrichen, verbannt, ausgemerzt. Die Erinnerung schmerzte. Gesichter wandten sich ihr zu. Anita hielt den Blicken trotzig stand. Wut stieg heiß in ihre Wangen. Der Gedanke an seine Zurückweisung war ihr unerträglich. Er hatte sie verraten, Vertrauen und Gefühle verletzt. Die Liste seiner Vergehen war lang. Sie presste die Lippen zusammen.

Nie wieder wollte sie an Franz denken. Und doch hatte sie gefragt.

»Franz wurde zurückgestellt«, erklärte Ahlers-Hestermann. »Er ist mit einer üblen Mandelentzündung aus Frankreich zurückgekehrt und muss sich erst erholen.«

Anita strich dem Neugeborenen sanft über die Wange. Es wirkte nicht zerbrechlich, nicht bleich und krank, nicht so, wie Emilies Brief mit seinen eindringlichen Schilderungen hatte erwarten lassen. Anita war sofort nach Bremen gereist. Sah eine Mutter tiefer als die außenstehende Schwester?

Heinz war ein Juli-Kind. Seine Haut fühlte sich warm an und weich. Auf dem Kopf glänzte ein seidiger Flaum. Der Junge kniff die Augen zusammen, musterte Anita mit einem kritisch wirkenden Blick. Er zitterte unvermittelt, blauwulstige Falten schufen eine Greisenstirn.

»Er mag mich nicht.« Anita blickte zu Emilie.

Der Junge verzog den Mund zu einer dicken Schnute. Riss ihn weit auf. Der lange Schrei mündete in ausdauerndem Weinen.

Emilie seufzte. »Es geht wieder los.« Sie nahm Heinz aus der Wiege, legte eine Hand schützend unter seinen Kopf und küsste ihn. »Wenn wir nur wüssten, was er hat. Er weint ununterbrochen. Irgendetwas stimmt nicht.« Emilie bewegte sich wiegend und rhythmisch, als folgte sie einer Melodie.

Anita sah ihr eine Weile zu. Emilie rührte sie, ihre Mütterlichkeit. Anita spürte die tiefe Verbundenheit zwischen Mutter und Kind, eine Bindung, die sie ausschloss.

»Ich möchte euch zeichnen. Dich mit deinem Sohn auf dem Arm.«

Emilie lächelte. »Mach nur.« Sie wirkte müde.

»Kannst du …« Anita verstummte. Sie verlangte zu viel.

Emilie schaute sie fragend an.

Anita räusperte sich. »Kannst du die Bluse ausziehen?«

Emilie zog die Augenbrauen hoch. Dann reichte sie Anita den Jungen. »Hältst du ihn kurz?«

Er schrie um sein kleines Leben. War es Angst oder Schmerz?

Anita legte Heinz zurück in Emilies Arme, der Po berührte den noch kugeligen, nackten Bauch seiner Mutter. Die drückte ihn liebevoll an die Brust. Ihre Gesichtszüge wurden weich, und der Junge beruhigte sich langsam, sah zur Mutter hoch, mit einem ungläubigen Ausdruck in seinem Gesicht, als wunderte er sich, welchen Erfolg sein Geschrei hatte.

Anita schauderte, als sie die ersten Striche setzte. Emilies Liebe hüllte das Baby in einen Kokon aus Zärtlichkeit. Einen Kokon für zwei.

War Emilies Entscheidung für eine Familie richtig gewesen? Zu lieben war ein herrliches Gefühl, geliebt zu sein nicht minder. Und die Liebe zwischen Mutter und Kind erhob sich über jeden Zweifel. Anitas Augen füllten sich mit Tränen. Sie versuchte sie wegzublinzeln.

»Nicht doch.«

Emilie kam herüber, legte ihren Arm um sie. Drückte Stirn an Stirn. Anitas Gesicht wurde nass. Emilie kicherte zuerst. Zwischen zwei Herzen und Tränen strampelte Heinz.

»Nita.« Laut, deutlich und mit Nachdruck. Die helle Stimme klang freudig. »Nita.« Reinhart stolzierte herein, Emilies Erstgeborener, etwas unsicher noch, breitbeinig und die Hände voraus.

»Er spricht«, rief Anita, »... und wie gut er läuft.« Sie lachte, lachte die verdammte Traurigkeit weg. Sie bückte sich, um den kleinen Reinhart aufzufangen. Er lief schneller und landete direkt in ihren offenen Armen. »Nita liebt dich.«

Sie drückte die Hand auf den hohlen Magen. Der Hunger nagte, schien sich von innen nach außen fressen zu wollen. Aus Protest gegen den Nahrungsentzug. Aus Zorn über das Unveränderbare richtete sich der Leib gegen sich selbst. Es war schwer, mit dem Wenigen auszukommen. Die große Leere blähte, zog sich zusammen, blähte erneut. Dann dehnte sie sich aus, auf alle Körperteile, die Beine, die Arme, den Kopf, dass man keinen Schritt mehr tun konnte, dass man nur noch schlafen wollte, dass das Mischen der Farbe zur Schwerstarbeit geriet und das Halten des Pinsels zum Kraftakt.

»Anita!« Die Mutter rief. Das I und das A schwebten durchs Treppenhaus. Sie hatten die Angewohnheit, von Stockwerk zu Stockwerk lauter zu werden. Es echote in ihrem Magen.

Nita. Nita.

Ein Rühren in der großen Leere, übel wurde ihr davon. Sie hielt sich an der Tischkante fest, wartete, bis der Moment der Schwäche vorüber war, und blinzelte gegen den Schwindel.

Zuerst hatte der Senat nur Brotkarten eingeführt, inzwischen waren alle Grundnahrungsmittel rationiert. Doch selbst Bezugsscheine boten keine Garantie. Falls sie Glück hatten, bekamen sie Brot, das nach nichts als Stroh schmeckte. Manchmal gelang es dem Vater, Butter, Mehl und Eier zu beschaffen, damit sie selbst backen konnten.

Wovon lebten diejenigen, die sich die Preise auf dem Schwarzmarkt nicht leisten konnten? Die Frauen, deren Männer im Krieg waren, die nun auf den Feldern und in den Fabriken arbeiteten, die nichts und niemanden hatten?

Sie hoffte, dass die Hamburger Initiative etwas bewirken konnte. Ihr Cousin Carl Melchior hatte zusammen mit dem Reeder Ballin und dem Bankier Max Warburg eine Zentraleinkaufsgesellschaft gegründet, die ausländische Lebensmittel und Rohstoffe importieren wollte. Doch bis das Netz der nationalen Gesellschaften funktionierte, würde sicher noch Zeit vergehen, zu viel Zeit.

Auf der Treppe Schritte. Personen liefen geschäftig auf und ab. Anita lauschte. Selten wagte sich jemand hoch unters Dach.

»Anita!« Mutters Stimme, klagend.

Auf dem Tisch die Knabenbilder, Anita betrachtete sie: der Kopf des kranken Knaben, zwei Aquarelle vom Knaben mit Kaninchen, einer am Tisch sitzend, ein Akt, der Knabe mit blauen Augen und der mit grünem Apfel.

Wann hatte sie zuletzt einen Apfel gegessen?

Das Kaninchen wirkte lebensfroher als das Kind.

All diese trübsinnigen und leidenden Jungen spiegelten nichts als die eigene Traurigkeit. Tief hatte sie sich in der großen Leere eingenistet. Mit aller Macht füllte Anita sie mit Arbeit, malte zahllose Bilder gegen die Schwermut, die ihrerseits wieder schwermütig machten, zeichnete Studien gegen die trostlose Zeit, porträtierte schonungslos, wen es danach verlangte.

Freundin Lotte und ihren Augenarzt-Gatten in Erwartung des Einberufungsbefehls.

Dann Ilse, die Freundin, das Wunderkind, das bereits

mit 13 an der Königlichen Hochschule für Musik in Berlin studiert hatte. In dem musikbegeisterten Richter aus Cuxhaven und Vorsitzenden des dortigen Konzertvereins wollte die Königin am Klavier nun ihr Glück gefunden haben. *Der ihrer Hoheit völlig ebenbürtige Prinz-Gemahl*, hatte Anita auf die Zeichnung geschrieben. Wenigstens musste Ilse den frisch Angetrauten nicht in den Krieg ziehen lassen. Ihm fehlte bereits der linke Arm. Das war heutzutage ein Grund zur Freude.

Anita packte ihre Zeichenutensilien.

Zog einen Mantel über.

Öffnete die Tür.

Mit der Freude hatte Anita ihre Mühe. Jeder Anlass war gerade recht. Wenn sie die Freude anderer teilte. Wenn sie eine Ausstellung besuchte. Wenn sie malte. Wenn jemand ein Bild kaufte oder ein Porträt in Auftrag gab.

Gustav Pauli hatte sieben ihrer Zeichnungen für die Kunsthalle erworben. Er war zweifellos eine Freude. Wie sein Vorgänger lehnte er den Expressionismus ab. Wie der 1914 verstorbene Alfred Lichtwark stand er der Moderne kritisch gegenüber. Trotzdem vollzog sich ein Wandel. Ein frischer Wind wehte durch die Kunsthalle, ein aufgeschlossener Geist öffnete Türen. Der Bremer war gar nicht so aristokratisch, so zurückhaltend und kühl, wie manche ihn beschrieben. Im Gespräch mit einer Person, die ihn mochte und die er mochte, entstanden Wärme und Herzlichkeit, hatte Anita festgestellt. Bei einem Besuch in seinem Haus, als Gast von Gustav und Magda Pauli, konnte sich so viel mehr als Freude entwickeln.

Sie schulterte die Tasche und stieg die Treppe hinab.

Einer Einladung bei den Paulis hatte sie den Kontakt zu Carmen Hertz nebst Gatten zu verdanken. Und einen Auftrag, ein Porträt des ältesten Sohnes. Durfte sie sich darüber freuen?

Tatsächlich fürchtete Anita sich.

»Es muss bald sein, in den nächsten Tagen«, hatte Carmen Hertz erklärt, »Carl Heinrich ist auf Heimaturlaub.«

Er war Leutnant in einer Jagdstaffel und gerade einmal 22 Jahre. Er würde seine Fliegeruniform tragen und vor Mut und Stolz bersten. Anita hatte die Angst in den Augen von Carmen Hertz gesehen, Angst um das Leben ihres ältesten Sohnes, den Anita nun für alle Fälle in Öl festhalten sollte.

Es war kalt und düster im Treppenhaus. Anita öffnete die Haustür. Im Spiegel entdeckte sie ihre Mutter, sie verlor sich im Düsteren. Die dürren Glieder schlackerten. Sie zitterte leicht.

Anita machte einen unbestimmten Schritt auf sie zu, hielt jedoch inne, als die Mutter bitter den Mund verzog und die Arme hob, eine abwehrende Geste, der vorauseilende Schrecken angesichts einer undenkbaren Berührung, eines unmöglichen freundlichen Wortes.

»Draußen schlagen sie sich die Köpfe ein«, flüsterte die Mutter. »Es gibt Krawalle. Ich habe es mit eigenen Augen gesehen. Frauen, die Steine werfen und Lebensmittelgeschäfte plündern. Es ist furchtbar.« Ihre Stimme klang verächtlich und weinerlich zugleich.

»Sie haben Hunger«, antwortete Anita. »Sie kämpfen, um zu leben. Für ihre Kinder.«

Ein Irrer

In ihr war ein solcher Jubel, so viel Hüpfen und Juchzen, nicht einmal der Regen vermochte, die Laune zu trüben. Das Wasser bahnte sich den Weg durchs Blattwerk der Bäume und fiel in platschenden Tropfen herab. Hinterließ Flecken auf dem Mantel. Lief kalt und frech in ihren Kragen. Füllte Pfützen. Mit einem Bummelzug war Anita aus Weimar gekommen. Den Rest der Wegstrecke entlang der Allee mit den Linden musste sie zu Fuß gehen, des Wetters ungeachtet. Das Ankommen spüren, den Koffer tragen, die schwere, unhandliche Tasche mit den Malutensilien geschultert. Jeder Schritt belastet, aber freudig und auf dem nassen gelbbraunen Blütenteppich federnd leicht. Dass es gelang, der Heimatfront zu entfliehen, ließ sie an ein kleines Wunder glauben. Das Angebot war so überraschend wie ungewöhnlich. Was sie von ein paar Wochen Erholung im Sommer halte, hatte Carl Georg Heise sie gefragt.

Der Kunsthistoriker, noch mit seiner Promotion beschäftigt, war der neue Assistent von Direktor Gustav Pauli. Einen Bestandskatalog älterer Gemälde der Hamburger Kunsthalle sollte Heise anlegen, doch seine Faszination galt den Expressionisten, was Anita mit einem unübersehbaren Stirnrunzeln kommentiert hatte. Immerhin schloss der Herr Assistent die jungen Hamburger Malerinnen und Maler in seine Begeisterung für die Moderne ein. Immerhin begeisterte er sich auch für Anitas Arbeiten.

»Was gäbe ich dafür, Hamburg für eine Weile verlassen zu können«, war ihre Antwort gewesen.

»Um die Stadt gegen die tiefste Provinz zu tauschen?« Heise hatte herzhaft gelacht und erklärt, er habe die obere Etage eines Hauses in Blankenhain, einem kleinen Ort in Thüringen nahe Weimar, angemietet. Es sei als Erholungsstätte für Künstler und Wissenschaftler gedacht. Sein Freund Hans Mardersteig und er wollten auf den Weg bringen, was sie während ihrer Reisen in Italien als Segen empfunden hatten: Unterkünfte für Kunstschaffende. Anita könne mietfrei wohnen, müsse sich jedoch selbst versorgen.

Und jetzt war sie angekommen. Jetzt tauchte am Ende der Lindenstraße das Haus auf. Heise hatte es ihr beschrieben. Es sei nicht zu verfehlen. Sie solle nach einem Portikus mit vier großen ionischen Säulen Ausschau halten. Es gebe kaum ein anderes Wohngebäude dieser Art in Blankenhain.

Anita öffnete die Tür und betrat eine große Halle. Hoch oben ein stuckverziertes weißes Deckengewölbe. Eine breite Treppe führte ins obere Stockwerk. In der Fensternische eine Büste von Goethe.

»Heise hat mir ans Herz gelegt, Ihnen möglichst jeden Wunsch zu erfüllen. Er muss sehr viel von Ihnen halten.« Maria Benemann schenkte Tee ein.

Das Gesicht jung und mädchenhaft, ihr Lächeln freundlich und zugewandt. Das blonde, sanft gewellte, schulterlange Haar trug sie in der Mitte gescheitelt und als lockeren Dutt am Hinterkopf verknotet. Sie war eine schöne Frau, eine, wie Ingres sie gerne gemalt hätte. Das ovale Gesicht, die ebenmäßigen Züge, die weit auseinanderstehenden Augen, der lange Hals, all das hätte dem französischen Historienmaler und Porträtisten gefallen. Anita musterte Maria Benemann, konnte den Blick nicht von ihr abwenden, am liebsten hätte sie gleich den Zeichenblock zur Hand genommen. Sie waren etwa im selben Alter. Artig saßen ihre beiden Kinder auf dem Sofa, die neunjährige Inge und der fünfjährige Joachim.

»Sie müssen sich unbedingt das Haus anschauen. Der Porzellanfabrikant Gustav Vogt ließ es 1829 bauen. Offiziell heißt sie Villa Vogt, aber ich nenne sie Bassa Selims Haus, nach der Figur in Mozarts *Entführung aus dem Serail.*«

»Ich kenne die Geschichte. Bassa Selim kauft eine Frau vom Sklavenmarkt und lässt sie in seinem Palast wohnen. Der ist also hier?«

»Genau!« Maria Benemann lachte.

»Und Sie wurden von Heise alias Bassa Selim entführt und befreit?«

Maria schüttelte, noch immer lachend, den Kopf. »In gewisser Weise. Nach dem Tod meines Mannes im vergangenen Jahr war ich gezwungen, unser Haus in der Nähe von Berlin aufzugeben. Meine Kinder und ich waren sozusagen obdachlos und auf die Hilfe von Freunden angewiesen. Heise bot mir diese Stelle an. Sie ist unsere Rettung. Es ist wirklich ein Palast. Schauen Sie sich den wundervollen Garten mit den riesigen alten Bäumen an. Eine Welt des Friedens mitten im Krieg.«

»Ich kann bis in die Krone der Rotbuche hinaufklettern«, sagte Inge. Maria strich ihrer Tochter liebevoll übers Haar.

»Das darf sie aber nicht«, erklärte der jüngere Joachim. »Nur Jungs dürfen auf Bäume klettern.«

Inge lachte fröhlich. Die Frauen stimmten ein.

»Kommen Sie mit in die Baumkrone? Die Aussicht ist wunderbar«, fragte Inge.

Anita nickte. »Wenn es aufhört zu regnen, gerne.«

Es hörte nicht auf zu regnen. Anita stopfte die Hände in die Manteltaschen. Das Städtchen war nett anzusehen, die Architektur schlicht und einheitlich. Das alte graue Schloss erinnerte an eine befestigte Burg, wirkte düster und abstoßend mit seinen hohen Mauern und vergitterten Fenstern, an denen jetzt brüllende Rindviecher festgebunden waren. Davor einige Käfige mit Hühnern und Markttische, auf denen Kartoffeln und Eier angeboten wurden. Auf dem Land gab es noch, wonach die Städter sich sehnten.

Anita setzte sich auf eine Bank unter einer Linde. Das Laub hielt dicht, der Regen schien weniger geworden zu sein. Sie zückte ihren Zeichenblock, zog erste Linien, beobachtete ausgiebig und zeichnete dann selbstvergessen und konzentriert, bis sie das Frösteln spürte. Die Nässe hatte sich eingefressen, aufgesogen von der Kleidung und der Haut. Anita bewegte die steifen Füße, die starren Zehen, schüttelte die kaltblauen Hände und arbeitete weiter. Weiter. Weiter. Bis der Magen knurrte. Laut meckerte er. Hartnäckig, dieser Hunger, der sich nicht wegreiben ließ, nicht wegdrücken, nicht wegdenken. Aus der Tasche kramte sie eine Scheibe trockenes Brot, aufgespart vom kargen Frühstück, eingewickelt in Papier, im Mund pappig und am Gaumen die Erinnerung an Würzigkeit.

Eine Gruppe hagerer Männer fiel ihr auf, Schuhe und Kleidung verdreckt, in den Händen Feldhacken, die Köpfe gesenkt. Vermutlich Arbeiter, die erschöpft von den Feldern zurückkehrten. Gemächlich zogen sie vorbei, als plötzlich von hinten eine Horde Jungen heranstürmte. Schüler noch, in kurzen Hosen und Unverständliches grölend. Sie warfen Steine nach den Männern, die verschreckt davonstoben, und Anita sprang auf, mindestens genauso erschrocken und ohne einen Gedanken, der sinnvoll schien.

»Hey«, brachte sie heraus. Als Einwand zu leise und zu dünn. So half sie keinem. Mit diesem Kopf voller Unordnung. Mit dieser Unentschlossenheit. Und die Bö, die ihre Blätter erfasste. Sie segelten umher und dann zu Boden, und Anita hastete und klaubte.

»Haut ab! Lasst sie in Ruhe! Haut bloß ab!«

Das war Joachim, Marias Kleiner, erkannte Anita im Hocken. Mit hochrotem Kopf hatte er sich vor den älteren und viel größeren Jungen aufgebaut. Die waren eher verwundert denn eingeschüchtert. Sie verhöhnten ihn.

Joachim griff nach einer Feldhacke, die ein Arbeiter verloren hatte. Er hob das viel zu schwere Werkzeug und schwenkte es drohend. Es sah gefährlich aus. Wie leicht er sich verletzen könnte.

»Ich warne euch!«, brüllte er.

Woher nahm er den Mut?

»Lasst den kleinen Pisser doch«, keifte einer. Und sie zogen ab, stolzierten davon, den großen Spaß in Worten und Gelächter rekapitulierend.

Was für Helden. Der einzige Held war erst fünf Jahre. Wie ein Hütehund in einer Schafherde stellte er Ordnung wieder her. Reihte die Männer aneinander. Der Arbeiter mit dem großen gelben Hut erhielt die verloren gegangene Hacke zurück. Sein Gesicht war kantig, das Kinn spitz. Er zitterte fürchterlich. Behutsam nahm Joachim seine Hand.

Anita folgte dem seltsamen Zug.

Das Grundstück gegenüber von Bassa Selims Haus war von einer hohen Mauer umgeben. Joachims Schützlinge schlüpften durch eine Öffnung. Eine Tür schloss sich hinter ihnen.

Anita wartete auf der anderen Straßenseite. »Was sind das für Männer?«

»Sie sind krank«, sagte Joachim. »Die Krankheit ist im Kopf. Sie haben sehr viel Angst. Ich höre sie oft schreien. Manchmal singen sie auch.«

In der Nacht horchte Anita nach ungewöhnlichen Geräuschen, aber abgesehen vom gelegentlichen Knacken der Balken und Bohlen im Haus und dem hungrigen Rumoren tief in ihr drin hörte sie nichts.

Trotzdem fand sie keinen Schlaf. Niemand schrie. Niemand sang. Das Ausbleiben jeglicher Lebenszeichen im Irrenhaus gegenüber irritierte Anita, das Lauschen war anstrengend und zermürbend, sie bekam Kopfschmerzen davon. Je länger die Stille andauerte, je länger sich nichts rührte, desto sicherer war Anita, dass im nächsten Moment ein schreckliches Unglück hereinbrechen würde. Da nützte es nichts, sich albern zu schelten. Nichts, sich auf die Vernunft zu besinnen.

Der Schlaf kam nicht. Er fand sich nicht ein.

Anita starrte. Nachts ist das Leben noch schwärzer. Männer huschten vorbei. Die vom Vortag waren es. Sie strauchelten und fielen zu Boden. Hagere, ausgemergelte Körper. Von Entbehren, Schmerzen und Furcht geprägte Gesichter. Mal knochig, mal feist und aufgeschwemmt. Krebsrot folgte auf Leichenblass. Sie lachten, grinsten, heulten, johlten. Die Grimassen wurden hässlich, widerwärtig gar. Sie besaßen verschiedene Gesichtshälften oder veränderten im Vorbeischwirren ihr Aussehen. Alles Strategie, um sie in den Wahnsinn zu treiben. Was zweifelsohne gelingen würde. Ein Kobold saß auf ihrer Schulter. Er kicherte böse.

Je länger der Krieg andauerte, das schreckliche Kämpfen, das Verstümmeln und Sterben, das Hungern und Dahinsiechen, an der Front und daheim, desto mehr Menschen würden eingeliefert, hatte Maria erzählt. Auch die Cousine von Hans Mardersteig lebte hinter den hohen Mauern da draußen. Wieso hielten die einen dem Leiden stand, während die Nerven der anderen zerrissen? Was machte den Unterschied aus? Wenn man sich selbst nicht zu schützen wusste, wie sollte man dem Elend standhalten?

Dann hörte sie den Schrei, ein Kreischen eher, nicht enden wollend und grässlich. Fraß sich hinein in ihre Ohren, ihre Augen, ihren Mund. Drang in ihren Körper. Die Frau. Mit ihrer Stimme.

Anita drehte sich auf den Bauch und drückte den Kopf ins Kissen. Nichts hören, nichts sehen. Das Denken einstellen. Falls jemals jemand auf die Idee käme, sie in ein solches Haus zu sperren, so würde sie gewiss dort sterben.

Statt zu malen, las sie. Sie las Rilke und Nietzsche. Wörter und Gedanken im Kampf gegen die bleierne Müdigkeit, gegen den nagenden Hunger, das Unwohlsein und den Regen, der zur Stimmung passte, der sich eingenistet hatte wie die Traurigkeit und die Hoffnungslosigkeit, die in Faulheit mündeten.

Wozu einen Strich auf das Papier setzen?

Als der Brief von Emilie eintraf, betrachtete Anita ihn lange. Aus dem Magen stieg Übelkeit auf. Die Hände zitterten, die Beine trugen den Körper nicht mehr. Anita suchte Halt am Türrahmen. Atmete schwer. Der Herzschlag beschleunigt. Die Stirn feucht. In diesen Zeiten war nichts wahrscheinlicher als Unerfreuliches. Ohne den Umschlag zu öffnen, legte Anita den Brief zwischen zwei Seiten und klappte das Buch zu.

»Du öffnest ihn nicht?«, fragte Maria.

Anita strich mit der Hand über das Buch.

»Und wenn nun etwas mit deiner Mutter ist oder mit deinem Vater?«

»Nicht mein Vater. Das überlebe ich nicht!«, stieß Anita hervor und bereute den unüberlegten Ausbruch sofort.

»Ist deine Mutter dir weniger wichtig?«

»Ich liebe meinen Vater sehr.«

»Deine Mutter nicht?«

»Sie ist meist krank und ständig besorgt. Sie will alles verhindern, wollte nie, dass ich male. Sie glaubt, es ist mein Unglück.«

»Aber sie liebt dich.«

»Woher willst du das wissen?«

»Mütter lieben ihre Kinder. Das ist ein Naturgesetz.«

Anita schüttelte den Kopf. »Schon als kleines Mädchen habe ich mir eine andere Mutter gewünscht, habe meine Freundinnen um ihre fröhlichen und aufgeschlossenen Mütter beneidet. Ich habe es gehasst, wenn man mich fragte, woher ich komme.« Sie zögerte. Sie sah Fragen und Unverständnis in Marias Augen, Missbilligung in der Mimik, hörte die Widerworte, die Maria nicht aussprach, und redete weiter, um sie nicht hören zu müssen. »Die Vorfahren meiner Mutter kommen aus Südamerika. Ihnen verdanke ich, dass ich bin, wie ich bin, mein exotisches Aussehen, die dunklen Haare und Augen, die Ängste, meine schlechte Gesundheit, die ewigen Sorgen, das Anderssein, das Nichtdazugehören.«

»Du bist schön«, sagte Maria, »und eine Künstlerin, eine bedeutende Künstlerin. Das habe ich gleich gesehen. Du hast Freunde, die dich mögen, und ich habe dich auch gerne hier.« Maria streckte die Hand aus. Sanft berührte sie Anitas Wange. »Ich lass dich mal allein.« Sie wies auf das Buch.

»Bleib!« Anita hielt sie fest, zog den Brief heraus und öffnete den Umschlag. »Bleib bitte.« Lesend setzte sie sich. Marias Hand warm in ihrer.

»Heinz, lieber kleiner Heinz.« Sie flüsterte. Eine Träne tropfte auf den Brief. »Ein Jahr nur, ein winziges, unbedeutendes Jahr, älter ist er nicht geworden, Emilies zweiter Sohn.«

»Reich mir die Hand, mein Leben.«

Inge hatte wirklich eine hübsche, klare Stimme ...

»Komm auf mein Schloss mit mir.«

... und Joachim gab sich unerhörte Mühe, es seiner älteren Schwester gleichzutun.

»Kannst du noch widerstreben?«

Marias Klavierspiel war voller Seele, jeder Ton zeugte von der Liebe für ihre Kinder. Es mochte ein Naturgesetz sein, aber nicht jede Mutter besaß ein vollständiges Repertoire an Gefühlen.

»Es ist nicht weit von hier.«

Hans Mardersteig wirkte entrückt, ging völlig in seinem Cellospiel auf, musizierte mit geschlossenen Augen. Er war am Nachmittag aus Weimar angereist. Der Regen hatte sein Ende gefunden und einem schüchternen, sanftblauen Himmel Platz gemacht. Die Sonne übte noch, aber die Zuversicht, die sie ausstrahlte, machte alle je gehegten Zweifel vergessen.

Mit dem Licht und der Wärme war Richard Hertz gekommen. Schlank und hochgewachsen, gerade 18 Jahre, seinem älteren Bruder Carl Heinrich im Aussehen außerordentlich ähnlich. Richard trug keine fesche Fliegeruniform. Das Warten auf den ersehnten Einberufungsbefehl hatte ihn nach Blankenhain getrieben. Jetzt lauschte er Mozarts *Don Giovanni*. Anita musterte ihn verstohlen. Er bemühte sich um einen erwachsenen, entschlossenen Gesichtsausdruck. Doch hin und wieder blitzte der Knabe auf, der er nicht mehr sein wollte.

Maria hatte Mardersteigs Cousine für einige Stunden aus der Irrenanstalt geholt und ins Publikum gesetzt. Neben ihr saß Marias Mutter und daneben die verstoßene Frieda. Maria hatte sie aufgelesen, sich den Widerständen des Pfarrers, ach was, der ganzen Bevölkerung von Blankenhain entgegengestellt. Nicht einmal die Eltern wollten der Tochter ein Zuhause geben. Ihr Bauch war kugelrund, der Vater des ungeborenen Lebens unbekannt. Frieda stahl wie ein Rabe, hieß es, aber Maria scherte sich nicht um die Warnungen.

Maria war ein guter Mensch.

Jetzt lief die Blankenhainer Zeit ab, ohne dass Anita die Freundin gemalt hätte, ohne dass sie ihr liebes Ovalgesicht festgehalten hätte. Alles dank der verdammten Melancholie, dieser Untätigkeit, ihres unsäglichen Müßiggangs.

»So dein zu sein auf ewig.«

Dabei wusste sie genau, wie Maria ihr Modell sitzen sollte.

»Wie glücklich, o wie selig.«

Sie sollte ihr schwarzes Seidenkleid tragen, den großen Florentinerhut mit den langen Bändern.

»Wie selig werd ich sein.«

Das Bildnis in Oval musste in der Steingrotte im Park von Bassa Selims Haus gemalt werden.

Es gedieh nur mühsam. Sie hatte weitaus mehr abgekratzt als gemalt. In Öl misslang, was für das Aquarell gedacht war. Es galt, die Figur in Einzelheiten zu zerlegen und trotzdem ein geschlossenes Ganzes zu schaffen. Das Gesicht machte größte Schwierigkeiten. Es wirkte allzu blass und zart gegen das Schwarz-in-Schwarz des Kleides.

Anita eilte die Marktstraße hinunter.

Lindenblüten segelten durch die Luft.

Vielleicht würde Marias Bildnis niemals fertig. Vielleicht gelang es nicht, die Seele der Freundin einzufangen. Sie musste diese Möglichkeit in Betracht ziehen. Sie hatte Maria gebeten, während des Modellsitzens Gedichte zu sprechen. »Ich bin.« Eine Dichterin rezitierte ihre eigenen Gedichte. In der Steingrotte klang es, als spräche eine Heilige.

»Ich bin nur Luft und Blatt und leichter Wind,
Fühlst du den Atem über alle Ferne,
Und morgen lieg ich wie dein stillstes Kind
Und frage dich nach einem runden Sterne.«

Auch der Franzose Ingres hatte in seinen Bildnissen eigene Wirklichkeiten geschaffen.

Die Zeit in Bassa Selims Haus war längst abgelaufen, doch Anita hatte nicht abreisen wollen. Bloß nicht zurück an die Heimatfront. Schon gar nicht ohne etwas Vorzeigbares, ohne einen Schritt nach vorn, nicht mit dieser quälenden Unzufriedenheit. Marias Mutter hatte die Leitung eines Feldlazaretts hinter der russischen Frontlinie übernommen. Anita hatte es für einen Fingerzeig gehalten und beschlossen, die frei gewordene Wohnung zu übernehmen und den schönen Blick über den Marktplatz von Blankenhain auszukosten.

Joachim wartete vor dem Tor auf Anita. Gemeinsam betraten sie das Gelände des Irrenhauses. Wie selbstverständlich legte er seine Hand in ihre, so wie er sonst die Hand seines kranken Freundes hielt. Er lächelte, eine blonde Strähne fiel ihm in die Stirn. Er zog Anita mit sich, duldete keinen Einwand, kein Zögern, als würde er ihre Zerrissenheit spüren. Das Irrenhaus mit seinen Insassen ängstigte sie, gleichzeitig schien es eine magische Anziehungskraft zu besitzen.

Nicht nur Maria musste gemalt werden. Anita musste noch ein zweites Porträt bewältigen, musste sich einer weiteren beängstigenden Wirklichkeit stellen, die sich dem Sehen entzog.

Der Mann trug denselben gelben Hut wie bei der ersten Begegnung. Er stand im Schatten eines Baumes im Garten der Anstalt. Die Nachmittagssonne löste sich beim Durchdringen des Blattwerks in unendlich viele Pünktchen auf.

Gewiss war es kein Zufall. Die Situation vor einigen Wochen auf dem Marktplatz hätte unterschiedlicher nicht sein können, dort war es ihr nicht aufgefallen. Jetzt, hier im Park, bei diesem Licht, erinnerte seine Erscheinung an van Gogh, an ein Selbstporträt des niederländischen Malers. Dieser Hut, der Bart, das eckige Gesicht mit dem wässrigen Blick ins Nirgendwo. Nie hatte sich van Gogh mit der bloßen Wirklichkeit begnügt. Vielleicht, weil er den inneren Kampf kannte, weil er wusste, welche Spielchen der Kobold auf seiner Schulter mit ihm spielte. Es hieß, van Gogh habe unter Albträumen gelitten, unter Wahnvorstellungen und unerklärbaren Krampfanfällen. Man sagte, er habe sein Leben selbst beendet.

Joachim begrüßte seinen Freund. »Ich habe es dir erzählt. Sie ist eine große Künstlerin und will dich malen.«

Der Mann reagierte nicht. Mit keiner Geste. Mit keinem Zucken. Er verstand nichts.

Sanft drückte Joachim ihn auf die Bank, entfernte sich dann vorsichtig, Schritt für Schritt im Rückwärtsgang. Der Gesichtsausdruck genauso ernsthaft wie besorgt. Die Hände hinter dem Rücken verschränkt.

Anita baute die Staffelei auf. Lange betrachtete sie den Mann. Sie lief nach rechts, nach links, suchte nach der richtigen Perspektive, der angemessenen Herangehensweise.

Blicke fanden sich. Sie verfingen sich. Der Ausdruck von Hilflosigkeit in den Augen des Mannes schmerzte tief.

Es begann unvermittelt. Sein ganzer Körper zitterte. Die Beine schlotterten. Unbeholfen sprang er auf, um der Angst eine Bewegung entgegenzusetzen, doch die Beine trugen ihn nicht. Er stürzte.

Joachim war sofort zur Stelle, stützte ihn und bugsierte ihn auf die Bank zurück. Ein anrührendes Bild, der bebende alte Mann und das Kind.

»Du musst bei ihm bleiben«, sagte Anita.

Joachim streichelte seine Hand. Das Zittern ließ nach. Der Mann beruhigte sich. Er schlüpfte zurück in sein Inneres, als würde er seinen Körper wie ein Kleidungsstück auf links drehen. So verschwand er. Schaute mit leeren Augen. Abgeschottet hinter hohen Mauern wie das düstere Schloss von Blankenhain.

Mutter und Kind

Fremd fühlte sie sich in dieser Märchenwelt. So gerne Anita dazugehören würde, es würde ihr nicht gelingen, sich diesem Hause angemessen zu kleiden, zu reden, zu bewegen. Etwas, was das Ehepaar Dehmel scheinbar mühelos schaffte, sogar mitten im Krieg.

Ida Dehmel wirkte in ihrem eleganten wie extravaganten Kleid wie die Fee im Wunderland. Ihr Haus in Blankenese hatte ein Architekt auf eigene Kosten bauen lassen und den Dehmels geschenkt, nur damit Dichter und Muse nicht wegzogen und Hamburg erhalten blieben. Anita kannte niemanden sonst, dem ein Haus geschenkt worden wäre. Auch niemanden, der sein Esszimmer mit weißen Möbeln eingerichtet hätte, mit einem weiß lackierten Schrank, einem ebensolchen Esstisch, passenden Stühlen und Anrichten, jetzt zu Weihnachten festlich gedeckt, mit Kerzen und Tannenzweigen und silbernen Figürchen, einer kleine Trommel und allerliebsten Tierminiaturen.

Vorsichtig setzte Anita die Kaffeetasse auf den Unterteller.

»Ich wünschte, ich könnte richtigen Kaffee anbieten und nicht diesen Rübenersatz.« Ida Dehmel seufzte. »Nehmen Sie noch ein Stück Kuchen, verehrtes Fräulein Rée, wer weiß, wann wir wieder welchen bekommen.«

Anita nahm, bedankte sich und wich dem wilden Blick des Hausherrn aus. Sein Vollbart ergraut, die Wangen bleich und eingefallen, die fürchterliche Zeit im Schützengraben hatte ihm offensichtlich zugesetzt. Älter als 50 Jahre musste er sein, doch die Leidenschaft in seinen Augen schien ungebrochen, sein Haar vom inneren Sturm verwirbelt, der Schnauzbart exzentrisch gezwirbelt.

»Es ist ja nicht nur der Kaffee, alles wird nun aus Steckrüben hergestellt. Erst haben wir Kartoffelmehl für das Brot verwendet, aber dank des vielen Regens im Sommer und der unsäglichen Knollenfäule gibt es nicht einmal mehr Kartoffeln«, klagte Ida Dehmel.

Anita nickte. »Von Herzen wünsche ich mir ein signiertes Exemplar Ihrer Kriegsgedichte«, sagte sie zögernd.

»Ach!« Richard Dehmel machte eine wegwerfende Handbewegung. »Die ganze Literatur kommt mir inzwischen vor wie ein albernes Froschquaken. Da nehme ich meine eigenen Verse gar nicht aus.«

Ida Dehmel legte zärtlich ihre Hand auf seine, streichelte sie. Noch immer wirkte sie irrsinnig verliebt und er nicht minder, dabei waren sie schon viele Jahre verheiratet. »Du bist einfach nur erschöpft von den Strapazen …«

»Warum wurden Sie überhaupt eingezogen?«, fragte Anita.

Richard Dehmel kniff die Augen zusammen und beugte sich energisch über den Tisch. »Auch der geistige Arbeiter hat die verdammte Pflicht und Schuldigkeit, als leibhaftiger Mensch am Völkerkampf teilzunehmen. Es geht doch um eine bessere Zukunft.« Er stieß Worte aus wie eine Dampflok Rauch.

»Richard war so begeistert, dass er genommen wurde. Er hat sich bei Kriegsbeginn freiwillig gemeldet«, erklärte Ida Dehmel besänftigend, »… gleich nach meinem Sohn. Gerade erst hat Heinz Lux seine Buchhändlerlehre beendet, jetzt kämpft er an der Front für das Vaterland.«

»… gegen unsere Freunde«, sagte Anita. »Unsere einstigen Freunde in Frankreich sind plötzlich unsere erbitterten Feinde. Ich werde es nie verstehen.«

»Es ist beklagenswert, aber die französische Nation hat sich überlebt und jede Gelegenheit vertan, sich mit Deutschland zu verbünden«, entgegnete Richard Dehmel.

Anita schwieg. Sosehr sie den Dichter auch bewunderte, er schien nicht von dieser Welt zu sein. Allein war er mit seiner Haltung nicht, viele Künstler feierten den Krieg und bejubelten die deutschen Soldaten in Versen und Bildern. Als ob der tägliche Lebenskampf des Krieges bedürfte. Vor wenigen Tagen erst war ein junges Leben erloschen, der Sohn von Ahlers-Hestermann und seiner Frau Alexandra Povòrina. Nach wenigen Monaten nur erlag er einer schlimmen Lungenentzündung.

»Heinz Lux wird in zwei Tagen volljährig. Wir hätten ihn so gerne hier gehabt«, sagte Ida Dehmel.

Anita nickte. »Meine Schwester hat heute wieder einen Sohn geboren: Heinrich. Das Telegramm kam am Mittag. Ich bete mit all meiner Kraft, dass dieses Kind überlebt.«

Ida Dehmel erhob sich. »Lassen Sie uns ein wenig frische Luft schnappen, meine Liebe.«

Anita folgte der Freundin auf die Terrasse. Es regnete nicht mehr. Die Dämmerung hatte eingesetzt. Das Weihnachtsfest war fast vorüber, wenn es überhaupt stattgefunden hatte. Hintereinander stiegen die Frauen die Wendeltreppe in den Garten hinab.

»Die Liebe zu meinem Kind und meinem Mann ist so groß, dass sie mich von allen anderen Menschen fernhält«, flüsterte Ida Dehmel.

Schlagartig kam der Winter, da war 1917 erst wenige Tage alt. Die Temperaturen stürzten ins Bodenlose. Der Briefkastenschlitz gefror, und der Postbote musste klingeln. Er überreichte Anita einen schwarz geränderten Briefumschlag. Anita öffnete ihn oben in der eisigen Dachkammer. Sie hörte ihr Herz dumpf pochen.

Unser lieber Heinz Lux ist für das Vaterland gestorben. Er fiel am 6. Januar bei Souchez. Wir bitten, ihn und unsere Trauer schweigend zu ehren.

Anita stellte sich ans Fenster. Malte ein feuchtes Herz auf das schmutzige Glas. Mühte sich mit dem Wunsch der Dehmels. Sie taten ihr von Herzen leid, Ida, Richard und der freundliche Heinz Lux, der nun nie mehr zurückkommen würde. Nichts fiel ihr schwerer, als Schrecken und Trauer in sich hineinzuschweigen. Aus Liebe zum Gatten und Sohn sich von den Menschen fernhalten. Anita erinnerte sich an Ida Dehmels merkwürdige Bemerkung. Gerade bei einem solch schweren Verlust würde Anita auf Freunde nicht verzichten wollen.

Es war zu kalt in ihrem Atelier. Anita stieg die Treppe hinunter, folgte Licht und Wärme und betrat das einzige beheizte Zimmer des Hauses.

Anita reichte dem Vater den Brief. »Ich möchte trotzdem hingehen. Ich muss ihnen doch mein Beileid aussprechen.«

Der Vater las. »Gestorben fürs Vaterland?« Er schaute sie fragend an.

»Für wen sonst?«

»Das Vaterland ist froh über jeden Juden, der nicht zurückkommt«, sagte der Vater ungewohnt bitter.

»Warum sagst du das?«, flüsterte Anita.

Vater schwieg.

»Sein Tod ist immerhin der Beweis, dass die Juden keine Drückeberger sind, dass sie sich nicht mit allen denkbaren Ausreden dem Waffendienst entziehen. Das behauptet man doch ...«, sagte Anita.

»Für diesen Beweis hätte der Junge nicht sterben müssen. Es hätte gereicht, sich während der Judenzählung beim Vorgesetzten zu melden und seine Religion anzugeben. Aber es ist einerlei ...«

»Was ist einerlei?«

»Was wir Juden auch tun, der Hass auf uns wird sich

verdoppeln und verdreifachen. Je mehr Juden im Krieg fallen, desto mehr Stimmen werden behaupten, wir hätten hinter den Frontlinien Geschäfte gemacht und Kriegswucher betrieben.«

»Wir? Du sagst wir? Wir sind evangelisch-lutherisch getauft, Vater. Wir praktizieren den jüdischen Glauben nicht.«

»Wenn es darauf ankommt, wird dich keiner danach fragen, Anita. Keiner.«

»Was ist mit dir, Vater?«

»Nichts, Kind. Ich werde nur krank.«

Mutter weinte lautlos. Ihre Nase dick und blau, fast wie eine Steckrübenknolle. Dabei verabscheute sie Steckrüben. Sie rümpfte die Nase über das Steckrübenbrot, den Steckrübenauflauf, die Koteletts und Frikadellen aus Steckrüben genauso wie über den inhaltsgleichen Pudding und die Marmelade, eigentlich über alles, was in der Küche aus der Hindenburg-Knolle gekocht wurde. Bereits Anfang Dezember vergangenen Jahres hatte Oberbefehlshaber Paul von Hindenburg die Beschlagnahmung der Kohlrübenvorräte angeordnet. Es gelte die Volksernährung zu sichern, war in der Zeitung zu lesen gewesen.

»Steckrüben sind besser als nichts«, war Vaters Kommentar gewesen.

Anita konnte noch immer seine Stimme hören. Sanft waberte sie durch den Raum, tröstete wie ein Kinderlied, schuf eine schützende Hülle, um Kraft zu schöpfen, und machte Mut zum Durchhalten.

»Schweinefraß«, hatte Mutter gejammert, und dass alle verhungern würden.

Anita konnte jetzt nichts essen.

Die Tagesrationen wurden dauernd reduziert. Derzeit erhielt jede Person nur noch die Hälfte von dem, was sie benötigte: In der Woche 90 Gramm Fett, 150 Gramm Fleisch, 2.000 Gramm Brot und ein Ei.

»Zu viel, um zu sterben«, hatte der Vater gemeint, sich zu einem Lächeln gezwungen und sorgfältig das Steckrübenbrot gekaut, als würde es sich um schmackhaftes und zartes Fleisch handeln.

Emilie mühte sich um Fassung und Tapferkeit. Die junge Familie war nach dem Eintreffen des Telegramms sofort aus Bremen angereist, Emilie und Ehemann, Reinhart und Heinrich. Ob die Muttermilch auch nur die Hälfte von dem enthielt, was der kleine Heinrich brauchte? Der Junge war ein Goldkind. Machte sein Bäuerchen und ließ sich widerstandslos in Anitas Arme legen. Sie zog ihn an sich heran, küsste ihn auf die Stirn und verbarg ihr Gesicht an seinem runden Bauch. Er gluckste glücklich und roch so gut. Wie wundervoll warm er war.

Mit dem Wintereinbruch war erst das Wasser gefroren, dann das Blut, zuletzt das Leben. Kohle war in Hamburg nicht mehr zu kaufen gewesen. Im Atelier hatten die Eisblumen geblüht.

»Wir erfrieren!« Mutter war unter die Weissager gegangen.

»Zieht alles an, was ihr habt«, hatte Vater aus dem Bett heraus angeordnet.

Mitte Februar hatte der Herrgott die Frostperiode beendet. Glück für Nölken. Wenigstens musste er im Schützengraben nicht so frieren.

Jetzt habe es den Franz also doch erwischt, hatte Alexandra Povòrina gemeint, sie war gerade aus Bayern zurückgekehrt. Der Armen war der Verlust ihres Sohnes grau ins Gesicht geschrieben. Das Unglück sei allein nicht zu ertragen. Ahlers-Hestermann leistete seinen Militärdienst in einem Hamburger Büro. Wenigstens er war fein raus. Angesichts der miserablen Nachrichtenlage konnte man sich darüber tüchtig freuen.

Mehr Freude wurde nicht geboten. Der Herrgott hatte Vater jeden Tag ein wenig mehr vergessen. Bis zum 13. März. Die Fütterung mit Steckrübenmus war von Anfang an ein aussichtsloses Unterfangen gewesen.

Emilie weinte. Mutter weinte.

Anita besaß keine Tränen.

Sie fror nicht.

Sie hatte nicht einmal Hunger.

Carl Hauptmann

Anita drückte die Hand der Freundin, als sie den ersten der Ausstellungsräume betraten. Froh war sie, Mary Warburg nach Hannover begleitet zu haben.

Zunächst hatte sie gezögert. Von den Kosten für die Bahnfahrt und für das Hotel könnte sie Leinwände kaufen, Grafit, Pinsel, Farben und Papier. Schließlich hatte sie sich vorgenommen, sparsamer zu wirtschaften, noch weniger auszugeben. Seit Beginn des Krieges verlor das Familienvermögen unablässig an Wert. Was würde sie für den Betrag, den Anita aus dem Nachlass ihres Vaters erhalten hatte, im nächsten Jahr noch kaufen können? Das Ende der wahnsinnigen Inflation war nicht abzusehen. Ohne Zutun und ohne eine Chance, entgegenzuwirken, lösten sich Lebensgrundlagen in Luft auf. Eine entsetzliche Vorstellung. Aufträge für Porträts und Verkäufe von Bildern konnten immer nur ein Zubrot sein, nichts, worauf sie sich verlassen durfte. Und doch musste sie leben und arbeiten. Sie musste sich als Künstlerin weiterentwickeln. Dazu gehörte es, aus Hamburg herauszukommen. Dazu gehörten Galeriebesuche. Anita hatte sich nichts sehnlicher gewünscht, als die Ausstellung in Hannover zu besuchen. 119 Werke von Paula Modersohn-Becker, überwiegend aus Privatbesitz, hatte die Kestnergesellschaft anlässlich des zehnten Todestages der Worpsweder Künstlerin zusammengetragen. Das Presseecho bei der Eröffnung Anfang September war überwältigend gewesen und das Besucherinteresse, jetzt zur Monatsmitte, beachtlich.

Anita und Mary betrachteten ein Stillleben.

»Alles schon tausendfach gemalt. Trotzdem, die unscheinbarsten Dinge erhalten durch Paulas Hände ein neues Gesicht«, flüsterte Anita.

»Alles ist von einer solch ungeheuren Wucht. Nichts ist einfach dahingemalt, nichts ist leicht und flüchtig.«

»Dieser unglaublich pastose Auftrag. Er ist so gleichmäßig. Die Farben wirken wie miteinander verwebt ...«

»... als wäre es ein Gobelin«, ergänzte Mary.

»Ein Mund ist kein Mund mehr und ein Apfel kein Apfel. Sie hat alles neu erschaffen.«

»Sie war ihrer Zeit weit voraus.«

Anita nickte zustimmend. »Sie übertreibt und verbiegt die Formen. Sie benutzt Farbe, um sich auszudrücken, als wäre es eine eigene Sprache.«

Mary und Anita ließen sich Zeit, betrachteten Bild für Bild. Auf einem hellen Rund kniete eine nackte Mutter in tiefgrünblauer Nacht. Mit beiden Armen hielt sie ihr Baby, stillte es mit stoischer Ruhe. Mutter und Kind blickten in verschiedene Richtungen, nachdenklich, der Welt entrückt. Das Bild war ein gigantisches Gefüge wuchtiger, einfacher Formen und Linien und satter, schwerer Farben.

»Geheimnisvoll«, sagte Anita.

»Es macht mir Angst«, sagte Mary.

Anita schaute sie fragend an.

»Beide wirken so schutzlos, ausgeliefert. Sie sind angreifbar.« Plötzlich füllten sich Marys Augen mit Tränen.

Anita legte erschrocken den Arm um die Schulter der Freundin und zog sie zu einer Bank. »Was ist mit dir?«

Mary schüttelte den Kopf. Sie schluchzte. »Mit mir ist alles in Ordnung. Es ist wegen Aby. Ich sorge mich um ihn. Er ist im Waldpark-Sanatorium in Baden-Baden. Ich setze all meine Hoffnung darauf, dass ihm die Behandlung von Dr. Heinsheimer guttut, dass Aby Ruhe findet und Ablenkung. Er muss sich erholen. Vor allen Dingen muss er essen und sich um sich selbst kümmern. Aby steckt seine ganze Energie in sein *Museum der Lüge*, und ich habe Angst, es bringt ihn um.«

»Museum der Lüge?«

Mary erhob sich müde. »Lass uns hinausgehen.«

Anita knöpfte ihre Jacke zu. Der September war kalt und regnerisch, aber heute schien es ausnahmsweise einmal trocken zu bleiben.

Sie liefen die Königstraße entlang. Stockend begann Mary zu erzählen. Dass Aby den Krieg schon vor 1914 vorausgesehen habe. Dass er von Anfang an entgegen anderslautenden Beteuerungen, entgegen dem Optimismus der Kriegstreiber mit einer furchtbaren Katastrophe für Deutschland gerechnet habe. »Aby ist wie ein Seismograf, der unterirdische Erschütterungen wahrnimmt. Er fühlt sich wie die Kassandra aus der griechischen Mythologie, deren Weissagungen auch niemand Glauben schenkte. Er meint, sich nur mit den Mitteln zur Wehr setzen zu können, die ihm zur Verfügung stehen. Also hat er angefangen, die Kriegsentwicklung zu dokumentieren. Er hat eine Kartothek angelegt und alle Ereignisse verzettelt: Reaktionen aus der Welt, hasserfüllte Propaganda, Stimmen der Vernunft und Schlachtberichte. Er verzettelt die Hamburger Tageszeitungen, die *Frankfurter Zeitung*, alles, was ihm wichtig erscheint. Überall stehen Kästen mit ausgeschnittenen Artikeln, mit Randbemerkungen versehen, nach Themen und Stichwörtern geordnet. Er kämpft wie ein Besessener, gönnt sich keine Auszeit, treibt seine Mitarbeiter an. Selbst ich suche, lese, schneide aus, sortiere, schreibe ab. Selbst ich träume schon nachts von Zetteln. Sie werden lebendig und schwirren unkontrolliert. Oder sie pappen zusammen, bilden massive unförmige Haufen und verstopfen mein Hirn.«

Mary zitterte. Anita hakte sich bei ihr ein, legte Unterarm auf Unterarm. Der Sohn von Maria Benemann fiel ihr ein: Joachim. Wie es ihm mühelos gelungen war, seinen Freund zu beruhigen, den Mann mit dem gelben Hut aus der Irrenanstalt in Blankenhain. Joachim besaß gewissermaßen die Fähigkeit, vor Angst zu schützen. Er war ein Blitzableiter und so geerdet, dass ihm selbst keine Gefahr drohte. Dabei war Angst ansteckend. Wenn es nicht einmal Aby Warburg, dem großen gebildeten, dem geistreichen und weitblickenden Gelehrten, gelang, sich zu schützen, wie sollte es ihr gelingen?

Aby hatte Mary.

Anita hatte niemanden.

»Er hat sich ein Schlachtfeld in seinem Kopf eingerichtet«, flüsterte Anita.

»Er glaubt, er sei Herr der Lage, doch die drohende Katastrophe, von der er spricht, bringt zuallererst ihn selbst ins Grab«, sagte Mary. »Er isst nichts, er schläft nicht. Er sieht furchtbar aus. Er verhält sich wie Wild, das erbittert gejagt wird.«

Aby saß mit Mary in der ersten der sorgsam aufgebauten Stuhlreihen, hielt den Kopf schräg und leicht gesenkt, in stiller Erwartung der Lesung oder einem faszinierenden Gedanken nachsinnend. Anita betrachtete beide von hinten, sah keine Gesichter, wusste nicht, ob sich in seinen Augen die Schwermut spiegelte oder Temperament und Lebensfreude. Da beide klein von Statur waren, versanken sie im Stuhl, wirkten merkwürdig verletzlich, wie zwei Menschen, die sich aneinanderklammerten, gleich alt, Anfang 50, Haare von Grau durchsetzt, tief miteinander verwurzelt, durch ihre Liebe, ihre drei Kinder, die Leidenschaft für Italiens Kultur und die Kunst.

Die Hamburger Elite schien der Einladung in das Haus an der Alster gern nachgekommen zu sein. Eine Dichterlesung mitten im Krieg erregte Aufsehen und versprach willkommene Ablenkung, besonders wenn eine bekannte Kunstmäzenin die Veranstaltung organisierte, wenn Luise Bohlen in ihr Haus in der Badestraße 42 einlud. Das ließ man sich nicht entgehen.

Magda und Gustav Pauli traten ein, winkten Anita in der letzten Reihe zu und begrüßten die Warburgs. Oberbaudirektor Fritz Schumacher setzte sich zu ihnen und die Brille auf die Nase.

Als Empfangskomitee wohl hatten sich Carl Georg Heise und Maria Benemann an der Zimmertür positioniert. Sie plauderten angeregt. Die Freundin aus Blankenhain hatte den Jahreswechsel im Hause Bohlen verbracht. In einem vornehmen Appartement mit Wohn- und Schlafzimmer im oberen Stockwerk und – »Stell dir vor, Anita!« – mit Blick in den Garten und auf die Alster. »Ich werde bedient wie eine Prinzessin. Die Köchin ist eine Meisterin der Steckrübenküche.« Anita hatte Maria bereits häufiger besucht. »Ich weiß gar nicht, wie ich es Frau Bohlen recht machen soll«, sorgte sich Maria. »Sie erwartet, dass ich täglich ein Gedicht schreibe, hat bereits angeboten, es sofort in die richtigen Hände zu leiten. Doch sosehr ich mich mühe, es fällt mir nichts ein.« Da waren wohl Brief und Anfrage von Carl Hauptmann zur rechten Zeit eingetroffen. Maria hatte Luise Bohlen gebeten, einen Abend mit dem Dichter zu arrangieren, ein Wunsch, dem ihre wohlhabende Gastgeberin gleich nachgekommen war.

Er trug einen kaffeebraunen Gehrock zum rostroten Spitzbart. Carl Hauptmann wirkte schüchtern, ehrlich verunsichert, seine Mimik konnte nicht verbergen, wie ihn die Versammlung schreckte, die argwöhnische Musterung, das erwartungsvolle Schwirren von Gesprächsfetzen. Es war nicht von der Hand zu weisen, seine Erscheinung passte nicht hierher, und doch entsprach er dem romantischen Bild, das sich vermutlich jeder im Raum von einem Dichter malte.

Die Tür schloss sich, Stühle wurden gerückt, Parkett knarzte, Kleider raschelten. Man stand auf, man setzte sich, bis alle Stühle besetzt waren und Reihen geschlossen. Sitznachbarn tauschten Höflichkeiten aus. Maria, die an Anitas Seite Platz genommen hatte, flüsterte hinter vorgehaltener Hand. Luise Bohlen seien am Vortag erhebliche Zweifel gekommen. Hauptmann sei der Hamburger Elite kaum zuzumuten. Er sei womöglich nicht ... Maria verstummte mitten im Satz, als Hauptmann sich näherte, sich hinunterbeugte und ihr ins freie Ohr sprach. Ein roter Schimmer überzog ihr hübsches Gesicht.

Hauptmann hatte Maria gebeten, ihm behilflich zu sein. In der Aufregung würden ihm manches Mal Blätter aus der Hand fallen.

Ein zweiter Stuhl wurde für Maria auf die improvisierte Bühne gestellt. Jetzt kämpfte *sie* mit Verunsicherung. Scham war ihr ins Gesicht geschrieben. Sie wurde beäugt und beurteilt, schaute hilfesuchend ins Publikum.

Anita überlegte, wie sie sich fühlen würde, wenn sie selbst vorne sitzen und aus ihrem *Jacob* lesen sollte. Jemanden an ihrer Seite zu wissen würde helfen. Doch zum Glück war sie, wo sie war. In der letzten Reihe. Sie griff nach ihrem Zeichenblock und skizzierte Carl Hauptmann.

Der schien zufrieden, versprühte nun Zuversicht, als die Gastgeberin ihn offiziell willkommen hieß. Er las flüssig, dann lebhaft, sein schütteres Haar in Auflösung begriffen. Er glühte vor Begeisterung über sein eigenes Schaffen.

Maria wirkte erleichtert, als die Lesung vorüber war. Das Ehepaar Warburg gesellte sich zu ihnen. Anita konnte nichts Ungewöhnliches an Abys Verhalten feststellen, nichts, das Marys Sorgen bestätigen würde. Er hatte sich anscheinend erholt. Nachdenklich zwirbelte er seinen Bart und stellte sich vor. »Ich kenne Sie schon«, sagte Aby mit sichtlichem Vergnügen. »Ihr Porträt, liebe Frau Benemann, hängt bei meinem Bruder Max. Fräulein Rée hat Sie nicht nur vorzüglich getroffen, sie wusste auch viel über Sie zu erzählen«, sagte er geheimnisvoll.

»Was hast du denn von mir erzählt, Anita?«, fragte Maria.

Anita schüttelte abwehrend den Kopf.

»Unsere Anita trifft keine Schuld«, erklärte Mary schnell. »Sie müssen wissen, mein Mann versteht Bilder als verkapselte Botschaften.«

Maria lächelte. »Ich bin furchtbar traurig, dass ich das Porträt nicht selbst erwerben konnte.«

Anita schwieg, reagierte nicht auf Blicke, die sie streiften. In Marias Worten schwang ein Vorwurf, der schmerzte. Gern hätte sie der Freundin das Porträt überlassen, für einen Freundschaftspreis oder noch weniger. Doch mehr als eine verpasste Geste hätte Anita die vertane Gelegenheit geschmerzt, ein Bild zu verkaufen. Größer als der Wunsch, der Freundin für die schöne Zeit in Blankenhain zu danken, war die Angst, dass das zur Verfügung stehende Geld nicht reichen könnte. All das Bemühen um Leichtigkeit, um Gelassenheit, um Sorglosigkeit, es war gefallen an der Heimatfront. Als Max Warburg ihr 800 Mark für das Porträt bot, hatte Anita keinen Augenblick gezögert.

»Besuchen Sie uns doch einmal in der Heilwigstraße.« Aby Warburg beugte sich vor und flüsterte Maria zu: »Sie gehören doch nicht hierher.«

Maria riss erstaunt die Augen auf.

Anita wandte sich ab. Noch eine, die nicht dazugehörte. Noch eine Zerrissene, Unangepasste, Verlorene, aber eine, die Hamburg bald verlassen würde.

Maria beugte sich vor, um die Zeichnung von Carl Hauptmann auf der Staffelei zu betrachten. Dann legte sie ihren Kopf in den Nacken, drehte sich langsam im Kreis, betrachtete Maske für Maske. Wie ein umlaufender Fries dekorierten die holzgeschnitzten Skulpturen die Wand, schauten auf die Menschen herunter, die sich im Dachatelier aufhielten.

»Mir würden diese gruseligen Gesichter Angst machen«, sagte Maria.

»Angst? Nein. Angst habe ich nur vor mir selbst.«

Maria sah Anita erschrocken an.

»Die Masken schützen mich vor bösen Kräften, vor Krankheiten und Traurigkeit, vor ungewünschter Ablenkung.« Anita schaute gedankenverloren aus dem Dachfenster in den grauen Dezemberhimmel. Als spräche sie zu sich selbst, fuhr sie fort: »Die schöpferische Arbeit kann sehr glücklich machen. Aber nur, wenn sie gelingt. Auf dem Weg dahin lauern Missmut und Einsamkeit.« Es begann wieder zu regnen. Tropfen liefen zögernd an der Glasscheibe herunter. »Wie lange tappe ich im Dunkeln, bis ich etwas finde, was es wert ist, gesagt zu werden? Bevor ich etwas auf die Leinwand bringe, muss ich es bis ins Innerste begreifen. Zuweilen ist es unsäglich anstrengend. Aber wenn ich mein Ziel erreiche, entschädigt es mich für alle Mühen.«

Maria strich sich eine Haarsträhne aus dem Gesicht. Sie wanderte herum und streichelte die Schachteln und Mappen, all die Kostbarkeiten, das Gesammelte, die Bilder und Briefe, die Zeitungsauschnitte und Abschriften. »Was ist da überall drin?«

»Sachen, die mich glücklich machen. Alles, was mich berührt. Wenn ich allein bin und es mir nicht gut geht, stöbere ich in meiner Fundgrube und freue mich an den schönen Dingen, an Erinnerungen und bewegenden Worten.«

»Darf ich hineinsehen?« Maria wies auf die zuoberst liegende Mappe.

Anita zog kurz beide Schultern hoch.

Maria öffnete den Deckel, nahm ein Blatt heraus und las laut:

»Ich habe wiesengrüne Zärtlichkeiten
Und schwer verhaltnen Kuß für dich.
Aufs Leuchten aller warmen Wände.
Schlag ich verbrannt mir dein Gesicht.

Das klingt wie eine Liebeserklärung. Ich kenne den Dichter nicht. Alexander Bessmertny ... ein Freund von dir?«

Anita spürte, wie Wärme hochstieg und ihr Gesicht rötete. »Er ist begeistert von meinen Bildern. Er meint, dass in der Malerei selbst Skizzen etwas Fertiges anhafte, was bei Literarischem nicht möglich sei. Es sei furchtbar schwer, gut zu schreiben. Als Beweis schickte er mir Beispiele seiner Dichtkunst.« Sie grinste. »Ich liebe geistreiche Unterhaltung. Deswegen bin ich auch so gerne bei den Dehmels. Man muss sie einfach mögen, nicht wahr? Ida engagiert sich unentwegt für die Sache der Frauen und für die moderne Kunst.«

»Tatsächlich?«, fragte Maria.

»Am Gänsemarkt unterhält sie ein Büro, wirbt für die Unterstützung von Kriegswitwen. *Kriegsspende Deutscher Frauendank* nennt sie es. Mit Rosa Schapire hat sie im Sommer 1916 den *Frauenbund zur Förderung deutscher bildender Kunst* gegründet. Vermögende Frauen kaufen Kunstwerke an und stellen sie Museen zur Verfügung. Sie widersetzen sich dem Widerstand der Museen gegen die Moderne und organisieren Ausstellungen, die sonst niemals zustande gekommen wären. Die erste ist Anfang Dezember zu Ende gegangen.«

»Das wusste ich alles gar nicht.« Maria wirkte überrascht.

»Du kennst ja auch Richard Dehmel besser. Schickt er dir auch Gedichte?« Anita musterte gespannt Marias Gesicht. Zu gerne hätte sie erfahren, was die Freundin mit dem Dichter verband. Sie hatte seinen suchenden Blick gesehen. Zweifellos hatte Richard Dehmel ein Auge auf Maria geworfen. Sie korrespondierten angeblich. Es gab Gerüchte. Richard Dehmels Anziehungskraft auf Frauen war genauso bekannt wie seine Unfähigkeit, einer schönen Frau zu widerstehen. Und jetzt kämpfte Maria mit der Antwort, wurde schmallippig. Auffallend heftig schüttelte sie den Kopf, als sich die Tür öffnete und die Mutter mit einem Tablett hereintrat.

»Hab ich dir nicht ausdrücklich gesagt, ich würde den Tee selbst machen?«, zischte Anita.

Nun würde sie nichts von Maria erfahren. Mutter war solch ein Störenfried. Sie besaß die unschlagbare Fähigkeit, im falschen Augenblick aufzutauchen. Anita kämpfte gegen den aufsteigenden Ärger. Er tauchte aus irgendeiner Untiefe auf und wuchs und blähte sich. Trieb Anita zu Gehässigkeiten.

Fast lautlos verschwand die Mutter wieder. Die Tür klackte leise ins Schloss. Auf der Treppe gedämpftes Knarren.

Anita goss Tee in die Tassen.

Die Wut auf die Mutter war ein Fluch. Die Mutter war nicht neugieriger als sie selbst. Neugierde gehörte zum verhassten Familienerbgut, wie das Aussehen, das Kränkeln, das Jammern und das Fernweh.

Stets hatte sich Anita für ihre Mutter geniert. Doch eigentlich schämte sie sich nur für sich selbst.

Anita floh zu Emilie nach Bremen, ein bisschen vor der Mutter, aber mehr noch vor sich selbst, wegen des vielen Wollens, das in Hamburg nicht Fuß fassen konnte.

Auf der Mönckebergstraße ging es nicht weiter. Es war kurz vor neun Uhr am Morgen. Die Bahn würde erst in einer Stunde abfahren, noch blieb ihr Zeit, sollte sie warten müssen oder ausweichen.

Menschen zogen ostwärts, unzählige Männer, Frauen ebenso. In welche Richtung Anita auch schaute, sie sah Werftarbeiter. Es mussten Tausende sein. Entschlossen, aber schweigend, einer Armee gleich, aber nicht im Gleichschritt, marschierten sie die Straße hinauf. Zum Gewerkschaftshaus am Besenbinderhof womöglich. Die Atmosphäre gespenstig. Nur die Schritte auf dem Pflaster waren zu hören, unregelmäßig, nicht einschüchternd und beängstigend, sondern lebendig und Mut machend. Die Hoffnung marschierte mit. Endlich geschah etwas.

Der Sieg sei von Anfang an nur ein Hirngespinst unfähiger Generäle gewesen, hatte Aby Warburg erklärt. Der Krieg müsse beendet werden. Nur wenige sagten es so offen wie er. Kriegsgegner wurden unnachsichtig verfolgt. Die Arbeit an der Kriegskartothek sei gefährlich, sagte Aby. Doch solange die Deutsche Vaterlandspartei weiterhin ungehindert für Annexionen und den Sieg werbe, höre er nicht auf. In ihrer Maßlosigkeit würden die Generäle die Friedensverhandlungen mit Russland noch scheitern lassen.

Es war Montag, der 28. Januar 1918. Längst nicht so bitterkalt wie ein Jahr zuvor. In den Morgenstunden hatte es geregnet, nun blinzelte die Sonne. Anwohner lagen in den Fenstern. Passanten säumten die Bürgersteige.

»Recht haben sie«, hörte Anita eine Frauenstimme. »Alle Last liegt auf uns armen Leuten. Wir schuften für den Krieg, wir hungern und sterben, und die Reichen lassen es sich gut gehen. Unsere Geduld ist am Ende.«

Hilflosigkeit war ein dumpf pochender Schmerz, der irgendwann nicht mehr auszuhalten war. Beim Anblick des Protestzuges durchflutete Anita ein solcher Jubel. Er trieb Tränen in die Augen. Natürlich musste sie ihr Geld nicht in der Kriegsgeräteproduktion verdienen, aber reich und sorglos war sie deswegen nicht.

Anita lief mit. Bahnte sich ihren eigenen Streikweg über den Bürgersteig. Reihte sich ein in die aufgewühlte Menschenwalze. Erreichte den Hauptbahnhof. Eine Weile noch schaute sie den Aufständischen hinterher, bevor die Eisenbahn sie nach Bremen brachte.

In der Fedelhören im Ortsteil Ostertor drängten sich sehr schmale Häuser. In einem von ihnen befand sich die Pension Daheim, in der sich Anita einquartiert hatte. Aus der Ferne beobachtete sie nun die Entwicklung in Hamburg.

Am Dienstag wurden die vier größten Werften – Blohm & Voss, Vulcan, Reiherstieg, Stülcken und Sohn – unter militärische Leitung gestellt. Die Zeitungen machten sich zum Sprachrohr der Generäle. »Wer bis zum Donnerstag, den 31. Januar, nicht wieder zur Arbeit erscheint, erhält den militärischen Gestellungsbefehl.« Öffentliche Versammlungen und Umzüge wurden verboten. Die Hamburger Polizei forderte Truppen in Altona an.

Anita trank Tee bei Emilie. Hamburg war weiter von Bremen entfernt, als sie sich das vorgestellt hatte. Über die Proteste flüsterte man hier nur. In der Presse schimpfte man die Streikenden Landesverräter. Schweigend griff Anita zu Bleistift und Kohle und hieß Emilie, still zu sitzen.

Am Mittwoch befanden sich 30 000 Hamburger im Ausstand.

Anita zeichnete den vierjährigen Reinhart. In seinen

dunklen Augen schwamm Traurigkeit. In seinem Mund sah sie den ihren.

Am Donnerstag wurde bei Blohm & Voss und Vulcan wieder gearbeitet.

Der kleine Heinrich hatte rote Wangen und wollte auf keinen Fall ruhig sitzen.

Am 2. Februar war der Spuk in Hamburg beendet. Alle Arbeiter erschienen zur Arbeit. Unternehmer und Behörden begannen mit Vergeltungsschlägen. Die militärische Leitung drohte bei schlechter Führung mit der sofortigen Überstellung ins Heer. Gegen 52 Rädelsführer wurden im Schnellverfahren hohe Gefängnisstrafen verhängt.

Der Logenplatz im Bremer Stadttheater bot einen guten Blick auf das Orchester und seinen ersten Kapellmeister, einen schmalen, ernsthaften Mann mit spitzem Kinn. Manfred Gurlitt hieß er. Eine freiheitsliebende dunkle Haarsträhne ließ sich nicht beirren und rutschte beim heftigen Dirigieren in die Stirn. Anita präsentierte Gurlitt später die Zeichnung. Er zeigte sich beeindruckt.

Fesch hatte er ausgesehen. Carl Heinrich Hertz in seiner Fliegeruniform. Anitas Porträt des jungen Leutnants aus dem ersten Kriegsjahr blieb der Familie. Jetzt war er in Thilloy gefallen.

Wer würde der Nächste sein?

Mutter traute sich wegen der Influenza nicht mehr aus dem Haus. Im Mai schrieb das *Hamburger Fremdenblatt* über eine mysteriöse Krankheit in Spanien. Vom Schwarzen Tod redete man. Ein Drittel der Bevölkerung und selbst der König seien betroffen. So recht glaubte niemand daran. Spanien war weit weg. Trotzdem würde sich die Seuche nach Deutschland ausbreiten. Schuld sei das kühle und regnerische Wetter im Juni, erklärten die Zeitungen Anfang Juli, und dass es sich lediglich um eine Grippe handele, die schnell vorüberginge.

Heimkehrer von der Westfront berichteten dagegen von desaströsen Zuständen. Die Wehrfähigkeit sei eingeschränkt, Soldaten verließen die Truppe. Selbst die Kaisertreuen und Patrioten seien von der um sich greifenden Kriegsmüdigkeit erfasst. Keiner glaube noch an den Sieg. Davon stand in den Zeitungen nichts. In den Zeitungen war selbst die Spaniengrippe Vergangenheit.

Was sollte man überhaupt noch glauben?

Es war Oktober, als Hamburger Werftarbeiter während der Arbeit plötzlich reihenweise taumelten. »Es beginnt mit Schüttelfrost«, erklärte die Mutter. »Dann folgt hohes Fieber mit quälenden Kopf- und Gliederschmerzen, begleitet von Husten und Halsweh. Einige erbrechen sich ununterbrochen. Sie bluten aus Nase und Ohren. Sie spucken Blut. Die Haut verfärbt sich bläulich schwarz. Schuld ist nur unsere miserable Ernährung. Warum sonst sterben Tausende Menschen an einer harmlosen Grippe? Sie belügen uns. Es ist die Hungerkrankheit.« Mutters Haut war auch schon ganz blau.

Trotz Ansteckungsgefahr verließ Anita ihre Dachkammer. Unerträgliche Nachrichten ließen sich nur mit schönen Momenten bekämpfen. Dem unsäglichen Sterben musste man die Ewigkeit entgegensetzen.

Anita begab sich auf den Weg zur Kunsthalle. Am 6. Oktober hatte die zweite Ausstellung von Ida Dehmel und Rosa Schapire begonnen. Der *Frauenbund zur Förderung deutscher bildender Kunst* zeigte neuere Werke aus Hamburger Privatbesitz, darunter auch Zeichnungen von

Anita, die von Emilies verstorbenem Buben, vom kleinen Heinz. Auf diese Weise würden ihn die Menschen doch noch kennenlernen.

Sie querte den Alsterdamm, als eine Kutsche sich vom Jungfernstieg näherte. Das Pferd war nur Haut und Knochen, bäumte sich plötzlich hoch auf und wieherte gespenstig. Die Beine brachen weg, und der ausgemergelte Körper krachte auf die Straße. Menschen strömten herbei, als hätten sie darauf gewartet. Bewaffnet mit Messern und anderem Werkzeug, stürzten sie sich auf das arme Tier, um sich ihr Festmahl zu sichern.

Anita drehte sich angewidert weg. Sie rannte den Alsterdamm hinunter. An der Ecke zum Glockengießerwall stieß sie geradewegs in Mary Warburg.

»Diese Barbaren!« Mary zog Anita mit sich fort, über die Straße, zur Kunsthalle hinauf und die Treppen hoch. Erst im Büro von Carl Georg Heise blieben sie stehen.

»Die Menschen verlieren den Verstand.« Mary schnappte nach Luft. »Einer nach dem anderen. Keiner kommt davon.« Sie holte Papiere aus ihrer Tasche und knallte sie auf den Schreibtisch. »Abschriften eines Artikels aus der *Frankfurter Zeitung*«, erklärte Mary, und dass Aby außer sich sei. Es gehe um seinen jüngeren Bruder Paul in New York. Er habe wegen der Lage in Europa auf eine Verlängerung seines Amts als Vizepräsident des Federal Reserve Board verzichtet und sei damit einem Rauswurf zuvorgekommen. Gegner unterstellten ihm Interessenskonflikte. Unmöglich könne Paul eine solche Vertrauensposition innehaben und gleichzeitig beste Beziehungen nach Deutschland pflegen.

Heise ließ Tee kommen und bat Anita und Mary, Platz zu nehmen.

»Paul ist amerikanischer Staatsbürger. Aber er ist doch zuallererst der Bruder von Max Warburg, einem der einflussreichsten deutschen Bankiers. Aby befürchtet jetzt einen Bruderstreit, einen unlösbaren Familienzwist …« Mary redete aufgeregt weiter. »Überall sieht er Gefahren und Intrigen. Sein Gehirn arbeitet ununterbrochen, er übertreibt wie in einem entsetzlichen Fieber. Er schreit, er flüstert, er wirft mit Gegenständen um sich. Meine Beteuerungen und Beruhigungen hört er längst nicht mehr. Ich habe solche Angst, er tut sich was an.«

Mary weinte, und Anita nahm ihre Hand.

»Ich habe Angst, er tut *mir* etwas an.«

Ihr Bauch war kugelrund. Anita konnte den Blick nicht abwenden. Sie sei froh, dass das Kind nicht im Krieg geboren werde, meinte Alexandra Ahlers-Hestermann. Sanft legte Anita die Hand auf den Babybauch.

»Spüren Sie etwas?«

»Es schläft bestimmt«, antwortete Anita. »Meine Schwester Emilie hat am 8. März ein Mädchen zur Welt gebracht.«

Friedrich Ahlers-Hestermann lächelte schief.

Heise goss Tee in Tassen und auf den Tisch.

Anita sprang auf, um aus der Küche einen Lappen zu holen. Danach blieb sie unschlüssig stehen, setzte sich nicht zu den dreien. Sie schlenderte durch Heises Wohnung. Auf dem Balkon ließe sich fein malen. Viel zu selten bot sich die Gelegenheit zum *Landschaftern*. Später würde sie Heise danach fragen und auch nach Blankenhain. Diesen Sommer wollte sie keinesfalls in Hamburg verbringen, es wäre das dritte Jahr in Folge – ohne Abwechslung, ohne Anregung und frische Blickwinkel.

»Ich will einen Artikel über Nölken schreiben«, hörte Anita Ahlers-Hestermann sagen. Der Name versetzte ihr gleich wieder einen Stich.

»Einen Nachruf sozusagen. Für *Kunst und Künstler*. Der Verlag hat bereits zugestimmt.«

Dass Franz gefallen war, hatte Anitas Schmerz über seinen Verrat zwar nicht ausgelöscht, aber immerhin verändert. Über die entzündete, immer wieder blutende Wunde war ein Häutchen gewachsen, unter dem es nur schwärte, wenn jemand den Finger darauflegte.

»... nicht ein Schatten von Sentimentalität falle auf diesen Mann ...«

Es hieß, sein Regiment habe sich bereits auf dem Rückzug befunden, als ein Granatsplitter am 4. November irgendwo bei La Capelle seinen Dickschädel traf.

»Er war ohne Pose, ohne Eitelkeit, ohne Beifallshaschen ...«

Typisch für Franz. Er hatte es angeblich nicht mehr für nötig gehalten, einen Helm zu tragen.

»... stets nur dem inneren Pflichtgefühl treu ...«

Jetzt musste Anita lachen. Damit hatte Ahlers-Hestermann allerdings recht.

»... gequält von Selbstzweifeln und wissenschaftlicher Gründlichkeit ...«

Anita verließ das Zimmer. Ahlers-Hestermann hatte eine seiner wohlformulierten Reden begonnen. Ganz stumm machten die. Seine gekünstelten Worte prasselten wie Hagelkörner auf ihre Schädeldecke. Sie bekam Kopfweh davon.

Im Arbeitszimmer schlenderte sie, strich mit den Fingerkuppen über den Tisch, auf dem Holzschnitte sorgsam angeordnet waren. Ein einsames Haus neben einem kahlen Baum. Eine Fabrik unter einer überdimensionalen Rauchwolke. Daneben ein überschlanker Turm. Dann Strandkörbe im Sand. Signiert mit Schmidt-Rottluff. Expressionismus, dem sie bisher nie etwas hatte abgewinnen können, doch die Kargheit der Formen berührte sie heute. Wie wenig es brauchte, um Landschaft neu zu erfinden. Nur Schwarz und der Hintergrund des Materials. Die Zeit der romantischen Verklärung war eindeutig vorüber, die Jahre der Entbehrung forderten ihren Tribut auch von der Kunst. In diesen Werken zeigte sich alles von Menschenhand gemachte zugeknöpft, ungastlich und feindlich. *Deichdurchbruch. Dorfecke.* Selbst die Rot-lastigen Farbholzschnitte gebärdeten sich widerborstig. Vielleicht hatte es erst des Krieges bedurft, dass sich ihr dieser Stil erschloss. Vielleicht hätte sie auch besser hinschauen müssen.

7. April 1919

Vor knapp fünf Jahren hatte Wilhelm schon einmal hier gestanden. Damals hatte noch der Kaiser regiert. Auf dem Balkon des Hamburger Rathauses wehte keine rote Fahne. Die Menschen konnten anständig leben und bekamen genügend zu essen. Dass es einmal Ausschreitungen und Plünderungen wie am vergangenen Freitag auf dem Altonaer Fischmarkt geben würde, hatte sich damals niemand vorstellen können.

»Sie sind also wieder da«, sagte Dr. Pauli überflüssigerweise.

Keiner fand in solchen Momenten die richtigen Worte. Wilhelm verstand auch die falschen. Er hatte Lebenszeit an einen sinnlosen Krieg verschwendet. Das wusste er heute, doch 1914 hatte er sich wie so viele von der Kriegsbegeisterung anstecken lassen. Die Freude über seine neue Position als Aushilfswärter der Kunsthalle währte – damals im Juli – nur wenige Tage, fiel einer übermächtigen Welle von Patriotismus zum Opfer, die so groß sein musste, denn was folgte, konnte der Mensch nicht ertragen.

»Ich habe zunächst in der 23. Sanitätskompanie gedient und später an der Front«, erklärte Wilhelm. Dass er in elendigen Momenten an seiner Heimkehr gezweifelt hatte, verschwieg er. Das Schicksal bot ihm eine zweite Chance, und er musste die Gelegenheit beim Schopfe packen.

»Sie sind ausgezeichnet worden, wie ich Ihren Unterlagen entnehme, und wohlauf, wie ich hoffe«, sagte Dr. Pauli.

Ein Gefühlskloß verstopfte Wilhelms Hals. Das kannte er nicht von sich. So viel Ergriffenheit. Er räusperte sie weg. »Ich bin unverletzt«, erklärte er, »und ich will heiraten, im Mai, meine Zukünftige kommt aus Hohenwestedt.« Jetzt klang er stolz, und das war gut.

»So, so.« Dr. Pauli schmunzelte. »Jetzt möchten Sie sicher Ihre Stelle zurück?«

Wilhelm nickte.

»Dann will ich sehen, was ich für Sie tun kann.«

Sie schüttelten sich die Hände.

Das warme Lächeln hielt an.

Teil 4
1919–1922

Blaue Frau

Überall saßen sie jetzt, die Kriegsheimkehrer. Einer eben auf den Alsterarkaden und ein anderer hier auf dem Jungfernstieg, direkt auf der zugigen Brücke. Einem fehlte ein Bein, den anderen entstellte eine entsetzliche Gesichtsverletzung. Sie trugen Uniformen und ihr Eisernes Kreuz. Sie bettelten. Leute hasteten vorbei. Das nicht enden wollende Leid hatte das Maß des Erträglichen längst überschritten. Fremdes Leid vergrößerte das eigene, es zu ignorieren hatte denselben Effekt. Leid war ansteckend.

Anita floh auch. Das schlechte Gewissen jagte hinterher. Zusammen querten sie die Straße, bogen in den Alsterdamm. Auf der Binnenalster kämpften zwei Enten um einen Brocken, den sie wohl für Brot hielten.

Was würde aus all den versehrten Soldaten werden, wenn schon die Daheimgebliebenen das Elend nicht ertrugen? Jeder konnte dem Irrsinn verfallen. Nicht einmal Vermögen und Beziehungen schützten. Jeder Mensch besaß Schwächen, in die sich all das Böse und Negative einfressen konnte, mochte er noch so reich, intelligent oder weise sein. Aby Warburg war das beste Beispiel.

Wenige Tage vor Kriegsende hatte Aby gedroht, sich und seine Familie mit dem Revolver zu töten. Angeblich wollte er den Verfolgern zuvorkommen, die beabsichtigten, seine Frau und Kinder zu entführen, zu foltern und zu töten. Aby war in eine Privatklinik in Eimsbüttel gebracht, im Sommer ungeheilt entlassen und im Oktober in die Psychiatrische Klinik der Universität Jena eingewiesen worden.

Der gute Aby. So sensibel. So intelligent. Wenn es Aby traf, dann konnte es jeden treffen, auch sie selbst.

»Er tobt und schimpft. Er halluziniert. Er wittert ständig Verschwörungen, spricht von Freiheitsberaubung«, hatte Mary unter Tränen erzählt. Nur in seltenen hellen Momenten erkenne sie ihren Mann wieder. Nicht immer erkannte er sie.

Manchmal meinte Anita, ein Licht zu sehen, irgendwo am Horizont. Handelte es sich tatsächlich um Sonne oder um einen Hoffnungsschimmer?

Gewiss, die Verhältnisse änderten sich. Zum ersten Mal hatten alle Hamburger Bürger wählen dürfen, unabhängig vom Stand, unabhängig davon, ob sie Steuern zahlten oder nicht. Auch Frauen durften nun wählen. Doch was Anita mit Aufregung und – zugegeben – naivem Stolz erfüllt hatte, erboste diejenigen, die solch demokratischen Vorgängen skeptisch gegenüberstanden, die lieber bis zum Tod für Sieg und Vaterland gekämpft hätten, die sich mit der Niederlage nicht abfinden konnten und nun auf die Sozialdemokraten schimpften. Das waren viele. Auch in ihrem Bekannten- und Freundeskreis. Im Elternhaus war Politik nie ein Thema gewesen, umso hilfloser fühlte Anita sich jetzt. Wen konnte sie fragen? Wem glauben? Ihr Cousin, Carl Melchior, gehörte zu den Unterhändlern, die Deutschland nach Frankreich geschickt hatte, um den Versailler Vertrag auszuhandeln, jenes Abkommen, das

Deutschland zu Gebietsabtretungen und Reparationsleistungen verurteilt hatte und dazu, die Schuld an dem Gemetzel zu übernehmen. Carl war aus Protest vorzeitig abgereist. Er hielt die Bedingungen für nicht akzeptabel. So sahen es viele. Es sei kein Friedensvertrag, sondern ein erpresster Waffenstillstand. Die britische Seeblockade sei so lange aufrechterhalten worden, bis der Vertrag unterschrieben gewesen sei.

Wie auch immer: Verträge und Wahlen linderten weder die Wohnungsnot noch stillten sie den Hunger. Gierige Fleischfabrikanten machten aus der Not eine Tugend und verkauften verfaulte Tierkadaver als Sülze.

Anita erreichte die Kunsthalle und betrat sie durch den Eingang des neuen Erweiterungstrakts. Der war endlich fertig geworden. Fritz Schumacher, der Architekt, hatte den Bau bereits vor dem Krieg begonnen. Die helle Muschelkalkfassade setzte sich deutlich vom Haupthaus ab.

Etwas hatte begonnen, bloß was?

Friedrich Wields Atelier im Parterre diente als Versammlungsraum. Klappstühle im Halbkreis, ein wackeliger Tisch für den Schriftführer und kahle Wände, an denen Bilder lehnten. Nach und nach fanden sich die Juroren ein. Die erste Ausstellung der neu gegründeten Hamburgischen Sezession sollte am 14. Dezember eröffnet werden.

»Wir entscheiden heute, welche Werke wir zeigen. Ich erwarte Toleranz und Duldsamkeit in jede Richtung«, mahnte Friedrich Wield die Anwesenden.

Er war es, der Anita eingeladen hatte, die Sache nicht nur zu unterstützen, sondern Verantwortung zu übernehmen. Sie sei eine der Älteren unter den 33 Gründungsmitgliedern, eine der sieben Künstlerinnen. Er brauche sie als Gegengewicht. Er schätze ihre Arbeit.

»Der alleinige Maßstab ist die künstlerische Qualität. Das gilt auch für alles Neue. Wir legen keine Stile fest, aber wir distanzieren uns von leichtfertigem Schlendrian, von geistlos herabgeleiertem Handwerk, von gewissenlosem Sichgehenlassen. Das ist unser eigentliches Programm«, erklärte Wield. Sein forscher Ton ließ keinen Widerspruch zu.

Anita wusste, hinter vorgehaltener Hand schimpfte Wield über einige Sezessionsmitglieder. Man merke ihnen viel zu deutlich an, wie sehr sie den Lehren der Kunstgewerbeschule verhaftet seien.

»Brutanstalt« nannte er sie.

Sie verließ die Kunsthalle durch den Hinterausgang. Die Dämmerung hatte das Tageslicht nahezu ausgelöscht, und sie sah nichts als den Schemen eines schlanken, großen Mannes. Wie abwesend schaute er auf die Gleise des Hauptbahnhofs. Er drehte sich unvermittelt um, als hätte er sie bemerkt.

Anita hob die Hand und deutete ein Winken an. Er nickte ihr zu. Sie hatte den Eindruck, dass er lächelte.

»Ihr Bild kommt in die Ausstellung«, rief sie.

Er nickte wieder.

Da war überhaupt kein Zögern gewesen, als sie den neuen Aufseher vor einigen Wochen gebeten hatte, Modell zu sitzen. Er hatte einen Arbeiterkittel über seiner Kleidung getragen. Er habe gerade an neuen Rahmen gearbeitet, entschuldigte er sich.

»Nehmen Sie nur den Hut ab, bitte. Legen Sie ihn einfach in Ihren Schoss«, bat Anita. Sie platzierte den Mann in einem Sessel. Im Ofen knisterten feuchte Scheite. In der Miene des Aufsehers zeigten sich Erschöpfung und

Entbehrungen vieler Wochen und Monate. Die hohlen Wangen, die verschatteten Augen, das energische Kinn. Ein buschiger rotblonder Oberlippenbart schien all das verbergen zu wollen. Sie mochte den Mann.

»Waren Sie an der Front?«, fragte sie.

Er hatte nicht antworten müssen. Anita hatte es in seinem Gesicht gelesen. Man konnte es jetzt in dem Bild lesen, das auf der ersten Ausstellung der Hamburgischen Sezession gezeigt werden würde.

Sie näherte sich dem Aufseher. Stellte sich neben ihn. Zusammen blickten sie auf die Gleise. Der Abend war ungewöhnlich still. Die Lebensadern der Stadt pulsierten nicht. Kein Ankommen, kein Abfahren, nicht einmal ein Durchreisen.

»Ich habe gehofft, dass ich Sie treffen würde«, sagte Anita und reichte dem Aufseher ein schmales Paket. »Bilder sollen in diesen Zeiten eine sichere Anlage sein.«

Hatte sie 1917 noch 800 Mark für ein Bild genommen, so musste sie jetzt im Dezember 1919 für die fünf ausgestellten Bilder mindestens jeweils 5.500 Mark verlangen. Die Preise der anderen Künstlerinnen und Künstler erschienen ihr viel zu niedrig. Richtiggehend erschrocken war sie. Ihre Ausstellungstücke waren die teuersten. Verstand denn niemand die Situation?

Der Aufseher machte eine abwehrende Geste. »Das ist nicht nötig, wirklich!«

»Doch, bitte nehmen Sie es. Sie mögen doch Stillleben, haben Sie gesagt. Machen Sie mir die Freude.«

Anita legte kurz und bestimmt ihre Hand auf seinen Unterarm und ging, bevor er es sich anders überlegen konnte. Abschiedsworte erstickten im plötzlichen Quietschen und Knarzen eines Zuges, der sich aus den Fängen des Hauptbahnhofs befreit hatte und Hamburg zu entkommen versuchte. Am liebsten wäre Anita aufgesprungen, mitgefahren, geflohen. Dieses Leben versprach keine Zukunft. Das Ende der Geldentwertung war nicht abzusehen. Das Erbe ihres Vaters, das ihre Zukunft hatte sichern sollen, besaß nur noch ein Zehntel seines ursprünglichen Wertes. Es würde nicht mehr lange dauern, bis es sich in nichts auflöste. Auf diesen Gedanken folgte stets Übelkeit. Die kündigte die Angst an, die alles andere auffraß, die Kraft, sich der Situation mit Mut und Ruhe zu stellen, und Ideen, die einen Ausweg zeigten. Die einzige Sicherheit bot das Haus am Alsterkamp 13, das sich im Besitz der Familie befand. Es war Rückzugsort und Sparkasse zugleich. Genügsamkeit war Pflicht und der Verkauf ihrer Bilder einziges Einkommen. Doch das passte nicht zusammen: In Hamburg und anderen Großstädten, wo mögliche Käufer lebten, war das Leben schlicht zu teuer. Sie müsste aufs Land ziehen, wo Wohnraum und Nahrung vorhanden und erschwinglich waren, ins Ausland, wo die Inflation nicht das Geld vernichtete. Doch würde sie dort Käufer für ihre Bilder finden?

Die *Blaue Frau* sei das heimliche Sensationsstück der Sezession, war in der *Neuen Hamburger Zeitung* zu lesen gewesen. Es handelte sich um eines von zwei Mutter-mit-Kind-Bildern, die Anita ausstellte, eines von vielen, die sie schon zu diesem Thema gearbeitet hatte.

Mütter.

Kinder.

Zeichnete Anita das Gesicht eines Babys, spürte sie Wärme. Übertrug sie die innigen Gefühle zwischen Mutter und Säugling auf ein Bild, empfand sie Zärtlichkeit noch im geringsten Strich. Das Küssen und Ansichdrücken, das Liebkosen und Anschmiegen, der beruhigende Singsang der Mutter, das Glucksen, Lallen und Blubbern des Kindes, all das stillte die eigene Sehnsucht. Sie war eine Mutter im Geiste. Sie hatte mehr Kinder gemalt, als sie je hätte gebären können: Jungen, Mädchen, Neugeborene, Kleinkinder, Schulkinder, Jugendliche, die Kinder ihrer Schwester, die von Freundinnen, mit Müttern oder allein. Während des Malens fühlte Anita Glück und Leid zugleich. Sie liebte, sie wurde geliebt, sie sorgte sich. Sie tröstete und empfing Trost. Sie trauerte um das, was sie nicht hatte. Niemals haben würde.

Die *Blaue Frau* erregte Aufsehen. Heute las sie in der *Neuen Hamburger Zeitung*, dass dem einstigen Lehrer Franz Nölken ein Bild von solcher Entschlossenheit nie gelungen sei.

Leben heißt lachen mit blutenden Wunden, hatte Richard Dehmel gedichtet. Sie versuchte es vor dem Spiegel. Ihr Gesicht wurde zur Grimasse. In den vielen blutenden Wunden ertrank doch jedes Lachen. Warum musste ihr 35. Geburtstag mit einer solchen Schreckensnachricht beginnen? Nichts hatte sie vom Ernst der Lage gewusst. Nichts geahnt vom möglichen tödlichen Ausgang dieser Venenentzündung im Bein, die sich Dehmel beim Fronteinsatz zugezogen hatte. Im vergangenen November war diese zurückgekehrt wie eine böse Erinnerung. Der Dichter hatte trotzdem das Bett verlassen und es sich nicht nehmen lassen, seinen 56. Geburtstag zu feiern, jeden seiner Gäste willkommen zu heißen. Gedichte waren rezitiert worden.

»Und du merkst es nicht im Schreiten,
wie das Licht verhundertfältigt
sich entringt den Dunkelheiten,
plötzlich stehst du überwältigt«,

flüsterte Anita die letzte Strophe aus *Manche Nacht.*

Sie erinnerte sich gut an das vergangene Jahr, an ihren Geburtstag, an den 9. Februar 1919: Die Dehmels hatten ihr einen Besuch abgestattet. Richard war niedergeschlagen gewesen, hatte sich bitterlich beklagt, er werde nicht mehr gehört. Er habe noch vor Kriegsende mehrere deutsche Zeitungen gebeten, seinen Aufruf zu veröffentlichen. *Es geht ums Letzte*, begann der Text. Jeder deutsche Mann, der sich bereit fühle, solle zur Waffe greifen. Er, Richard Dehmel, wolle lieber sterben als einen schmachvollen Frieden erdulden.

Jetzt war er tatsächlich fürs Vaterland gestorben, wenn auch verspätet und ohne Heldentum. Deutschland verlor einen großen Dichter, Ida ihren geliebten Mann. Das Lesen seiner Gedichte würde nun immer gleichzeitig Glück und Schmerz verursachen.

Arm in Arm spazierten sie am Ufer der Außenalster entlang. Mit dem Vater war Anita oft diesen Weg gegangen. Der weite Blick ließ Herausforderungen winzig erscheinen. Das Wasser brachte Ruhe in die Gedanken, die frische Luft förderte Klarheit. Trotzdem war sie seit Vaters Tod nur noch selten hergekommen.

Marie Laurencin blieb stehen, als zwei Männer mit einem gelben Pekinesen passierten. »Mon Boubou!« Sie kniete nieder und streichelte das langhaarige Kerlchen. Die Männer ließen sie eine Weile gewähren, lächelten verständnisvoll. Als sie weitergingen, schaute Marie sehnsüchtig hinterher. »Wenn ich endlich wieder in Paris lebe, will ich auch so einen Hund.«

»Du gehst mit Otto zurück nach Frankreich?«

Marie schüttelte mit entsetzter Miene den Kopf. Die krausen Haare flogen wie elektrisiert. »Ich verlasse Otto. Er trinkt. Er zerstört jede Zuneigung, die ich für ihn hegte. Schon in Madrid nach drei Monaten Ehe hat er mich vergessen. Ich war so unglücklich. Ich starb jeden Tag.«

Anita betrachtete die Freundin erschrocken. Sie sah noch immer aus wie eine Puppe, trug die Haare kürzer als damals in Paris. »Warum habt ihr Frankreich verlassen?«

»Otto ist Deutscher und musste gehen. Ich verlor durch die Heirat meine Staatsangehörigkeit und wurde zur Feindin meines eigenen Landes.«

»Aber warum Spanien?«

»Spanien ist neutral, und Otto wollte nicht zum Militär. Wir sind von Madrid nach Málaga gezogen, haben in herrlichen Villen gewohnt, doch Otto war selten daheim. Es ist schwer, unter Fremden zu leben, wenn man sich nicht auf seinen Mann verlassen kann. Wie eine Verrückte habe ich gemalt, um die Einsamkeit zu vertreiben. Ich traf mich mit zwei Norwegern, einer war älter und komisch, der andere jünger und langweilig. Mein Hund Coco war amüsanter als alle beide zusammen.« Sie kicherte.

»Ich hätte dich gerne bei mir gehabt. Zu zweit wären wir nicht einsam«, sagte Anita.

Marie lächelte und hakte sich wieder ein. Im Gehen flüsterte sie verschwörerisch: »Noch unerträglicher sind spanische Frauen. Sie erwachen erst in Gesellschaft eines Mannes zum Leben. Sie sind eiserne Marionetten, kalt und hochmütig, nicht so wie du, warm und anschmiegsam.« Marie legte den Kopf auf Anitas Schulter. »Ich erlitt einen Anfall von Neurasthenie. Es war furchtbar. Hattest du schon einmal Halluzinationen? Ich watete durch schmutziges Wasser, in dem Leichen trieben. Das Weinen hat nicht aufgehört.«

»Wenn die Einsamkeit kommt oder die Angst, spreche ich laut mit mir selbst«, sagte Anita.

»Was erzählst du dir?«

»Irgendeinen Quatsch. Ich lasse einfach Worte aus meinem Mund perlen. Je unsinniger, desto besser. Wenn ich gut bin, reimt es sich.«

»Ein Beispiel, bitte.«

Anita überlegte kurz.

»Laurencin, Marie, die Französin,
nennt ihren Hund ›Mon Boubou‹
und meint nicht den Otto,
der ist nicht ihr Chouchou.«

Marie lachte schallend. »Ich will auch einmal.« Sie schaute murmelnd in den Himmel und kniff angestrengt die Augen zusammen.

»In Barcelona traf ich einen Spanier,
er war schön und denkbar jung.
Dann folgte ein rassiger Torero,
und das Leben bekam wieder Schwung.«

Marie löste sich von Anita, lief kichernd und Arme schwenkend davon. Sie setzte sich an den Rand des Bootsstegs, zog ihre Schuhe aus und ließ die Beine baumeln.

Anita tat es ihr gleich. Die nackten Unterschenkel

glänzten in der Sonne. Vorsichtig tauchte sie die Zehen ins kalte Wasser. »Was ist mit Apollinaire?«

»Er ist im November 1918 an dieser verdammten Grippe gestorben«, antwortete Marie.

Anita seufzte.

»Und dein Franz?«

»Er starb an der Front. Aber er war mich bereits vor dem Krieg leid.«

»Du Arme! Er hat dir sehr wehgetan, nicht wahr?«

Mit den Füßen spritzte Anita Wasser hoch. »Sieht man das noch immer?«

Sie schwiegen. Möwen kreischten. Auf der Wiese unter den Bäumen spielten Kinder Fangen.

»Denkst du auch manchmal an den Tod?«, flüsterte Marie. Sie fuhr fort, ohne Anitas Antwort abzuwarten: »Ich ängstige mich vor ihm, aber ich hasse diese Mattigkeit, die Hoffnungslosigkeit, die Ideenlosigkeit, die mich wochenlang überfällt. Ich schaue in ein tiefes Loch und fühle nichts. Dann ekel ich mich sogar vor meinem Hund.«

Anita zog die nassen Beine hoch und schlang die Arme um ihre Knie. Jetzt fror sie. Es war Juli, aber wenn sich Wolken vor die Sonne schoben, wurde es unangenehm. »Ich fürchte nur das Leben. Der Tod ist die Erlösung. Was soll noch passieren, nachdem ich verhungert bin oder vor Einsamkeit gestorben?«

Sie schwiegen. Anita studierte die Wellen im Wasser. Sie hatte das Gefühl, weitersprechen zu müssen. »Es ist alles so teuer in Deutschland. Meine Ersparnisse vernichten sich selbst. Zum Glück wohne ich noch im Elternhaus. Ich will nichts sehnlicher, als das Land verlassen, nach Frankreich oder einfach in den Süden.«

»Italien gefällt mir. Wir waren nur wenige Tage in Mailand, und ich war glücklich«, sagte Marie. »Du solltest nach Italien gehen.«

Sie erhoben sich, verließen das Alsterufer, querten das Grün bis zum Harvestehuder Weg und spazierten unter dem Schutz der alten Eichen zurück. Von Weitem sah Anita den schwarzen Mercedes von Maries Begleiter.

»Alles, was ich in Paris gelassen habe, wurde konfisziert und verkauft. Ich habe dort nichts mehr.« Marie seufzte tief.

Sie näherten sich dem Auto, und der Fahrer stieg aus. Er war einige Jahre jünger als Marie und kam Anita bekannt vor. »Wir kennen uns aus Paris, oder? Aus dem Café du Dôme?«

»Thankmar von Münchhausen. Ich habe ihn in Deutschland zufällig wiedergetroffen.« Lächelnd stellte Marie ihren Begleiter vor.

»Wir haben zwei Bilder von Ihnen im Museum in Neuss gesehen. Dann wollte Marie unbedingt nach Hamburg und Sie treffen.«

»Neuss? Das muss der rheinische Kunstverein sein. Die Gesellschaft zur Förderung deutscher Kunst des 20. Jahrhunderts.« Anita grinste. »Mein Freund Heise hat 1917 zwei Ölgemälde vermitteln können.«

»Kinder, die Halma spielen«, sagte von Münchhausen.

»Und Heises Götzenfigur.« Anita lachte. »So nennen wir sie. Tatsächlich ist es ein Bild des Pharaos Amenophis.«

»Hattest du schon etwas im Ausland hängen? Am Jahresende ist in Genf die Exposition Internationale d'Art Moderne. Du musst unbedingt ausstellen.« Marie küsste Anita auf beide Wangen. Sie stiegen ein. Marie streckte den Arm aus dem offenen Fenster, als das Auto anfuhr. In ihrer Hand ein weißes Seidentuch, das im Fahrtwind um seine Freiheit flatterte. »Vergiss mich nicht«, rief Marie.

Anita schaute lange hinterher. Ob sie Marie wiedersehen würde? Plötzlich lächelte sie und sagte laut:

»Marie Laurencin, très malheureuse,
in Öl malt sie ihren Boubou,
Anita Rée, plus malheureuse,
im Glück über ein Bild von Maries Chouchou.«

Kurzerhand räumte Max Adolph einen Stapel Bücher auf den Tisch, zog den frei gewordenen Hocker knarzend über die Holzdielen zur Wand, an der die gerahmten Bilder lehnten, alle hintereinander. Breitbeinig setzte er sich davor, verschränkte die Arme auf den Knien und stützte darauf den Oberkörper. Scheinbar beabsichtigte er, ein Bild nach dem anderen eines sorgfältigen Studiums zu unterziehen.

Mary lächelte nachsichtig, hob die Schultern wie zu einer Entschuldigung. Sie hatte ihren Mantel anbehalten und es sich im einzigen Sessel bequem gemacht. »Es war Max' Idee, herzukommen. Mein Sohn wollte unbedingt sehen, was du Neues hast. Und mir ist zu Hause die Decke auf den Kopf gefallen. Es ist das zweite Weihnachten ohne Aby. Wir vermissen ihn so.« Marys Gesicht verzog sich, wurde schmallippig und großäugig. Sie richtete sich auf, atmete tief und gleichmäßig. Eine Welle der Verzweiflung schien durch ihren Körper zu rollen. »Ich soll dir Grüße von Aby ausrichten«, sagte sie schließlich.

Anita stellte das Tablett auf dem Tisch ab. »Entschuldigt, es ist kalt hier oben und unaufgeräumt.« Sie schenkte Tee ein und reichte der Freundin eine Tasse.

Mary lehnte sich im Sessel zurück. »Wir sind es, die sich entschuldigen müssen, dich so kurz nach Weihnachten zu stören. Aber zu Hause ...« Sie beendete den Satz nicht, griff nach der Zeitung, die aufgeschlagen auf dem Tisch lag. »Oh, französisch.«

»Über die Ausstellung in Genf«, erklärte Anita. »Es steht auch was über mich drin.« Sie zeigte mit dem Finger auf den betreffenden Absatz.

»Kokoschka ist ohne Zweifel eine Berühmtheit, interessiert mich jedoch unendlich weniger als Anita Rée. Ihr Akt eines jungen Mädchens erträgt die Nachbarschaft eines Derain«, übersetzte Mary und blickte Anita mit hochgezogenen Augenbrauen an. »Das ist großartig. Ich sag doch: Du wirst von Tag zu Tag besser.«

»Akte und Porträts interessieren mich am meisten«, sagte Max leise aus dem Hintergrund.

Verwundert schauten Anita und Mary zu dem 18-Jährigen hinüber. Mit geneigtem Kopf studierte er Anitas Gemälde von Carl Einstein. Der wirkte darauf wie Max: der Welt entrückt. Einstein schien gerade eben über die Tischplatte zu reichen, stützte die Arme auf, in der einen Hand die mächtige Pfeife, in der anderen der schmale Stift. Die Augen hinter übergroßen Brillengläsern nahezu geschlossen. Er schrieb, was sonst? Löste sich dabei in ockerbraune Flecken und Flächen auf. Auf seinem kahlen Schädel eine kreisförmige Spiegelung, gebrochen durch ein Kreuz. Das Ölbild war gelungen, fand Anita. Es flirrte vor Energie. Es war – wie der Freund – eine Quelle der Kraft.

Anita grinste Mary an. Mary lächelte zurück. Sie verstanden sich auch ohne Worte. Anita tippte auf einen anderen Abschnitt im Artikel. »Du musst lesen, was über

Marie Laurencin geschrieben wurde. Sie hat das Bild eines rosafarbenen Hundes ausgestellt.«

»Er ist rosa, weil es ihm gefällt, rosa zu sein«, übersetzte Mary und verzog das Gesicht zur Frage.

»Marie ist ein Mysterium. Als ich sie im Sommer getroffen habe, hat sie sich an der Alster in einen Pekinesen verliebt.« Anita lachte. »Ich würde sie so gerne in Paris besuchen.«

»Ich bezweifle, dass wir schon wieder nach Frankreich reisen können. Bestimmt hassen uns die Franzosen«, sagte Mary. Sie nippte am Tee.

»Wer ist Marie Laurencin?«, fragte Max plötzlich. Er schien sich zu erinnern, dass er nicht allein war.

»Eine Freundin aus Paris. Sie hat bei Picasso gelernt, mit den Kubisten zusammengearbeitet und trotzdem ihren eigenen Stil entwickelt. Im Januar wird ein Bild von ihr auf der Ausstellung der Hamburgischen Sezessionisten hängen«, erklärte Anita.

»Du solltest besser nach Italien gehen«, sagte Mary und griff ihre Unterhaltung wieder auf. »Das scheint mir realistischer als Frankreich. Florenz, Rom, Siena, Padua, du musst so viel sehen.«

»Italien wäre großartig. Sagt auch Marie Laurencin. Hätte ich nicht meine Freundinnen in Bergedorf, wäre ich in den vergangenen Jahren nicht aus Hamburg rausgekommen. Immerhin habe ich dieses Jahr Clara Rilke in Fischerhude besucht. Hast du meine Zeichnung von Clara gesehen?« Anita erhob sich, suchte in einer Mappe, wo sie das Blatt vermutete. »Ich habe solche Sehnsucht nach dem Süden«, murmelte sie seufzend. In das Verlangen mischten sich sogleich Befürchtungen.

Dass sie wie so oft die Kosten scheuen würde.

Dass die Sorge, das Geld könne ihr später fehlen, jede Reise verderben würde.

Die Bäuerin Lionarda

Die Paprikafrüchte glänzten in der Schüssel. Flammenrot und sonnengelb. Jede gewachsen nach dem Willen der Natur. Krumm und schlank, mit Dellen, Beulen und kräftigen grünen Stängeln. Anita betrachtete sie fasziniert. Solcherlei Gemüse kannte sie aus Deutschland nicht. Lionarda, die Bäuerin, lächelte nachsichtig und verwies Anita mit einer Geste an den langen Holztisch, dorthin, wo sonst am Abend das Essen für die Familie serviert wurde – die leckeren Knödel, Krapfen und Gröstl, die Suppen, Kasspatzln und die süßen Mehlspeisen.

Aus dem Ungarischen kämen die Paprika, erklärte die Bäuerin, während sie eine rote in zwei Hälften und diese in Streifen schnitt. Sie knackten im Mund, schmeckten verführerisch süß. Eigentlich müsse man die Frucht trocknen und zu Pulver verarbeiten, bevor man das Paprizieren beginnen könne.

Anita malte die Paprikafrüchte mit Feder und Wasserfarbe. Sie malte Lionarda in Öl. Mit Apfelwangen, das Lächeln liebenswert und der Blick wohlwollend.

Lionarda musste man mögen.

Das Zimmer beim Bauern hatte Anita einer Unterkunft im Hirschen, dem einzigen Gasthof von Grins, vorgezogen. Es war schlicht, bestand aus zwei Kommoden für Wäsche, Kleidung und Utensilien, aus Stuhl und Tisch zum Schreiben und Malen, einem schmalen Bett mit Daunendecke und einem Waschgestell. Kost und Logis waren bezahlbar, günstiger als im Hirschen. Lionarda kochte wunderbar, das hatte Anita vor ihrer Ankunft aber nicht wissen können.

Vor einigen Tagen war sie mit dem Zug über Innsbruck angereist. Endlich kam sie zum *Landschaftern*. Die malerische alte Römerbrücke über der Mühlbachschlucht, das imposante Maultaschhaus, in dem mal eine Tiroler Landesfürstin gewohnt haben sollte, und all die namenlosen Brücken, Bauernhäuser und Kapellen warteten nur darauf, gemalt zu werden. Die Menschen waren zurückhaltend, aber freundlich. Bereitwillig ließen sie sich von ihr porträtieren, auch wenn sie eine gewisse Skepsis nicht leugnen konnten. Anita las viel in ihren Gesichtern: Zweifel, Vorsicht. Eine Deutsche aus dem fernen Hamburg. Eine Frau, die allein reiste, die malte und nicht hanseatisch aussah, nicht so, wie eine deutsche Frau auszusehen hatte.

Anita winkte Lionarda zu. Die Tür fiel leise klackend hinter ihr ins Schloss. Eine fast sommerwarme Brise hüllte sie ein.

Grins war überschaubar, zählte etwa 800 Einwohner, ein zauberhafter Flecken Erde, der von oben betrachtet wie gemalt wirken würde. Das Dorf lag auf einem Sonnenplateau. Mit stolzgeschwellter Brust erhob es sich über das Stanzer Tal. Unten vereinigten sich Rosanna aus Arlberg und Trisanna aus Ischgl in der Sanna, die weiter östlich in Landeck in den Inn mündete.

»Rosanna, Trisanna, was bleibt, ist Sanna«, sang Anita leise vor sich hin.

Vor dem Gasthaus hatte sich eine Traube Menschen gebildet. Ungewöhnlich, so viele Leute. Grund genug, schnell das Weite zu suchen. Niemand beachtete sie. Flink querte

Anita die alte Römerbrücke. Für den Moment hörte sie in der Tiefe das Wasser rauschen.

»In der Schlucht schluchzt der Mühlbach,
aus meinem Mund perlt der Quatsch.«

Dann gewann Vogelgezwitscher die Oberhand, selbst das Summen der Bienen konnte sie hören. Die Sonne im Süden blendete. Anita blinzelte mehrmals, schirmte ihre Augen, folgte dem Weg gen Westen, hopste über Steine, eine Furche, das Panorama der Lechtaler Alpen fest im Blick. Schroff hoben sich die scharfen Grate der Passeierspitze gegen den meerblauen Himmel ab. Wie Segel auf dem Wasser. Schneeflecken funkelten verheißungsvoll.

Anita stieg einen schmalen Weg den Berg hinauf. Die grazilen Stämme der Pflaumenbäume stemmten sich gegen die Schwerkraft, unbekümmert standen sie am Hang. Unter dem dichten Blattwerk hinweg konnte man das Dorf sehen. Wie mochte es hier noch vor einigen Tagen ausgesehen haben? Die weiß-rosa Blütenpracht musste ein Traum gewesen sein.

Anita setzte sich auf einen Felsbrocken und zückte ihren Zeichenblock.

Es war Nachmittag, als sie ins Dorf zurückkehrte. Schon aus der Ferne sah sie Menschen, die sich nun nicht mehr vor dem Hirschen drängten, sondern wie auseinandergesprengt schienen. Auf dem ganzen Dorfplatz hatten sie sich ausgebreitet. Mit Stühlen und Apparaturen, bei denen es sich – jetzt erkannte Anita es deutlich – um Kameras handelte. Strohballen hatte man zu einer Kulisse aufgetürmt. Drei Männer in Arbeitskleidung trugen mit Heu gefüllte

Behältnisse auf dem Rücken. Die einzige Frau lief barfuß. Die blonden Haare hatte sie kunstvoll frisiert, trug Mittelscheitel und quer über den Kopf einen geflochtenen Zopf. Erbost zeigte sie mit dem Finger am ausgestreckten Arm auf einen der Männer.

Anita griff nach ihrem Zeichenblock, blätterte zu einer leeren Seite und zeichnete die Frau mit schnellen Bewegungen. Es schien sich um eine Schauspieltruppe zu handeln, die im romantischen Grins ein Volksstück drehte, mutmaßte Anita.

Später kaufte sie im Dorfladen Postkarten.

»Heute ist richtig was los bei uns«, sagte die junge Frau hinter der Theke. Stolz wirkte sie. Anita sah sie zum ersten Mal mit rot geschminkten Lippen.

»Was sind das für Leute?«

»Schauspieler von der Exl-Bühne aus Innsbruck. Sie drehen einen Film.« Die Frau beugte sich verschwörerisch vor. »Es geht um eine Armenhäuslerin, die sich an den Sohn eines reichen Bauern heranpirscht und sich ein Kind machen lässt. Steht alles hier drin.« Sie zeigte auf den Stapel Zeitungen vor sich.

Tiroler Anzeiger, las Anita. »Ich nehme eine«, sagte sie.

Inzwischen schienen die Dreharbeiten beendet zu sein. Die Schauspieler waren verschwunden. Es wurde aufgeräumt, und Anita kehrte zum Hof ihrer Wirtsleute zurück. Vor der offenen Stalltür blieb sie stehen. Der Bauer schaute hoch. Er schwieg, lächelte nicht, schien jedoch zu nicken, ein Gruß vielleicht, eine Einladung, näher zu kommen, oder nur Neugierde.

Anita betrat den Stall, der Boden war mit Stroh ausgelegt. Die Luft war stickig. Es roch unangenehm nach Kuhdung, aber nach wenigen Atemzügen hatte sich Anita schon daran gewöhnt. Durch ein winziges Fenster bohrte sich das Licht der Spätnachmittagssonne.

Die Kühe kauten, musterten sie interessiert, aber unbeeindruckt. Eine säugte. Regungslos verharrte die Kuh, als fürchtete sie, eine Bewegung könnte das Kalb verschrecken. Davor hockte der Bauer auf einem Schemel. Geduldig streichelte er das Kälbchen. Womöglich kränkelte es oder trank nicht von allein. Was auch immer es war, ganz offensichtlich genoss es die Aufmerksamkeit. Anita fröstelte. Die drei Könige besuchten das Neugeborene in einem Stall in Bethlehem und brachten Geschenke.

Sie kam mit leeren Händen.

»Darf ich Sie zeichnen?«, flüsterte Anita. »Sie und Mutter und Kind?«

Der Bauer nickte.

Später, nach dem gemeinsamen Abendessen mit den Wirtsleuten in der Stube, zeichnete Anita die anrührende Szene ein zweites Mal auf eine der gekauften Postkarten. Reinhart sollte auch eine Kuh mit Kälbchen bekommen.

Mein guter lieber Reinhart. Ich höre, dass Du krank bist, und sende Dir darum zur Erheiterung diese Karte. Werde nun bald wieder gesund, mein Liebling, und vergiss nicht ganz Deine Dich küssende Anita.

Dann las sie im *Tiroler Anzeiger* den kurzen Bericht über die Dreharbeiten. *Um Haus und Hof* hieß das Stück, das gespielt wurde. Eine Tragödie. Die Innenaufnahmen sollten in Innsbruck fortgesetzt werden.

Anitas Blick fiel auf den Anzeigenteil. *Tretet dem Antisemitenbund bei*, stand dort groß und schlicht, ohne weitere Erklärungen, ohne Rahmen und Schnörkel und doch nicht zu übersehen. Wer dies las, wusste, worum es ging, wusste, bei wem er sich melden musste. Sie erschrak. Sie fröstelte. Heißes Entsetzen folgte. Sie öffnete das Fenster ihres Gastzimmers, lehnte sich auf den Rahmen, hielt den Kopf in die Alpenluft. Draußen dämmerte es. Es war still. Sobald die Sonne untergegangen war, kroch die Kälte von den Bergen herunter. Unvermittelt dachte Anita an ihren Vater, an einen der letzten Sätze, die er gesagt hatte. *Was wir Juden auch tun, der Hass auf uns wird sich verdoppeln und verdreifachen.* Was konnte man gegen Aufrufe zum Hass tun? Wem konnte sie ohne Misstrauen begegnen? Hier in Tirol. Zu Hause. Wer war Feind und wer ein Freund?

Der Dresdner Julihimmel mühte sich redlich. Elbwasser flirrte im Sonnenschein, doch das tiefwarme Enzianblau des Grinner Alpenhimmels der vergangenen Wochen blieb unübertroffen. Es hatte sich in ihr verfangen, ein strahlender Glückskristall. Anita spürte die Energie. Tirol war willkommene Abwechslung gewesen, die Natur so herrlich wie das Wetter. Sie hatte Landschaftsbilder gemalt, so viele wie schon lange nicht mehr. Nach der Entdeckung im *Tiroler Anzeiger* hatte sie die Menschen gemieden. Mehr und mehr Urlauber bevölkerten Grins in den Sommermonaten. Wenn sich beim Betreten des Gasthofes einheimische wie fremde Blicke ihr zuwandten – neugierige, forschende, urteilende –, wurde ihr auf unerklärliche Weise bang. Überall sah sie sich lautlos verbündende Menschen.

Antimenschenbund.

Antisemitenbund.

Anitasemitabund.

Sie vermisste Lionarda, ihre Herzlichkeit, die köstlichen

und reichhaltigen Speisen, die die Bäuerin für Familie und Gäste zuzubereiten pflegte.

Einige Tage hatte Anita bei Freunden in München verbracht. Gerade rechtzeitig zur Ausstellungseröffnung der Kunstgenossenschaft war sie in Dresden angekommen.

Sie blickte durch ein Fenster der Kunstakademie, sah die Spaziergänger auf der Brühlschen Terrasse, die Bootsausflügler und Sportkanuten auf der Elbe. Fast bereute sie, der erneuten Bilderschau keine Fahrt ins Blaue vorgezogen zu haben. Doch gestern war es zu voll, zu laut und unruhig gewesen, um sich einen genauen Eindruck darüber zu verschaffen, was neben ihrer *Blauen Frau* hing, was die Kunstgenossenschaftler und die geladenen auswärtigen Künstler zeigten.

»Sie haben die *Blaue Frau* gemalt, nicht wahr?«

Die Stimme klang warm. Überrascht schaute Anita nach rechts. An ihre Seite hatte sich ein junger Mann gesellt. Groß, schlank, so dunkelhaarig wie sie selbst, mit kräftigen Augenbrauen und einem ernsthaften, ruhenden Blick.

»Wie kommen Sie darauf?«

»Ich habe Sie gestern bereits gesehen, bei der Eröffnung, aber ich habe mich nicht getraut, Sie anzusprechen.«

»Aber heute trauen Sie sich«, sagte Anita, eine Spur zu schroff. Sie sah, wie der junge Mann errötete, und ärgerte sich. Tatsächlich freute sie sich über sein Interesse. »Schön«, schob sie leise nach.

Jetzt lächelte er. »Ich heiße Christian Selle.« Er reichte ihr die Hand. »Ich bin unschlüssig, wie ich Sie einordnen soll. Sind Sie Nachimpressionistin, Expressionistin, Fauvistin oder Kubistin?«

»Warum wollen Sie mich einordnen? Mir sind Ismen einerlei. Ich male Bilder und keine Stile«, antwortete Anita knapp. Wieder klang sie barsch. Sie mochte diese Frage nicht.

Selle nickte, betrachtete sie nachdenklich. »Bei wem haben Sie denn gelernt?«

Anita hielt seinem Blick stand. Womöglich war er einer dieser Avantgarde-Experten, einer derjenigen, die glaubten, sich mit moderner Kunst auszukennen, und sie mit sichtlichem Vergnügen in ein bedeutungsloses Gespräch über diese oder jene Richtung verwickeln wollten. Seit sie regelmäßig ausstellte, stieg das Interesse der Journalisten, doch stets begann es gleich. Mit der Frage nach ihrem Lehrer. Fernand Léger, behauptete sie bisweilen, wenn sie meinte, dass eine eindeutige Antwort vonnöten war, wenn sie Eindruck machen musste. Doch lieber wich sie aus, verwies auf ihre Pariser Zeit, blieb unbestimmt und nannte keine Namen. Was war die Wahrheit? Dass sie sich selbst weitergebildet hatte, dass sie lernte, wann immer sich die Gelegenheit dazu bot? Das hörte sich belanglos an.

»Ich habe bei Cézanne gelernt«, antwortete sie trotzig. Gelogen war das nicht.

Selle verzog das Gesicht. »Sie machen sich lustig über mich. Cézanne ist schon 15 Jahre tot«, erklärte er.

Jetzt tat er Anita leid. Er war jung, 20 Jahre höchstens. Er mühte sich um ein Gespräch. Sie lächelte. »Ich meine das ernst. Cézannes Bilder leben. Er ist mein zuverlässiger Fixstern. Wenn ich schwanke, weist mir Cézanne den Weg.«

»Sie schwanken?«

»Sicher! Wenn ich unzufrieden bin. Wenn ich aufgeben will, weil ich nicht das erreiche, was ich mir vorgenommen habe. Oft ist es ein furchtbarer Kampf, bis ich es schaffe, alles Wollen zu verdrängen. Ich muss sehen, betrachten, verstehen. Ich brauche Stille. Stille um mich herum und Stille in mir. Erst wenn ich an Einsamkeit zu zerbrechen drohe, wächst in mir dieses Gefühl, entsteht tief in meinem Inneren das Bild und überträgt sich auf das Papier.«

»Und dabei hilft Ihnen Cézanne?«, fragte Selle. Er schien ihr nicht zu glauben.

»Cézanne liefert mir das Handwerkszeug. Er war der Erste, der Objekte in einfache Formen zerlegt hat. Jede Seite einer Form muss zu einem zentralen Punkt führen. Ein Berg entsteht durch das Übereinanderschichten von vielen kleinen Formen. Cézanne begann mit einem Fleck, auf den er einen zweiten setzt, dann einen dritten, bis aus allen Farbtönen das eigentliche Motiv entsteht. Die Harmonie der Farben leitete ihn, sie quälte ihn. In den Farben steckte sein ganzes Fühlen und Leiden.«

»Tatsächlich? Ich finde, Cézannes Bilder sind ein Ausbund an Ruhe.«

»Vor dieser Ruhe tobte ein Sturm.«

»Wie bei Ihnen?«, fragte Selle.

Anita lächelte.

»Ich wünschte, Sie könnten es mir beibringen.«

»Die Ruhe oder den Sturm?«

»Das Cézanne'sche Malen. Ich male gern, aber Kunst schaffe ich keine. Ich lese, aber ich bin kein Schriftsteller. Ich lerne den Beruf des Buchhändlers.«

»Wir malen gemeinsam, und danach lesen wir uns gegenseitig unsere Lieblingstexte vor. Flaubert, seine sentimentalen Briefe, Gogol, überhaupt alle Schriftsteller, die nicht bluffen und schwindeln, die ihre Gefühle nicht einfach vorgeben.«

»Das wäre schön.« Selle lächelte. Sein Gesicht war

schmal und blass. In den dunklen Augen spiegelte sich ein Licht.

Anita drehte sich schnell weg. Ein paar Schritte nur. Zur *Blauen Frau*. Deswegen hatte Selle sie schließlich angesprochen.

Er war ihr gefolgt. Stand wieder neben ihr. »Wie kann Blau gleichzeitig so Entgegengesetztes bedeuten?«

»Kälte, Einsamkeit, Verlust, Zerstörung, Hunger, Fremdheit«, zählte Anita auf. »Das gehört für mich alles zusammen.«

»Leben, Geist, Sehnsucht, Hoffnung. Besonders Hoffnung«, entgegnete Selle. Er schaute fragend, neigte den Kopf.

Anita sah sich selbst ganz klein in seinen Pupillen. Ihr Bild flackerte, verschwamm schließlich.

»Wirklich! Ich würde gerne bei Ihnen Unterricht nehmen.« Jetzt überzog sein Gesicht ein offenes, ein gewinnendes Strahlen.

»Ich lebe in Hamburg und nicht in Dresden.«

»Ich bin aus Liegnitz in Schlesien. Mein Vater ist Vorsitzender des Kunstvereins. Vielleicht können Sie einmal bei uns ausstellen?«

»Vielleicht kommen Sie mich in den Ferien in Hamburg besuchen?«

»Aber dann ist es aus mit Ihrer Ruhe«, sagte Selle. Er versteckte abrupt sein Lachen, blickte betrübt von oben auf sie herab. Schaute wie ein Welpe, der ein gefrorenes Menschenherz erweichen musste.

»So wird es wohl kommen.« Anita versuchte einen ebenso bedauernden Blick. Dann entschlüpfte ihr ein Lächeln, dann lachte sie, lachte laut. Selle auch. Ausstellungsbesucher schauten sich nach ihnen um. Neugierig. Tadelnd.

Selle nahm sie an die Hand und zog sie hinaus auf die Brühlsche Terrasse.

Sie konnte das Elbwasser riechen. Ein Lüftchen verfing sich in ihren Haaren.

»Kommen Sie, Anita, wir machen einen Flussspaziergang.«

Anita hatte mit der Dampfbahn vom Berliner Hauptbahnhof hinaus in die Gartenstadt Frohnau fahren müssen. Dann weiter zu Fuß über das Halbrund des Zeltinger Platzes hinweg. Einen Kilometer unter dicht belaubten Alleebäumen entlang der gleichnamigen Promenade. Landhaus folgte auf Landhaus. Jedes anders. Eines imposanter als das nächste. Immer wieder blieb Anita stehen und betrachtete eine Villa, die ihr besonders gefiel. Mit Fachwerk oder Holzverschalung. Weiß verputzt. Ziegel expressionistisch verbaut. Jugendstilornamentik ausufernd. Regionaler Landhausstil. Klassizistische Anleihen. Berliner, die es sich leisten konnten, erfüllten sich hier den Traum vom städtischen Leben im Grünen. Aber doch nicht Carl Einstein?

Es musste mit der Frau zu tun haben. Augusta Clara Elisabeth Gräfin vom Hagen, kurz Aga. Verheiratet waren sie nicht, Carl und die »rote Gräfin«. Aber wusste Anita es? Sie wusste, dass sich Agas Spitzname nicht von der Haarfarbe ableitete. Agas Haare waren nicht rot. Aga war Mitglied der Kommunistischen Partei Deutschlands.

Das Hausmädchen führte Anita in einen schummrigen Salon. Mittagssonne irrlichterte durch die Fenster herein. Anita blinzelte. Erkannte die Gräfin im Sessel. Sie trug die braunen Locken kurz, die Bluse hochgeschlossen und um den schlanken Hals ein auffälliges Kreuz. Sie musste um einige Jahre älter sein als Carl.

Der Freund saß im staubflimmernden Lichtstrahl, seine Wangen merkwürdig gelb. Die Pfeife qualmte. Auf seinem Schoß knurrte ein Hündchen, ein Pekinese, wie ihn Marie Laurencin nicht besser hätte malen können.

Er ist rosa, weil es ihm gefällt, rosa zu sein.

Carl nahm die Pfeife aus dem Mund. »Deine Mutter hat mir geschrieben. Ich habe ihr geantwortet, du seist noch nicht da, und wir würden auf dich warten. Bei all dem Hin und Her wuchsen die Sorgen.«

»Mutter sorgt sich gern, jedoch nie um mich«, antwortete Anita. Sie kniff die Lippen zusammen und kämpfte mit dem Impuls, das Haus schnell wieder zu verlassen. Nach Dresden zurück. Hinauf in die Kuppel der Frauenkirche. Das Panorama atemberaubend. Gottfried Sempers Oper beeindruckend. Der Zwinger fast ein Versailler Schloss. Christian Selle lachte gerne und …

… in Carls Gesicht schäumte etwas. Er sprang auf und pustete grünen Rauch.

Die »rote Gräfin« hob leicht den rechten Unterarm, die Hand abgeknickt, Zeigefinger und Daumen berührten sich, als stünde ein Konzert bevor, als dirigierte sie ein Orchester und bereitete dem richtigen Ton den Weg. »Ich habe viel von Ihnen gehört.« Sie erhob sich vornehm, begrüßte Anita und bat sie, neben ihr Platz zu nehmen.

In Anita brannten die Fragen. Die nach Carls erster Frau und seiner Tochter. Sechs Jahre mochte sie jetzt sein.

»Wir kennen uns aus Brüssel«, erklärte Aga. »Carl arbeitete wegen seiner Kriegsverletzung in der Kolonialamtsbibliothek. Im November 1918 bin ich gemeinsam mit ihm und über 5.000 Soldaten durch die belgische Hauptstadt gezogen. Wir haben die *Internationale* gesungen und rote Fahnen geschwenkt …«

Anita konnte sich Aga nicht vorstellen, wie sie auf Straßen Fahnen und in Versammlungen Reden schwang. Und Carl? Soziale Themen interessierten ihn, aber er hielt weder die sozialistische noch die kommunistische Partei für fähig, Probleme zu lösen.

»... Die Arbeiterklasse und die deutschen Soldaten verbündeten sich gegen Militärführung und Regierung. Carl half bei den Verhandlungen. Er wurde schließlich denunziert, und wir musste Brüssel verlassen ...«

»In Tirol verbünden sich Menschen gegen Juden«, flüsterte Anita. Sie wollte nichts mehr von Verrat und Verbünden hören. Dresden war so schön gewesen.

»Anita, wach auf. Das haben sie doch schon immer und überall getan«, sagte Carl. »Jetzt jedoch werden sich die Menschen erst einmal tüchtig gegen mich verschwören.« Er stand auf, nahm eine Broschur von einem Stapel und drückte sie Anita in die Hand.

»*Die schlimme Botschaft*«, las Anita und sah Carl fragend an. »Wann ist das erschienen?

»Sie werden mich teeren und federn«, antwortete Carl.

Anita schlug die Broschur wahllos auf und las laut:

»Geschrei: Er kommt!
Endlich!
Gott sei Dank!
Schlagt den Juden tot.«

Anita sah Carl sprachlos an. »Was ist das?«

»Ich habe mir vorgestellt, Jesus würde heute leben. Er wäre ein Reformer, würde gegen die Ungerechtigkeit und für die Sache der Armen eintreten. Was würde einem solch edlen Menschen passieren?«

Anita zuckte mit den Schultern. Dieses Haus gruselte sie. Carl gruselte sie. Oder lag es an ihr selbst? Vielleicht durfte sie nicht so schnell von Ort zu Ort reisen. Sie kam nie an und musste trotzdem immer weiter.

Carl seufzte und setzte zur Erklärung an. »Jesus wird natürlich wieder ans Kreuz geschlagen. Die Juden stehlen ihm sein letztes Hemd. Die Christen fressen ihn mit Haut und Haar. Die Kreuzigung wird zum Spektakel. Damit lässt sich schließlich Geld verdienen. Man verkauft den Leib Christi einfach als Ikone.«

»Warum?«, fragte Anita.

»Das Bürgertum ist so. Es ist zu einem sündenlosen Leben nicht fähig. Die Erlösung daher völlig sinnlos.«

»Du wirst dir keine Freunde machen«, flüsterte Anita.

»Einer muss die Wahrheit sagen.«

»Wie viele Exemplare wurden schon verkauft?

»Es ist erst vor ein paar Tagen bei Rowohlt erschienen.«

»Reaktionen?«

Carl schüttelte den Kopf.

Anita schwieg. Die Sonne war verschwunden und mit ihr die angreifenden Lichtschwerter. Durch die Fenster des Salons konnte man nun in den Garten sehen.

»Hatten Sie Erfolg mit Ihrer Ausstellung in Düsseldorf in der Galerie Flechtheim?«, fragte Aga, ehe das Schweigen zu schwer wog. Sie wechselte das Thema. Anita fühlte Erleichterung, Dankbarkeit gar. Aga lächelte ihr zu. Neigte den Kopf. Liebenswürdig.

»Meine Bilder hingen neben denen von Juan Gris und Maurice de Vlaminck. Ich war in ausgezeichneter Gesellschaft«, antwortete Anita. »Dass Alfred Flechtheim mich vertritt, verdanke ich deiner Vermittlung, Carl.«

Carl stopfte ungerührt seine Pfeife.

»Wir könnten heute Abend ins Romanische Café gehen. Was meint Ihr? Alfred Flechtheim ist auch da. Und Gottfried Benn. Sie müssen unbedingt Benn kennenlernen«, sagte Aga.

Mit dem Auto erreichten sie die Berliner Innenstadt. Das Romanische Haus befand sich östlich der Kaiser-Wilhelm-Gedächtniskirche. Die Leute drängten sich auf der überdachten Terrasse. Die Straßenbahn fuhr knirschend und quietschend durch jede Unterhaltung. Trotzdem war es so voll wie seinerzeit im Café du Dôme.

Carl und Aga schoben Anita hinein.

Der düstere Hauptraum ähnelte dem fensterlosen Chor einer italienischen Basilika.

»Es ist mitnichten romanisch, sondern sehr rachmonisch«, erklärte Carl, und dass das Wort dem Jiddischen entspringe und barmherzig bedeute. »Das Ende des geliebten Café Größenwahn hat uns Künstler entwurzelt. Zugegeben: Die neue Heimat ist nicht so stilvoll wie die alte. Aber wenigstens sind wir geschützt vor dieser unbarmherzigen Welt da draußen.«

Carl und Aga schoben Anita weiter in den kleineren, aber ebenso vollgepfropften Nebenraum. Die etwa 20 runden Marmortischchen waren besetzt. Im Zentrum residierte Alfred Flechtheim. Am Tisch ein weiterer Herr und eine junge Dame.

»Die Fremdlinge bleiben draußen auf der Terrasse. Den Schachspielern gehört die Galerie. Der Hauptraum ist das Bassin für Nichtschwimmer. Wir Schwimmer bleiben lieber unter uns«, erklärte Flechtheim. »Setzen Sie sich zu uns, verehrtes Fräulein Rée. Es gibt Leute, die warten sehr lange auf Einlass.«

Carl zog weitere Stühle heran. Wein wurde eingeschenkt. Man lachte. Links Flechtheim. Rechts neben ihr Gottfried Benn. Carl sagte, er betreibe eine Praxis für Haut- und Geschlechtskrankheiten in der Belle-Alliance-Straße. Benn trug Anzug, Weste und Krawatte. Anita malte sich ihn gedanklich und erfolglos in einen blütenweißen Arztkittel. Er schien es zu bemerken.

»Tagsüber bin ich ein Schmierer, ein Spritzer und Quacksalber, am Abend bin ich einer, der Dinge in mystische Worte bannt«, spöttelte er. Seine Wangen sackten ab. Unter seinem Kinn eine Kerbe wie ein V. »Das ist kein Leben, nicht wahr, ma petite.«

Er tätschelte der jungen Dame an seiner Seite die Hand. Trudchen hieß sie. Gerade 20 Jahre alt, eine promovierte Bibliothekarin.

»Schauen Sie mich doch an.« Benn tippte sich theatralisch auf die Brust und zitierte:

»Das Dichterpack, der abgefeimte Pöbel,
Das Schleimgeschmeiß, der Menschheitslititi,
Ein Stuhlbein her, ein alter Abtrittsmöbel,
Ein Schlag – der Rest ist Knochenchirurgie.«

Er lachte laut.

Carl und Flechtheim auch.

Anita zwang sich zu einem Lächeln. Sie trank einen Schluck Wein. Sie fühlte sich falsch. Am falschen Ort. Im falschen Körper. Mit falschen Gedanken, die zu unausgesprochenen Sätzen führten, zu sperrigen Bewegungen und später sicherlich zu einem schmerzhaft steifen Hals.

Benn war interessant, zweifellos, seine Gedichte mochten bemerkenswert sein, trotzdem gruselte sich Anita an seiner Seite. Dieses ganze sogenannte Schwimmer-Bassin verursachte ihr mehr Übelkeit als Freude. Vielleicht schwamm es sich einfach leichter unter Malern? Vielleicht stieß sie auch diese Wichtigtuerei ab? Sie redeten über Kunst, aber machten keine. Nur Schlagworte statt Werke. Kunst war eine ausgezeichnete Sache, wenn sie von Leuten mit Einfällen kam. In Dresden war alles Schwimmen fröhliches Planschen gewesen.

Trudchen musterte sie neugierig. Anita schaute unverwandt und trotzig zurück, trotzdem war sie erleichtert, als Flechtheim wieder das Wort an sie richtete.

»Ich plane im nächsten Jahr eine Ausstellung nur mit Bildern von Frauen. Hier in meiner Berliner Galerie. Ihre Freundin Marie Laurencin ist auch dabei. Was bekomme ich von Ihnen?«

Sofort dachte Anita an ihre Wirtin, an Lionarda. »Ich habe zwei Tiroler Bäuerinnen in Öl.«

»Zeigen Sie sie mir?«

Benn hatte sich im Stuhl zurückgelehnt. Anita sah ihn nur im Augenwinkel, umso mehr spürte sie seinen Blick. Der bohrte sich in ihre Wange. Sie brannte heiß, und Benn stopfte unschuldig beide Hände in seine Hosentaschen.

»Ich kann Ihnen die Bilder morgen in die Galerie bringen«, sagte Anita. Im Schwimmer-Bassin war man zum Schwimmen verdammt. Sie spürte Bewegung in ihren Fingern, in den Händen, in den Armen. Sie trank noch einen Schluck Wein. »Nächstes Jahr nehme ich an einer Ausstellung in Stockholm und Helsinki teil. Außerdem findet meine erste Einzelausstellung statt. Bei Commeter in Hamburg.«

»Es läuft gut für Sie.« Flechtheim nickte anerkennend. »Und was kommt dann?« Er ließ sich eine Zigarre anzünden und stopfte sie zwischen die Lippen. Neugierig schaute er sie an.

»Ich möchte gerne nach Italien. Wenn möglich länger, für einige Monate mindestens. Ich weiß nur noch nicht, wohin.«

Flechtheim paffte.

»Ich suche einen barmherzigen Ort.«

Flechtheim nickte.

»Wo ich unter Freunden bin.«

Er nahm die Zigarre aus dem Mund. »Karli schwärmt von Positano. Karli Sohn-Rethel. Er ist schon seit vielen Jahren bei mir unter Vertrag. Sein Bruder Otto lebt auf Capri, eine Bilderbuchinsel, sehr beliebt, aber teuer. Positano dagegen beschreibt Karli als ein Fischernest in einer unzugänglichen Bucht an der Amalfiküste. Winzige Häuser klammern sich an einen schroffen Berghang. Die Natur grob und düster.« Flechtheim zögerte. »Es soll unbequem sein. Ohne Strom und fließend Wasser. Wenn ich es mir recht überlege, ist es nicht wirklich barmherzig. Aber billig.«

»Ich werde mich erkundigen«, antwortete Anita.

30. Oktober 1922

Wilhelm schlug einen Nagel in die Wand und hängte das Stillleben auf. Mit dem Finger rückte er es zurecht. Er trat einen Schritt zurück. Noch einen. Eine schöne rote Kanne, in der sich das Leben spiegelte. Auf einem blauen Teller zwei wohl gelbe Äpfel, die sich gegen das übermächtige Rot und Blau ihrer Umgebung nicht zu wehren wussten. Das Bild war ein Geschenk von Fräulein Rée gewesen und der Anfang. Der einer kleinen Sammlung. Dort an der Wand erinnerten die Äpfel stets an die unwirkliche Zeit seit der Rückkehr von der Front.

Noch im Sommer 1918 waren alle vom baldigen, ja unvermeidlichen Sieg des Deutschen Reiches überzeugt gewesen. Plötzlich hatte es diesen Waffenstillstand gegeben. Wenn jeder Soldat auch längst am eigenen Leib gespürt hatte, wie seine Kraft geschwunden war, so kam diese Wendung trotzdem überraschend. Der neue Reichspräsident Friedrich Ebert erklärte, nicht der Feind habe Deutschland besiegt. Der Krieg müsse wegen der Überlegenheit des Gegners verloren gegeben werden. Der Kaiser hatte abgedankt. Eine Regierung war eingesetzt worden.

Wilhelm schlug einen weiteren Nagel ein.

Jedenfalls war 1919 der Neuanfang in der Kunsthalle möglich gewesen. Ein normales Leben. Die Hochzeit mit

Anna. Die Geburt von Käte im Februar darauf. Seitdem war er nicht mehr als Aufseher in den Galerien tätig, sondern hatte dem Werkmeister unterstanden, sich als Gehilfe nun auch tagsüber in den Werkstätten der Kunsthalle aufgehalten.

Wilhelm entschied sich, das Stillleben von Dorothea Maetzel-Johannsen neben das von Anita Rée zu hängen. Zwei tatsächlich gelbe Zitronen mit einer sehr roten, scharfkantigen Kanne.

Generalfeldmarschall Hindenburg sah immer nur rot, behauptete, der Sieg sei möglich gewesen, Revolutionäre und Parteien hätten Heer und Flotte planmäßig zersetzt und seien jetzt allein für die Folgen verantwortlich. Der unsägliche Versailler Vertrag erklärte das Deutsche Reich und seine Verbündeten für kriegsschuldig und verpflichtete zu enormen Zugeständnissen und Reparationsleistungen, die niemandem gefielen.

Ob das Land jemals zur Ruhe kommen würde? Ob die Mark irgendwann wieder einen Wert haben würde? Wilhelm vertraute der Kunst inzwischen mehr als dem Geld. Auch mehr als den Menschen. Beim sorgfältigen Betrachten eines Gemäldes entdeckte er meist, was nicht stimmte. Die Perspektive. Die Farbe. Die Dimensionen. Dann konnte er sich eine Meinung bilden, sich Gedanken über die Gründe dafür machen. Ob es Absicht war. Was es bedeutete. Moderne Malerei bildete die Wirklichkeit nicht naturgetreu ab. Der Betrachter musste also begreifen, dass er keine Zitronen sah, keine Äpfel und schon gar keine roten Kannen. Er sah lediglich Bilder davon. Und mit den Worten war es dasselbe. Worte erzählten nur von der Wahrheit desjenigen, aus dessen Mund sie kamen oder der sie ins Leben setzte. Das verstanden auch nur wenige.

Ein Stillleben mit Figur und Terrine vor üppigen Blumen. Von Alma del Banco.

Es handelte sich um großzügige Geschenke der Künstlerinnen, um Dank für kleine Gefälligkeiten. Wilhelm hatte nach seiner eigentlichen Arbeit Rahmen gefertigt, sie mit Leinwänden bespannt und diese grundiert. Es machte Sinn und Freude, zu helfen.

Anita Rée traf er nur selten. Meist zum Jahresbeginn bei den Ausstellungen der Hamburgischen Sezessionisten. Das Fräulein Rée stellte jetzt auch im Ruhrgebiet aus, in Berlin, in Stockholm und Helsinki. Wilhelm verfolgte das, las die Nachrichten in den Magazinen, die in der Kunsthalle auslagen. Er hörte zu, wenn Gustav Pauli von den Erfolgen seiner Schützlinge berichtete. Zum Beispiel von Anita Rées Einzelausstellung in der Kunstgalerie Commeter. Ihre erste. Im Juni war das gewesen. Wilhelm hatte es sich nicht nehmen lassen, hinzugehen. Er in seinem besten Anzug, Anna in einem neuen, selbst geschneiderten Sommerkleid. Mit weißer Schleife im Haar die zweijährige Käte.

Verwundert hatte die Kleine an der Künstlerin hochgeschaut. *So will ich auch mal sein*, hatte ihr Blick erzählt.

Die Begegnung war ein schöner Zufall gewesen. Das Fräulein Rée hatte letzte Arrangements vor einer längeren Reise nach Italien zu treffen. Positano hieß der Ort. Tief im Süden. Wilhelm hatte noch nie davon gehört. Die Malerin war ihm bereits abwesend erschienen, voller fiebriger Vorfreude auf ein großes Abenteuer. »Wie damals, als ich nach Paris durfte, so fühle ich mich. Nur dass ich dieses Mal niemanden um Erlaubnis bitten muss.« Jetzt war sie längst dort. Wie es ihr wohl in diesem Positano erging?

Anna kam mit einem Stapel Zeitungen ins Wohnzimmer. »Warum bewahrst du das alles auf?«

Er nickte. »Ich sortiere das gleich aus.«

Anna legte die Zeitungen auf dem Tisch ab.

Sie waren gerade erst eingezogen. Heute war der erste Tag seiner neuen Stellung. Vom Gehilfen des Werkmeisters zum Assistenten desselben. Wilhelms Anwesenheit in der Kunsthalle war nun rund um die Uhr erforderlich. Daher hatte der Herr Direktor dafür gesorgt, dass ihm die Dienstwohnung im Altbau zugesprochen wurde. Sie war im Souterrain, besaß lediglich Fenster zum Glockengießerwall. Die Zimmer klein und die Decken niedrig. Sicher gab es schönere Wohnungen, trotzdem bedeutete der Umzug für seine kleine Familie eine Verbesserung und für seine aufstrebende Kunstsammlung mehr Raum.

Er schmunzelte.

Er hatte Freundschaften geschlossen. Mit dem Maler Fritz Flinte – seine beiden Kinder waren in Kätes Alter – und mit Heinrich Stegemann. Wo sollte er deren Bilder aufhängen?

Wilhelm überlegte.

Sein Blick fiel auf die Tageszeitungen auf dem Tisch. Er rückte sich den Stuhl zurecht und setzte sich. Zuoberst eine Notiz über den Prozess an den Mördern von Walther Rathenau. »Der Feind steht rechts.« Der Reichsaußenminister hatte mit den Siegermächten zusammengearbeitet, um die Forderungen des Versailler Vertrages zu erfüllen. Wilhelm hielt Rathenau trotzdem für einen Patrioten. In diesen Tagen geriet man schnell ins Visier der Freikorps. Die waren gebildet worden, um Revolutionen niederzuschlagen, doch ihre Schmählieder zeugten von einem widerwärtigen Fanatismus. Diese Leute hassten die Republik, behaupteten, sie seien von Kommunisten, Sozialisten und Juden verraten worden. Tatsächlich waren sie es, die

Verrat begingen. Den an der Menschlichkeit. Wilhelm hatte die Bande singen hören, ehemalige Soldaten und neu rekrutierte Grünschnäbel, die die Realität im Schützengraben nicht einmal kennengelernt hatten.

»Auch Rathenau, der Walther,
Erreicht kein hohes Alter,
Knallt ab den Walther Rathenau,
Die gottverdammte Judensau!«

Judenhass sollte also das Motiv für den Mord an Rathenau gewesen sein.

»Ha!« Wilhelm lachte bitter auf.

Zehn Männer waren zu Zuchthaus verurteilt worden. Ein Zusammenhang zu den anderen Politiker-Attentaten der vergangenen Monate – wie viele waren es inzwischen? Drei? Vier? – war nicht hergestellt worden. Warum wollte er diese Zeitungen aufbewahren? Sie sagten mit unzähligen Worten viel zu wenig.

Wilhelm erhob sich und öffnete die Klappe des Brennofens. Die Kohle glomm. Er zerknüllte den Zeitungsbogen und warf das Papierknäuel hinein. Die Glut flammte auf. Feuer urteilte nicht. Alles, was brennbar war, wurde mit Haut und Haaren gefressen.

Teil 5
1922–1928

Frau mit Katze

Teresa sang. Anita hielt inne, stützte sich auf den Reisigbesen und pustete eine lästige Haarsträhne aus dem Gesicht. Staubkörner tanzten in Sonnenstrahlen wie Noten auf ihren Linien. Teresas Stimme war kräftig und klar, bahnte sich mit Leichtigkeit ihren Weg von Haus zu Haus, von Nachbar zu Nachbar. Jeder lauschte ergriffen. Das Ehepaar Seewald aus München, das stets so freundlich vom Balkon winkte, hatte es bestätigt: Wenn Teresa sang, spann sie einen unsichtbaren Faden. Würde Anita in diesem Augenblick die Via Mangialupini, die enge Treppe, an der sie wohnte, hinauf- oder hinuntersteigen, würde sie gewiss Nachbarn sehen, erstarrt mit dem Kochlöffel in der Minestrone, der Gartenschere am Zitronenbaum oder dem Pinsel in der Hand.

Sie stellte den Reisigbesen in die Ecke. Anita bewohnte zwei karge Räume, einen in der Nacht, den anderen am Tag. Wenn die Dunkelheit einsetzte, mussten Kerzen genügen. Elektrischen Strom gab es keinen. Wasser schöpfte Anita aus dem Brunnen. Sie kochte auf einem Herd, den sie mit Holz befeuerte. Wenn es sich draußen abkühlte – und das tat es jetzt im November merklich –, musste seine Glut auch ihren Körper wärmen. Zur Einrichtung gehörten ein schmales Bett, ein Schrank für die Kleider, ein Tisch und zwei Stühle.

Sie öffnete das Fenster und hörte Teresa noch deutlicher.

»Alla mattina appena alzata,
o bella ciao, bella ciao, bella ciao, ciao, ciao,
alla mattina appena alzata,
devo andare a lavorar!«

Eine sanfte Brise fuhr ihr ins Haar. Positano bestand aus Dächern, Gärten und Treppenlabyrinthen. Die steingrauen Häuschen wirkten wie übereinandergetürmt. Dazwischen großzügige Grünflecke, kühn, Terrasse um Terrasse, den Felsen abgetrotzt. Für Obst und Gemüse und Blumen. Im Hintergrund blau und hoffnungsstark das Meer. Von Milliarden Kristallen bevölkert, funkelnd und wohltuend. An diesem Fenster hatte Anita auch vor einigen Wochen Anfang August gestanden.

Flechtheim hatte sie gewarnt. Positano war nichts als ein verarmtes Fischerdorf. Ein nicht nur von Gott verlassenes Nest. Für den Seehandel bedeutungslos geworden. Schiffe waren heutzutage zu groß, um eine Küstenstadt ohne Hafen anzulaufen. Die Lebensgrundlage der Positanesi im Fortschritt vernichtet. Sie waren ausgewandert, nach Amerika und anderswohin. Die Zurückgebliebenen ernährten sich mehr schlecht als recht von Fischfang und Landwirtschaft. In die leeren Häuser waren die Ausländer gezogen, Künstlerinnen und Künstler. Geflüchtet vor der Inflation in ihrer Heimat. Geflüchtet vor der bedrohlichen Stimmung, der politischen Lage. Hin- und hergerissen zwischen Aufruhr und Stillschweigen.

Walther Rathenau, der erste jüdische Außenminister,

war heimtückisch ermordet worden. Wer würde das nächste Opfer dieser verbrecherischen Freikorps sein? Anita kannte viele Juden in einflussreichen Positionen. Rathenau war ein guter Freund von Max Warburg gewesen. Cousin Carl Melchior gar Hauptdelegierter bei den Verhandlungen in Versailles. Auch sie hatten ernst zu nehmende Drohungen erhalten. Feinde bemächtigten sich der Heimat, sie schlichen sich ein. Man sah den Menschen ihre Gesinnung nicht an. Aber man durfte auch nicht ständig daran denken, was alles passieren konnte und wo Gefahren lauerten. Bedrohungen griffen leicht und gern den Verstand an. Aby Warburg war das beste Beispiel. Er war von Jena in ein Schweizer Sanatorium verbracht worden. Unter größten Widerständen, hatte Mary berichtet. An jeder Bahnstation habe er um Hilfe geschrien. Er sei unschuldig, habe nie etwas Unrechtes getan. Er wähnte sich auf der Fahrt ins Gefängnis. Seine lautstarke Erregung gefährdete ihn und andere. Angesichts der gegenwärtigen politischen Verhältnisse verhielt man sich besser klug und ruhig, so Marys Worte. Wenigstens war er in der Schweiz sicher vor den Angriffen feindlich gesinnter Deutscher.

Vielleicht war Positano auch eine Art Sanatorium. Ein kluges und ruhiges Versteck, ein vergessener und ausgestorbener Flecken Italiens. Sich unauffällig unter die Positanesi mischen. Sich anstrengen, dazuzugehören. Italienisch sprechen. Nicht auffallen.

Nach einer tagelangen und beschwerlichen Anreise aus Hamburg über Basel, Zürich, Mailand, Rom und Neapel hatte Anita das Ende der Welt erreicht. Die Empfänglichkeit für Schönes war unterwegs verloren gegangen. Die Angst hatte leichtes Spiel. Erschöpfung erdrückte jedes zarte Aufbegehren. Schlafen half. Anita hatte ein Zimmer bei Donna Celeste in der Albergo Roma bezogen. Die imposante Wirtin interessierte sich besonders für einen Buckligen mit kratziger Stimme und unmöglichen Manieren. An der Bar feierten Neubürger ausgelassene Feste. In heißen Nächten war an Ruhe nicht zu denken. Sie hörte Brocken von Deutsch, Französisch und von Sprachen, die sie nicht verstand. Jemand erzählte, in Positano spuke es. »Gehe nicht in die Città Morta«, warnte ein anderer. Die gestorbene Stadt. Anita mied solche Feste. Selbst in Hamburg war sie den Partys der Sezessionisten ferngeblieben.

Alles Fremde besaß Furcht einflößende Kräfte. Denen galt es standzuhalten, bis Verzauberung eintrat.

An der Tür klopfte es, und Anita öffnete.

Teresa brachte Zitronen. Sie lächelte.

»Teresa, posso dipingerti? Darf ich dich malen?«, fragte Anita in gebrochenem Italienisch.

Das Mädchen trug seine langen Haare zu einem dicken Zopf gebunden. Bis über die Taille reichte er. In den dunklen Augen spiegelte sich der Traum von einer Karriere als Sängerin.

»Vielleicht singst du einmal im Teatro San Carlo in Neapel?«, sagte Anita.

In Teresas Haltung zeigte sich Willensstärke. Anita hatte sie vor Palmen platziert. In einem Kleid mit blauen und grünen Streifen. Die Hände lagen im Schoß, darin drei Zitronen.

»Dieses Lied, das du heute gesungen hast, *Bella ciao*, worum geht es darin?«

»Die Reispflückerinnen in Norditalien haben es gesungen, weil sie bei der Arbeit nicht sprechen durften. Zu singen war nicht verboten.«

»Es klingt traurig.«

Teresa stimmte ihr mit dem kurzen Schließen ihrer Augenlider zu.

Anita hatte ihr eingeschärft, sich beim Modellsitzen nicht zu bewegen. Es würde dem Mädchen kaum gelingen.

»Erzähl mir doch was«, bat Anita.

»Was soll ich erzählen?«

»Etwas über die Menschen in Positano.«

»Über die Ausländer?«

»Über wen du möchtest.«

Teresa schien zu überlegen. »Kennst du die Wachtürme von Positano?«

»Le Torri?«

Teresa nickte heftig. »In einem der Türme wohnt der Bucklige. Er hat ihn gekauft, da war ich noch ganz klein und der Turm eine Ruine. Seitdem baut er ihn um. Wenn du mal einen sehr lauten Knall hörst, dann war das der Bucklige.«

»Was macht er denn?«

»Er sprengt Löcher in den Fels, um Zugänge zu schaffen und Räume. Ich weiß es nicht genau. Er ist ein Zauberer.«

»Ein Zauberer?«

»Manchmal sehen ihn die Leute, wie er mit einem gebogenen Stock durch die Gegend läuft.« Jetzt sprang Teresa auf, bückte sich und griff nach zwei Stöckchen, kreuzte sie an einem Ende wie eine Astgabel und imitierte einen Wünschelrutengänger. Dann bemerkte sie, dass sie sich bewegt hatte.

Anita lächelte.

Flink kehrte Teresa an ihre Position zurück.

»Wie heißt er?«

Teresa zuckte mit den Schultern. »Er ist furchtbar hässlich und spricht mit einer kratzenden Stimme. Krrrrrch. Krrrrrch.«

»Wie eine Krähe?«

Teresa nickte wichtig.

Den Turm hatte Anita schon entdeckt. Er hockte angriffslustig auf einem Felsen direkt über dem Meer. Sie konnte ihn sehen, wenn sie aus dem Fenster schaute.

»Die Katzenfrau ist nach Positano gekommen, da ging ich gerade in die Schule. Das war noch vor dem Krieg. Sie kommt aus Deutschland wie du.«

»Die Katzenfrau?«

»Sie ist sehr krank. Sie sitzt im Rollstuhl und kann sich kaum bewegen. Sicher hat sie große Schmerzen. Ich singe für sie, wenn sie mich malt«, sagte Teresa mit Stolz in der Stimme.

»Sie malt?«

Teresa bückte sich wieder nach dem Stöckchen, klemmte ihn sich unter die rechte Achsel und bewegte den rechten Arm mit dem linken. »So macht sie es. Es sieht sehr komisch aus.«

»Weißt du ihren Namen?«

»Ich sage Paula zu ihr. Der Nachname ist sehr schwierig auszusprechen.«

»Nimmst du mich einmal mit, wenn du sie besuchen gehst?«, fragte Anita.

»Wann?«, fragte Teresa zurück.

Wie lange würde es dauern, bis ein Brief vom Ende der Welt in Hamburg ankam? Ob Mary Warburg jemanden kannte, dem Anita in Italien Bilder verkaufen konnte? In Florenz vielleicht. Ein Galerist oder Kunsthistoriker. Mary und Aby hatten lange in Italien gelebt.

Anita schrieb Großbuchstaben, übte sich in ihrer persönlichen *Capitalis Monumentalis*, der Schrift der Römer. Majuskeln statt Minuskeln. Ihr neues Leben verlangte nach Ausdruck. Tief greifende Änderungen mussten sich äußerlich niederschlagen. Es ging darum, den Menschen wie den Dingen Bedeutung beizumessen und diese herauszuarbeiten. Klarheit und Schärfe. Die Zeit nicht mit Sinnlosem verschwenden. Bilder malen, die sie malen wollte, und die Essenz ans Licht bringen. Porträtaufträge würde sie hier keine bekommen, also hatte sie die Pflicht, ihrer Kunst eine neue Richtung zu geben. Sie wünschte sich viele Modelle wie Teresa, Einheimische, deren Eigenart sie sichtbar machen wollte. Auch die gestapelten Häuser von Positano schrien nach einer künstlerischen Abbildung. Doch wie diesen Detailreichtum beherrschen? Wie das Wesentliche herausstellen?

Anita beschloss, ihre Bilder zukünftig nur noch mit ihren Initialen zu signieren.

AR statt Anita Rée. Statt ARée, A. Rée und Rée.

Majuskeln statt Minuskeln.

Es galt, Entscheidungen zu treffen.

Auch die für einen weiteren Brief. An den viel zu jungen Mann aus Liegnitz, den sie in Dresden kennengelernt hatte. Christian Selle. Er hatte ihr nach Hamburg geschrieben, und sie war ihm die Antwort schuldig geblieben. Mut entstand stets im Augenblick.

Das Malen könne er viel besser in Italien lernen, malte Anita jetzt in Großbuchstaben nach Liegnitz zurück. Positano öffne die Augen. *Kommen Sie. Kommen Sie nach Positano, alles Weitere besprechen wir mündlich; ein festlicher Empfang ist Ihnen sicher.*

Es schneite. Anita zog schützend den Kopf ein, bloß nicht dem eisigen Wind die Stirn bieten. Das Meer tobte gewaltig. Sie hatte einen Brief von der Poststelle abgeholt. Fast sprang sie die Stufen hinauf zum Haus. Zwei völlig entgegengesetzte Dinge konnten dasselbe bewirken. Entsetzlichste Kälte und größte Freude sorgten unter gewissen Bedingungen für Beschleunigung. Sabinchen, Sabinchen, Sabinchen, sang es in ihr. Die langjährige und beste Freundin aus Hamburg lebte inzwischen in Berlin und studierte, studierte, studierte ...

... Psychologie, Philosophie, Physiologie und Geschichte.

Sabinchen wollte Lehrerin werden.

Anita kroch angezogen ins Bett, bäuchlings zog sie sich die Decke über den Kopf. In der Wohnung war es genauso frostig wie draußen. Ein kleines Luftloch nur, Licht zum Lesen und Sauerstoff zum Atmen. Seit einigen Monaten durfte Sabinchen nun offiziell mit Signore Gerhardo kuscheln. Alles fürs erste Bambino. Warum sollte Anita das spießig finden? Sie an Sabinchens Stelle wäre noch tausendmal spießiger. Aufs Glücklichsein kam es an. Anita betrachtete das Foto des jungen Paares. Colm hieß Sabinchen nun. Rund und gesund wirkte sie. In Berlin schien man weder Teuerung noch Hungern zu kennen. Wenn Anita aus Italien zurückkehre, solle sie nach Berlin ziehen, schlug Sabinchen vor. Ein ganz und gar unvorstellbarer Gedanke. Wo sollte sie dort wohnen? Wovon die Miete zahlen? Überhaupt: Nie wieder würde sie nach Deutschland zurückkehren. Es war ihr Schicksal, unglücklich zu sein. Nirgendwo ließ es sich besser unglücklich sein als hier.

Der Hunger in der Früh war so groß gewesen, dass Anita rohe Nudeln geknabbert hatte. Die Zeit zu kochen fehlte stets, besonders aber Holz und frisches Gemüse. Den faden Geschmack der Trockennudeln hatte sie mit kaltem Brunnenwasser hinuntergespült. In zwei, spätestens drei Stunden brauchte sie etwas Anständiges zu essen, sonst würde sie die unzähligen Stufen der Via Mangialupini kaum ein zweites Mal bewältigen.

Anita querte die Viale Pasitea, stieg die Via Merletti hinunter. Nach etwa zwanzig Minuten erreichte sie die Bucht unterhalb der Kirche Santa Maria Assunta. Sie atmete schwer. Die Beine gaben nach. Erschöpft setzte sie sich in den warmen Sand und hielt das Gesicht dahin, woher die Wärme kam. Die Märzsonne war wohlwollend und gnädig und lohnte den kleinen Umweg an den Strand.

Am frühen Morgen traf Anita hier stets nur Einheimische. Fischer zogen ihre Boote zurück ins Wasser, die gewaltige Kräfte des Nachts regelmäßig weit über den Strand schoben. Von hinten energische Rufe. Es war sicher Don Beppe, der Priester von Positano. Um diese Zeit stand er auf der Terrasse des Buca di Bacco und hielt mit dem Fernglas nach Sardellenbänken Ausschau. Er sorgte sich nicht nur um das Seelenheil seiner Gemeindemitglieder, sondern auch um deren leere Mägen.

Anita erhob sich seufzend und stieg hinauf zur Santa Maria Assunta, querte die Via Marina Grande, die glänzende Majolika-Kuppel mit ihrem grün-goldenen Rautenmuster fest im Blick. Aus dem Turm ertönten lockend die Glocken. Als Anita auf dem kleinen Vorplatz ankam, huschte Don Beppe durch die Kirchentür. Unverwechselbar seine Silhouette, die schwarze Kutte, die schwarze Melone.

Als Anita eintrat, kniete er vor dem Hochaltar. Sie setzte sich in die erste Bankreihe und schaute zu dem goldenen

Bild der Madonna hinauf. In den Armen ein Bambino. Don Beppe bekreuzigte sich. Er erhob sich, bemerkte, dass er nicht allein war, und zog erstaunt die Augenbrauen hoch.

»Schwarze Madonnen gelten als besonders wundertätig«, flüsterte er. Er hatte sich neben Anita gesetzt. »Wissen Sie, wie diese hier den Weg zu uns gefunden hat?«

Anita schüttelte den Kopf.

»Sie war an Bord eines Schiffes. Als es Positano passierte, hörten die Seefahrer eine Stimme. Posa, Posa. Der Kapitän begriff, dass die Jungfrau Maria an Land wollte. Die Positanesi brachten sie dann in die Pfarrkirche von San Vito. Doch am nächsten Tag war sie verschwunden. Man fand sie inmitten eines Myrtenbusches. Dies war ohne Zweifel ein göttliches Zeichen. An derselben Stelle begann man schließlich mit dem Bau einer Kirche mit Blick auf das Meer. Die Legende besagt, dass sich unter Santa Maria Assunta eine antike Kirche befinde, in der ein Myrtenbusch wächst.«

»Die Myrte ist ein Symbol der Weiblichkeit«, sagte Anita nachdenklich. So wie die Jungfrau hatte sie selbst nach Positano gefunden. Jemand hatte den Namen des Ortes genannt, und sie war dem Ruf gefolgt. Keiner hatte sie empfangen, geschweige denn eine Kirche für sie gebaut.

»Sie sind doch Malerin?«, fragte Don Beppe. »Würde ich mich wohl als Modell eignen?« Dann bekreuzigte er sich plötzlich und sprang auf. Am Arm zog er Anita aus der Kirche hinaus. »Um Himmels willen, was mag die Jungfrau Maria von mir denken? Dass ich eitel bin? Lassen Sie uns ins Buca di Bacco gehen, Donna Anita. Besprechen wir uns doch lieber ungestört bei einem Teller köstlicher Spaghetti mit frischen Sardellen.«

Anita wischte mit dem Ärmel den Schweiß von ihrer Stirn. Sie hatte eine ordentliche Furche in den Boden gehackt, tief und breit genug, um die Kartoffeln zu legen. Ihre Haare verklebt vom Staub. Die Haut schmutzig wie die Pelle einer *patata*. Kniend setzte Anita nun eine Knolle nach der anderen in den Graben.

Der Gemüsegarten war die Idee von Don Beppe gewesen. Er hatte Anita zu Ferdinando d'Urso geschickt. *Casa Ferdinando*, eine kleine Zeichnung, die Anita vom Haus des Bürgermeisters angefertigt hatte, wechselte zur selben Zeit den Besitzer wie das kleine Gartengrundstück oberhalb der Via G. Marconi.

Auf die Kartoffeln sollten Tomaten folgen, Bohnen und Zucchini, Paprikafrüchte auch. Don Beppe hatte den Gemüseanbau mit Ratschlägen gesegnet. Nur die Jungfrau Maria wusste, woher er sein Wissen bezog. Donna Anita solle regelmäßig das Beet hacken und Erde anhäufen, sobald sich erstes Grün zeige. Ab Ende Juni könne sie erstmals ernten. Falls sie also im Sommer Gäste erwarte, sei sie nun bestens vorbereitet.

Sie klopfte den Dreck von ihren Kleidern. Ein tüchtiger Stoß Glück pumpte sich durch den Körper. Stolz war sie auf ihren Kartoffelacker. Stufe um Stufe hüpfte sie die Treppe der Via Mangialupini hinunter, spürte jeden ihrer Muskeln. Die Männer, die im Schatten eines Hauses Karten spielten, schauten erstaunt hoch, als Anita ihnen ein fröhliches *Buongiorno* zurief. Don Beppe wusste gar nicht, wie recht er hatte. Anita hatte Post aus Deutschland bekommen. Sommerbesuch kündigte sich an.

Im Hintergrund die gestapelten Häuser von Positano. Anita legte Paula Bärenfänger ein helles Tuch über die blonden Haare. Marienbildnis mit Katze. Paula liebte Katzen. Katzen liebten Paula. Auf ihrem Schoß hatte sich eine schwarze eingerollt, schnurrte die Schmerzen weg. Paulas verkrümmte Finger entspannten sich über dem weichen Fell. Zärtlichkeit besänftigte die in Qual eingefrorene Miene, befreite Sanftmut und Seligkeit. In den azurblauen Augen schmolz Eis.

Paula war Maria, auch wenn sie nicht schwarz war, Paula war die Jungfrau mit Kind. Rolf hieß ihres. Ein elfjähriger Junge, den sie nicht geboren hatte und der ihr doch ans Herz gewachsen war. Der trotz Paulas Einschränkungen bei ihr lebte oder gerade deswegen. Der Anita jetzt mit unergründlichem Blick beobachtete, wie sie die Staffelei aufbaute, die Farben bereitstellte, den Pinsel vorbereitete.

Nein, er wolle nicht gemalt werden. Auf keinen Fall.

Die braunen, leicht gewellten Haare waren seitlich brav gescheitelt. Buschige Brauen betonten die dunklen Augen. Die Lippen entschlossen zusammengepresst.

Wo hat Paula dich nur gefunden?, dachte Anita.

»Ich habe einen Neffen in deinem Alter«, sagte sie.

Seit dem ersten Besuch – in Begleitung von Teresa – trafen sich Anita und Paula regelmäßig. Beide im selben Alter, beide alleinstehend, beide aus Deutschland.

Aber Paula wusste Rolf an ihrer Seite, die Katzen und eine Haushälterin. Raffaela kochte, putzte die hübsche Wohnung, goss die Blumen, rückte die Stühle zurecht, staubte die Bilder an den Wänden ab. Morgens setzte sie Paula auf, hob sie in den Rollstuhl, schob sie auf die Terrasse und steckte ihr den Pinsel unter den Arm. Am Abend wurde Paula wieder ins Bett gebracht.

Jetzt kam Raffaela mit einem Tablett heraus. Limonade

für alle. Paulas Glas wurde auf einem hohen Tisch abgestellt und mit Trinkhalm versehen.

Paulas Duldsamkeit schien grenzenlos. »Wie hältst du das aus?«, flüsterte Anita.

»In Deutschland ging es mir schlechter. Das Klima hier tut mir gut. Die Wärme lindert die Anfälle. Doch es gibt Tage, an denen sind die Gelenkschmerzen unerträglich. Dann muss ich im Bett malen.«

»Du malst trotzdem?«

»Solange ich male, lebe ich.«

»Wie lange schon?«

»Bereits seit meiner Kindheit. Es wurde immer schlimmer. Mit 20 Jahren traten die Lähmungen auf. Immerhin durfte ich in Düsseldorf an der Kunstakademie studieren.« Die Jungfrau Maria lächelte.

Anita schämte sich. Welche Widerstände Paula zu überwinden hatte! Welchen Qualen sie ausgesetzt war! Angesichts dessen war ihr eigener Trübsinn ohne Belang.

»Und deine Familie?«, fragte Anita.

»Lebt in Krefeld. Ich habe noch eine jüngere Schwester. Emilie. Sie hat einen wundervollen Mann und drei Kinder. Sie unterstützen mich. Wenn ich sie nicht hätte, wäre das hier alles nicht möglich. Manchmal kommen sie mich besuchen.«

Anita zeichnete die Konturen von Paulas Gesicht. Sie zeichnete weiche Bögen, schroffe Linien, spitze Dreiecke. Rundungen und Ecken gehörten zusammen wie Liebe und Schmerz.

»Emilie«, sagte sie. »Meine ältere Schwester heißt auch Emilie und hat drei Kinder. Ihr Ältester ist etwas jünger als Rolf.« Nachdenklich starrte Anita aufs Meer. Wäre Reinhart ihr Sohn, wäre er hier, bei ihr, in Positano, würde er ihr auch das Glück schenken, gebraucht zu werden, den Mut, die Kraft und die Pflicht, durchzuhalten. Stattdessen musste sie um ihrer selbst willen kämpfen. Die Malerei konnte kein Glück schenken, sie kannte kein Erbarmen, erzeugte weder Wärme noch machte sie satt. Da konnte sie auch gleich damit aufhören.

»Emilie besucht mich sicher nicht«, sagte Anita und begann die Konturen von Paulas Kopftuch auf die Leinwand zu übertragen.

Conte Ruggiero Carnelli

Mit Recht sprachen die Positanesi von den *Sentieri degli Dei*, den Pfaden der Götter, die sich hier, hoch oben, auf Hunderten von Metern über dem Meer, oberhalb von Positano, durch die Monti Lattari zogen.

»Weißt du, wie die Berge genannt werden?«, fragte Anita.

Christian trug selbst jetzt am frühen Abend einen Hut mit großer Krempe. Seine Haut war so blass, dass sie ohne Schutz sofort in der Sonne verbrennen würde.

»Milchberge«, sagte er augenzwinkernd und zeigte auf die Ziegen, die auf einer grünen Bergterrasse seelenruhig weideten. Ihre Glöckchen klingelten leise.

»Was soll ich dir erzählen, wenn du alles weißt.«

Im Golf von Salerno kam das Leben zur Ruh. Wellen stellten ihre Bewegung ein. Über das Wasser legte sich ein weißlicher Schimmer. Fischerboote flegelten sich im warmen Sand. Die Sonne berührte den Gipfel von Capri, den Monte Solaro. Ein rotgoldener Strahl breitete sich aus, schien direkt auf sie zuzulaufen. Anita blinzelte hinein, schloss schließlich die Augen. Weich fühlte sie ihre Hand in Christians. Weich klang seine Stimme:

»Tag meines Lebens!
Die Sonne sinkt.
Schon steht die glatte Flut vergüldet.
Warm atmet der Fels:
schlief wohl zu Mittag
das Glück auf ihm seinen Mittagsschlaf? –
In grünen Lichtern
spielt Glück noch der braune Abgrund herauf.«

»Nietzsche«, flüsterte Anita.

Zwischen Brombeer- und Myrtenbüschen wagten sie den Abstieg über bemooste Felsstufen und steile Grasabschnitte. Immer wieder blieben sie stehen, um wilde Orchideen zu bestaunen. Positano zeigte ein anderes Gesicht, seit Christian angekommen war. Wie selbstverständlich hatte er seine Staffelei auf ihrer Terrasse aufgebaut. Das Malen war ihm Freude und Abwechslung. Ihr Rat bitterer Ernst. Poesie begleite die gemeinsamen Tage wie der schwüle Wind, der auf zahlreiche Regentage gefolgt war. Er lebte auf und flaute ab, wie es ihm gefiel. Bevor Christian am Abend die Treppen der Via Mangialupini hinunterlief, um sein Zimmer im Buca di Bacco aufzusuchen, hackte er Holz, das er irgendwo aufgetrieben hatte, damit sie in der Früh Wasser kochen konnte, für einen Kaffee oder Tee. Danach half Christian bei der Gartenarbeit, beim Hacken und Anhäufen, bei der Kartoffelernte, beim Bewässern und Unkrautjäten.

Er hatte erfolgreich seine Ausbildung zum Buchhändler abgeschlossen. Er freute sich unbändig auf seine erste

Arbeitsstelle in einer Buchhandlung in Hellerau. Er war so ungezwungen, so frei und unbelastet, als hätte es in Liegnitz keinen Krieg gegeben, als wären die Menschen dort weit im Osten Deutschlands von Hungersnöten und Teuerung unberührt geblieben. Hindernisse schienen ihm nichts als Steinchen, die aus dem Weg zu schaffen waren. Freudig klickernd rollten sie den nächsten Abhang hinunter.

Der Sommerurlaub war ein Geschenk des Vaters. Als Bankdirektor und Leiter des örtlichen Kunstvereins hatte er gegen eine Reise in die Wiege der abendländischen Kunst nichts einzuwenden gehabt. Alles, was für Anita Überwindung und Kampf bedeutete, war für Christian Selbstverständlichkeit. Seine Ausgeglichenheit und Unkompliziertheit erstickten selbst ihre Sorgen im Keim.

Er ist unglaublich jung, dachte Anita.

Christian zitierte zum Einwand ein Gedicht.

Auf dem Meer irrlichterten die Lampen der Fischer. Die Nacht war warm und feucht. Jeden noch so winzigen Luftzug bedachten Anita und Christian mit erleichtertem Seufzen. Überall zirpte, summte und raschelte es, die Mücken stachen geräuschlos. Christian hatte zwei Liegestühle organisiert und sie auf der Terrasse positioniert. Inzwischen zierte ein dunkler Bart Kinn und Oberlippe. Die Haut war leicht gebräunt. Der Mann, der vor Tagen in Anitas Leben eingebrochen war wie ein Naturereignis, schien auf dem besten Wege, sich in einen Orientalen zu verwandeln.

»Es ist an der Zeit.« Er griff nach einer langen Pfeife aus Feigenholz, ähnlich jener von Don Beppe, und einem Beutel, den Anita noch nicht gesehen hatte. Er brachte ein erbsengroßes schwarzes Kügelchen zum Vorschein. Er erhitzte es auf einem Löffel über einer Kerze. Es verflüssigte sich erst und verklumpte dann zu einer zähen Masse, die Christian schließlich in den Pfeifenkopf drückte und anzündete. »Gegen die Mücken.« Er grinste Anita an, nahm einen vorsichtigen Zug, sann ihm mit offenen Augen hinterher, nahm noch einen und einen dritten, bevor er Anita die Pfeife reichte. »Ich war am Vormittag beim Buckligen. Völlig übertrieben, was man sich von ihm erzählt. Er war sehr entgegenkommend. Wir sind eingeladen, seinen Turm zu besichtigen, ihn zu malen oder was immer unser Herz begehrt.« An dieser Stelle lachte Christian. »Auf jeden Fall brauche ich deinen Schutz, allein gehe ich nicht mehr zu ihm. Für den Augenblick jedoch habe ich, was ich will.« Er schüttelte sein Beutelchen. »Das hilft eine Weile gegen Mücken und andere Plagen.«

Was auch immer sich in der Pfeife befand, was auch immer sie erwartete, Anita traute sich nicht, Christians Angebot zurückzuweisen. Vorsichtig zog sie. Lange hielt sie den Rauch im Mund.

Das Meer schickte einen Windstoß vom Golf herauf. Er trug den Duft des Jasmins wie auf einer Wolke heran und wieder mit sich fort.

»Seid mir gegrüßt, dass ihr kommt,
ihr plötzlichen Winde,
ihr kühlen Geister der Nacht!«

Erneut nutzte Christian Verse von Nietzsche, um die Situation zu beschreiben.

Sie schwiegen lange, und die Pfeife wechselte mehrmals den Besitzer.

»Hörst du den Gesang?«, fragte Anita.

Christian schüttelte den Kopf.

Sie zeigte nach draußen aufs Meer.

»Ich sehe eine Insel«, sagte Christian.

»Es sind drei. Sie heißen die Sirenusen. Auf ihr leben die Sirenen. Halte dich von ihnen fern. Sie locken dich erst mit ihren lieblichen Stimmen. Dann töten sie dich.«

»Dann wirkt das Opium also schon?« Christian lachte.

Anita nickte ernst. Sie spürte keine Wirkung, nichts, gar nichts, aber es war schön, sich eine Wirkung einzubilden.

»Die Insel, die du siehst, ist Gallo Lungo. Ein russischer Tänzer hat sie gekauft. Léonide Massine heißt er. Er baut dort ein Haus für die Sirenen.«

Christian grinste. Er öffnete seinen Beutel und entnahm ihm ein weiteres Kügelchen. Die Zeremonie wiederholte sich. Er schluckte den Rauch und reichte ihr die neu gestopfte Pfeife.

»Wollen wir später einen Spaziergang durch die Città Morta machen? Es heißt, dort spukt es. Kleine Mönche sollen ihr Unwesen treiben. Allein traue ich mich nicht hin«, sagte Anita.

»Vielleicht bist du eine dieser Sirenen? Du lockst mich mit deiner süßen Stimme in die tote Stadt, tötest mich, und dann behauptest du, es wäre ein kleiner Mönch gewesen.« Er nahm einen tiefen Zug.

»Du hast also Angst?«

Christian schüttelte sich, als fröre er.

»Schielt nicht mit schiefem
Verführerblick
die Nacht mich an? …
Bleib stark, mein tapfres Herz!
Frag nicht: warum?«

»Warum sollte ich das tun?«, fragte Anita.

»Was tun?«

»Dich töten.«

»Weil du mich ganz für dich willst.«

»Das will ich tatsächlich.« Anita nahm ihm die Pfeife aus der Hand.

»Und wenn ich eine männliche Sirene bin?«

Anita lächelte. »Dann erst recht.«

Noch nie zuvor hatte Anita ein Sonnenbad am Strand genommen. Viel zu heiß, völlig verrückt, nur Ausländer schienen zu solchen Eseleien fähig, nicht einmal am späten Nachmittag war die Gluthitze erträglich.

Christian malte mit den Zehen Bilder. Ihre Körper drückten Skulpturen in den Sand. Keine ihrer Bewegungen blieb spurenlos. Die feinen Kristalle, die aus seinen Händen auf ihre Haut rieselten, glitzerten in tausend Farben. Wenn das Wasser ungestüm über die Füße schwappte, hörte sich Anita wie ein junges Mädchen kichern. Nicht einmal das Opium hatte sie derart berauschen können. Sie fühlte sich benommen, zu keinerlei Gegenwehr fähig.

»Donna Anita, ich habe jetzt Hunger!«

Anita schüttelte entsetzt den Kopf. Sie fühlte sich zu müde zum Essen. Christian zog sie aus dem Sand und schob sie mit den Händen an ihren Hüften die Treppen hinauf zum Café Flavio Gioia.

»Lächeln, immer lächeln.« Seine Worte kitzelten in ihrem Ohr.

Das Erste, was Anita sah, als sie aus dem Hellen ins Dunkle trat, war ihr eigenes Bild im Spiegel. Die schwarzen Haare am Hinterkopf zu einem kleinen Zopf gebunden. Die Wangen voll und die Haut tiefbraun. Der Mund ernst wie immer, und doch fand sich in den Winkeln ein Hauch von Glück.

»Lächeln, immer lächeln.«

Christian drückte Anita sanft auf einen Stuhl. Sie setzten sich an einen langen Tisch, an dem bereits das Ehepaar Seewald saß, mit gefüllten Gläsern und Tellern voller Köstlichkeiten.

»Ich habe Sie so lange nicht gesehen«, sagte Anita zu Richard und Uli Seewald. »Waren Sie verreist?«

Der schöne Giulio höchstpersönlich bequemte sich, die Bestellung aufzunehmen. Angeblich lagen ihm alle Damen zu Füßen und einige Herren wohl auch. Jetzt konnte Anita selbst urteilen, welchen Wahrheitsgehalt die Gerüchte besaßen. Er zwinkerte ihr fröhlich zu und brachte roten Colli-Wein und winzige Taralli. Seine Mutter Donna Carolina bald darauf gebratenen Fisch.

Am Nachbartisch lachte Don Beppe laut auf. Er spielte mit den Fischern Karten. Vokale verschmolzen zu einem eigenartig arabisch klingenden Italienisch.

»Wir waren auf Sizilien«, erzählte Uli Seewald. »Die Insel ist es wirklich wert, Palermo hat so viel zu bieten, allein die Kapelle im Normannenpalast mit ihren bunten und goldenen Mosaiken ist atemberaubend. Sie müssen unbedingt einmal hin.«

»Sie müssen mir alles erzählen«, sagte Anita.

Christian bestellte Colli-Wein für alle. Im Nachbarraum wurde die Musik lauter gestellt. Anita kannte niemanden der Feiernden. Eine Blondine zog ihre Schuhe aus, um besser tanzen zu können. Zigarren wurden gereicht, und eine Champagnerflasche wanderte von Gast zu Gast. Die Seewalds lächelten wissend.

Als Anita und Christian schließlich das Café verließen,

waren Stunden vergangen. Don Beppe schaute mit einem Ausdruck des Triumphes im Gesicht von seinem Scopa-Blatt hoch und nickte ihnen zufrieden zu. Die Mischung aus Sonne, Wein und köstlichem Essen machte das Gehen schwer. Kichernd trat Anita ins Freie.

Helle, wie Nebel wirkende Schwaden schickte der Mond auf die Erde. Am Himmel merkwürdig beleuchtete Wolkengebilde. Gemeinsam nahmen Anita und Christian die unzähligen Stufen bis hinauf zur Via Mangialupini in Angriff. Eine Katze lief ihnen hinterher. Sie miaute und strich um Christians Beine, als sie oben angekommen waren.

Anita schnappte nach Luft. Die Oberschenkel schmerzten vom Aufstieg. »Ob ich mich jemals an die Treppen gewöhne?« Sie öffnete die Tür, ging voran und entzündete eine Kerze. Das Licht flackerte zunächst unsicher, dann gewann es an Stärke und Ruhe.

Auf der Staffelei stand ihre letzte Arbeit. Sie hatte sich selbst Modell gestanden. *Halbakt vor Feigenkaktus*. Ein ovales Gesicht mit fast geschlossenen Augen, ein nackter Oberkörper. Die Hände hoben die Brüste, schienen sie dem Betrachter darzubieten. So rund, fest und fleischig wie die schmackhaften Früchte der Opuntie. Die Frau wirkte wie in den Kakteenbaum hineingewachsen, als wäre sie Teil der üppigen Vegetation, natürlich gereift in der Hitze des Sommers.

»Was würde Rainer Maria Rilke dazu sagen?«, fragte Christian. Mit dem Zeigefinger fuhr er die Konturen der Brüste nach.

»Wie soll ich meine Seele halten, dass
sie nicht an deine rührt? Wie soll ich sie
hinheben über dich zu andern Dingen?

Ach gerne möcht ich sie bei irgendwas
Verlorenem im Dunkel unterbringen
an einer fremden stillen Stelle, die
nicht weiterschwingt, wenn deine Tiefen schwingen.«

»Conte Ruggiero Carnelli, Sie können unmöglich wieder zurück ins Buca di Bacco laufen«, flüsterte Anita.

»Nein, Donna Anita, das ist völlig unmöglich.« Er streichelte die Wangen der Feigenkaktusfrau.

»Doch alles, was uns anrührt, dich und mich,
nimmt uns zusammen wie ein Bogenstrich,
der aus zwei Saiten eine *Stimme zieht.*
Auf welches Instrument sind wir gespannt?
Und welcher Geiger hat uns in der Hand?
O süßes Lied.«

Mulino Arienzo, die Mühle, die sich ein Russe zu einer hübschen Villa ausgebaut hatte. *Casa Ferdinando*, in der der Bürgermeister Ferdinando d'Urso lebte. *Das Haus an der Straßenkurve. Die Brücke. Città Morta.* Positano vom Meer betrachtet. Positano von oben. Der Wachturm, den Gilbert Clavel, der Bucklige, zu einem Gesamtkunstwerk ausgebaut hatte. Die Kirche Santa Maria Assunta und ihr Glockenturm. Unzählige Studien und Aquarelle der vertikalen Stadt. Anita hatte sie alle auf der Terrasse aufgereiht. Ihre Architekturbilder. Eine unglaubliche Anzahl getürmter, ineinander verschachtelter Behausungen, unbaubar, unbewohnbar, unwirklich, menschenleer. Mal wirkten sie wie in den Fels gewachsen. Ein anderes Mal, als würden sie aus ihm herausbrechen. Darin dunkle Fensterlöcher wie die Augen von Gespenstern. Die Treppe zur

Mulino Arienzo schien direkt in den Himmel zu führen. Nur Don Beppe wagte sich hinauf. Die Bäume hatten keine Blätter. Kahl ästeten sich die Nussbäume in schwindelnde Höhe, durchbohrten die Felsenstadt aus der Erde in den Himmel. Die Natur kämpfte sich zurück.

Vom Meer zog Nebel auf. Es war Ende März, die milden Temperaturen lockten schon. Die Tage wurden länger. Die Frühlingsblüte färbte den Monte Sant'Angelo aufs Neue rot und gelb. Immer mehr Ausländer trafen in Positano ein. 1922 war es noch ein überschaubarer Haufen gewesen. Längst hatte Anita den Überblick verloren. Manche blieben nur wenige Tage, unsinnig, sie kennenlernen zu wollen.

Nach Christians Abreise am Ende des vergangenen Sommers hatte Anita ihr zurückgezogenes Leben wiederaufgenommen. Sie badete weder am Strand noch besuchte sie Cafés. Ihr gemeinsames Glück währte stets nur wenige Wochen, sie waren ein Geschenk, auf das es keine Garantie gab. Den Rest des Jahres verbrachte Anita damit, auf Christians Rückkehr im nächsten Sommer zu hoffen.

Der Nebel wurde dichter, das Meer verschwand. Es war kühl und feucht. Anita fröstelte. Sie sah nicht viel weiter als vier oder fünf Meter. Über der Città Morta lag ein weißer Dunst. Solche merkwürdigen Wetterkapriolen hatte Anita in Positano bisher nicht erlebt. Vorsichtshalber brachte sie die Bilder ins Haus, hüllte sie sorgfältig in Leinen und verstaute sie eines nach dem anderen.

Der plötzliche Donnerschlag schien vom Berg herunter durch die Stadt zu rollen wie eine Welle. Auf ihn folgten einzelne schwere Regentropfen, die lautstark auf die Erde prasselten und schnell Verstärkung bekamen. Der Himmel brach auf und flutete die Erde. Es regnete fürchterlich, und ein Schauer folgte auf den nächsten. Anita stand am Fenster. Mulden in den Gärten füllten sich mit Wasser. Unzählige Rinnsale schwappten über die Terrassen hinweg. Bäche strömten die Treppen hinunter. Vom Berg herab, durch die Città Morta hindurch, über die Hauptstraße hinweg, hinunter zur Santa Maria Assunta. Von dort zum Strand und ins Meer.

Erst vor wenigen Tagen hatte Anita Kartoffeln gelegt und den Acker gehackt. Alles umsonst. Der Himmel spie seinen Ärger auf die Menschen. Das Wasser überschwemmte das Land. Der Garten war verloren. Ihre Nahrung für den Sommer. Ihre Existenz.

Der Regen hielt auch am nächsten Tag an. Ununterbrochen flutete der Himmel die Erde. Das Meer gebärdete sich braun und unbändig. Es trug mit sich fort, was jetzt ihm gehörte. Nicht daran zu denken, das Haus zu verlassen. Das Brennholz würde bald ausgehen. Anita kochte Kartoffeln, Reste der letzten Ernte.

Der erneute Donnerschlag kam nicht vom Himmel. Auf ihn folgte ohrenbetäubendes Grollen. Anita sprang ans Fenster. Der Berg setzte sich in Bewegung. Direkt unter einer tief hängenden Wolke klaffte eine hässliche Furche. Eine Geröllawine raste den Berg herunter, riss mit sich, was sich ihr in den Weg stellte, rollte direkt auf sie zu. Das Rauschen schier unerträglich, lähmend. Sollte sie fliehen? Wohin? Ihre Beine steinbeschwert. Wenn es sie jetzt traf, war es doch Gottes Wille. Direkt vor ihren Augen fraß der Strom Gärten und Terrassen. Bäume splitterten wie Streichhölzer. Ein kleines weißes Haus verschwand im Schlund der rollenden Masse.

Gott wollte sie nicht.

Anita stellte ihre Staffelei auf der Via Marina Grande auf. Am Strand unten lagen zahlreiche umgestürzte Bäume, die ein interessantes Motiv abgaben.

Gilbert Clavel stieg die Treppen zu ihr herauf. »Positano hat großes Glück gehabt«, sagte er. »Viel schlimmer hat es Vettica Minore getroffen. Der Ort mitsamt seiner Bevölkerung wurde quasi ausgelöscht. Und wissen Sie warum?« Der Bucklige hatte sich klein und krumm vor ihr aufgebaut.

Sie schüttelte den Kopf.

»Das ganze Dorf war in der Kirche, um eine Messe zu hören, als die Lawine sie mit sich fortriss. Und einen solchen Gott sollen wir gerecht nennen?«

Anita antwortete nicht, streckte stattdessen den Arm aus und zeigte aufs Meer. Ein italienisches Kriegsschiff stampfte mit voller Kraft in Richtung Amalfi, eine weiße Schaumspur wie eine Girlande hinter sich herziehend. Kurze Zeit später schwappten braune Wellen an den Strand.

»Wären die Künstler nicht gewesen, wäre Positano weniger glimpflich davongekommen«, sagte Clavel.

»Wieso?«, fragte Anita.

»Der Unrat, den die Lawine mit sich gerissen hat, führte zu einer Stauung. Das Wasser schwoll an, gewann an Gewalt. Es bestand die Gefahr, dass ihm weitere Häuser zum Opfer fallen würden. Können Sie sich vorstellen, dass keiner der versammelten Dörfler daran dachte, einzugreifen? Sensationslüstern versammelten sie sich unter schwarzen Regenschirmen. Als trügen sie Positano zu Grabe. Schließlich warfen ein paar Deutsche einen schweren Anker in die Stauung. Fast hätten sie Ärger mit dem Fischer bekommen.« Clavel krächzte noch etwas, das Anita nicht verstand, und eilte dann weiter in Richtung seines Wachturms.

Nur die besten, die wichtigsten Bilder wollte sie mit nach Deutschland nehmen. Alle konnte Anita unmöglich allein transportieren. Die Bilder, die es nicht in die Auswahl schafften, brachte sie zu Paula. Rolf half ihr beim Tragen. Unzählige Male liefen sie gemeinsam die Treppen zwischen der Via Mangialupini und der Via San Giovanni hinunter und hinauf. Paulas Junge war hoch aufgeschossen. Verschwunden das Kindliche. In seinem Gesicht eine erwachsene Ernsthaftigkeit, die Anita anrührte.

»Zum Abschied darf ich dich malen, oder?«

Rolf nickte wortlos.

»Ich kenne dich nun schon so lange«, sagte Anita.

Drei Jahre.

Drei Sommer.

Jeden davon hatte sie mit Christian verbracht. In alle Himmelsrichtungen waren sie gemeinsam ausgeschwärmt.

Im zweiten Sommer hatten sie in Florenz Gottfried Benn getroffen.

»Ein leidenschaftlicher Dichter«, meinte Christian.

»Ein launischer Arzt«, meinte Anita.

Im dritten Sommer hatten sie zusammen Süditalien mit dem Rucksack erobert. Dort, wo Berge dem weiten Blick keine Grenzen setzten, konnten sie sich nicht sattsehen. Die Olivenbäume waren riesig, die Büffel gewaltig, die weißen Strände unendlich, die Erde tiefrot und die Menschen wunderschön. Sie gelangten nach Sizilien und weit darüber hinaus auf eine winzige Insel: Pantelleria. Afrika schien greifbar. Ein widerborstiger Esel sollte Modell stehen. Christian bändigte ihn mit Geduld und Streicheleinheiten. Er trug inzwischen Turban. Seine Haut war so braun wie ihre, sein Äußeres exotisch wie ihres. Wo sie gemeinsam auftauchten, erregten sie Aufsehen.

»Das bildest du dir ein«, widersprach Christian.

»Weil du mein Sohn sein könntest«, behauptete Anita.

»Weil du so schön bist«, widersprach Christian.

Das Leben schwebte wie eine Feder. Das Glück tobte durch ihren Körper wie ein Sommersturm. Doch wohin auch immer sie reisten, die Angst, diesen Mann zu verlieren, begleitete Anita.

Sie malte sich selbst. Brustbild vor Insellandschaft. *Selbstbildnis auf Pantelleria*. Frau und Land in den Farben der Erde. Eins werden mit der Natur. Die Häuser mit weißen, glänzenden Kuppeldächern.

Die Rückkehr nach Positano Anfang September war ihnen beiden schwergefallen. Gleich darauf musste Christian nach Deutschland abreisen. Kaum war er fort, kam der Brief aus Bremen an. Augenblicklich wusste sie, dass sich nun alles ändern würde. Die Nachricht hatte sie aus ihrem Paradies geradewegs zurück in die Realität katapultiert.

»Wie soll ich das Bild nennen?«, fragte Anita Rolf.

»Der Italiener«, schlug Paula vor.

Anita schüttelte den Kopf.

Il Giovine Conte Pasquale Spina, schrieb Anita in Majuskeln unter das Bild und signierte es mit RÉE.

Filomena Stupefatta

Das möblierte Zimmer im Mittelweg 117a hatte Anita über eine Zeitungsanzeige gefunden. Wegen des Wohnungsmangels in Hamburg fürchtete man Zwangseinquartierungen, und viele beugten durch freiwillige Vermietung vor. Auch Frau Waage wollte sich ihre Mieterin selbst aussuchen. Sie war bewegt von der Geschichte der heimgekehrten Tochter, der man mutwillig das Zuhause gestohlen hatte.

Anita schaute aus dem Fenster in das Hinterhausgrau, auf Fassaden, Asphalt, dreckige Fenster und unpassende Farbkleckse in einer Ecke: Polsterrot auf Küchenstuhlbraun. Wie ein überflüssiges Möbel fühlte sie sich auch selbst. Irgendjemand hatte sie achtlos vor die Tür gesetzt. Schuld war die Mutter. Welche Rolle Schwester Emilie und deren unsäglicher Ehegatte beim Verkauf ihres Elternhauses im Alsterkamp gespielt hatten, würde sie noch herausfinden. Mit dem Verlust ihrer Heimat hatten sie Anitas Rückkehr erzwungen. Um zu retten, was nicht mehr zu retten war, musste sie in eine Stadt zurückkehren, in der sie nicht mehr zu Hause war. Die Familie hatte das Wertvollste, was sie besaß, gegen wertloses Geld getauscht. Ein nicht nur unmoralisches, sondern auch schlechtes Geschäft.

»Wir haben jetzt die Reichsmark«, verteidigte Emilies Gatte das eigenmächtige Vorgehen.

»Du hast dich doch nie um Mutter gekümmert«, warf Emilie Anita vor.

»Was kümmert dich das überhaupt in deinem Positano?«, sagte Mutter.

»Was wisst ihr denn schon von mir?«, fragte Anita.

Briefe waren gelegentlich Mittler zwischen Traum und Wirklichkeit, zwischen Vergangenheit, Gegenwart und Zukunft. Die Briefe, die Frau Waage Anita zwei Tage vor Heiligabend überreichte, gehörten eindeutig zu dieser Spezies.

Christian lud sie ein, Weihnachten und den Jahreswechsel mit ihm und seiner Familie in Liegnitz zu verbringen. Er lockte mit Ungestörtheit, mit der üppigen Bibliothek seines Elternhauses, mit einem Klavier, mit Sorglosigkeit und einem Reiseplan. Er reagierte auf eine Nachricht, die sie ihm geschickt hatte, nachdem sie in Hamburg angekommen war. Es war der Brief einer Verlorenen gewesen, der einer Beraubten und Unglücklichen. Anita in der Zwischenwelt.

Komm, meine liebe Anita, komme zu uns nach Liegnitz, hatte Christian vergangenen Sonntag geschrieben. Seine Eltern ließen herzlich bitten. Sie boten Zuflucht für die Heimatlose, ein Zuhause für die schwierigste Zeit im Jahr, er hatte gar Begleitung für die Bahnfahrt organisiert. *Mein Bruder kommt aus Kiel über Hamburg.* Bereits morgen oder übermorgen – viel zu spät, um sich abzustimmen, um zu packen, Geschenke zu besorgen, die Reise zu organisieren. Alles in Anita schrie Ja, und doch wusste sie, dass es unmöglich war.

Gleich im neuen Jahr eröffnete die Kunsthandlung Commeter eine wichtige Ausstellung. Einige ihrer Italien-Bilder würden dem Hamburger Publikum präsentiert werden. Anita war aufgeregt, sie fürchtete sich vor den Reaktionen, und doch freute sie sich unbändig, *Teresina*, die *Weißen Nussbäume* und die *Città Morta* an den Wänden der Oberlichtsäle zu sehen.

Wie sollte sie unter diesen Umständen sorglose Feiertage genießen? Wie konnte sie nach Liegnitz reisen und rechtzeitig zur Eröffnung wieder in Hamburg sein?

Sie seufzte und setzte sich auf den Rand des schmalen Bettes.

Der zweite Brief war von Magda Pauli. Ihr Mann sei begeistert von Anitas italienischen Arbeiten, schrieb sie und riet zu ordentlichen Preisen. Mindestens 3.000 Mark solle Anita für ein Bild nehmen.

Siehst Du, alle großen Künstler sind verrückt und haben 1000 Hemmungen. Wie meine Anita. Durch Nacht zum Licht, jubelte Magda.

Ach, liebe Freundin. Nichts scheute sie mehr als das Licht. Lieber würde sie sich im entfernten Liegnitz verborgen halten. Sie hörte schon Christian Klavier spielen.

Was hatte er seinen Eltern von Italien erzählt? Wer war diese Anita Rée? Die Reisebegleiterin? Die Lehrerin? Die mütterliche Freundin? Seine Geliebte? Was würden Bankdirektor Selle und seine Gattin von der um 17 Jahre älteren Gefährtin ihres Sohnes halten? Glaubte Christian wirklich, seine Familie würde Anita ungeachtet aller Unterschiede ins Herz schließen? Nein, niemals würde jemand verstehen, dass ihre Seelen zusammengehörten.

Anita schüttelte heftig den Kopf. Sie huschte ins Bett, zog die Decke über den Kopf und presste das Gesicht ins Kissen. Es dämpfte die Verzweiflung. Es schluckte die Wut. Es erstickte jedes Wollen.

Völlig unmöglich, Christians Einladung anzunehmen. Völlig undenkbar, die Reise auf einen späteren Zeitpunkt zu verschieben. Conte Ruggiero Carnelli und Donna Anita existierten nur unter Feigenbäumen. Ein gemeinsames Leben war weder in Hamburg noch in Liegnitz möglich. Es gab nur eine Hoffnung: Sie mussten gemeinsam nach Positano zurückkehren.

Emilie hatte notdürftig die Kaffeetafel gedeckt. Die Familie saß auf gepackten Koffern. In den Räumen der Bremer Wohnung stapelten sich Kartons. Ihre Abreise in die Schweiz stand unmittelbar bevor. Keiner sprach ein Wort, und Anita fragte sich, warum sie sich überhaupt die Mühe gemacht hatte, herzukommen.

»Du bist blass«, sagte sie in die wuchernde Stille hinein. Vielleicht war es schlicht die Unruhe vor dem großen Umzug. Sicher sorgte sich Emilie angesichts der ungewissen Zukunft und war traurig, ihre gewohnte Umgebung zu verlassen.

»Es ist alles nicht einfach«, antwortete Emilie unbestimmt. Endlich setzte sie sich. Heinrich, ihr Mann, lief nervös durchs Zimmer.

»Seid doch froh, dass ihr Deutschland verlassen könnt. Mich hält hier nichts, und die Schweiz ist nicht aus der Welt. Wir können uns doch schreiben. Nicht wahr, Reinhart, du schreibst mir?« Anita drückte Emilies Ältesten an sich, küsste ihn auf den dunklen Haarschopf. »Bald werde ich dich nicht mehr wiedererkennen.« Zwölf Jahre war er nun schon. Wie seine drei jüngeren Geschwister ließ er den Kopf hängen.

»Kinder, geht spielen, ab an die Luft«, sagte Emilie.

Die vier murrten und erhoben sich unwillig. Eigentlich war es draußen viel zu kalt. Langsam zogen sie sich an. Hinter ihnen fiel die Tür scheppernd ins Schloss.

»Wir müssen etwas besprechen«, fing Emilie umständlich an.

Anita ahnte schon, worauf es hinauslaufen würde.

»Wir sind in großer Not. Das Geld, das du aus dem Verkauf von Mutters Haus bekommen hast ... es würde uns sehr helfen, wenn ...« Emilie geriet ins Stocken.

»Wir zahlen dir selbstverständlich alles zurück«, schob Heinrich hinterher.

Anita verstand die Halbsätze nicht. »Ihr habt dieselbe Summe bekommen wie ich. Warum reicht euch das nicht?«

»Hab ich doch gleich gesagt. Anita ist geizig. Die brauchen wir gar nicht erst zu fragen«, blaffte Heinrich.

»Vielleicht benötige ich das Geld ja selbst«, verteidigte sich Anita. Es war nicht das erste Mal, dass man ihr Geiz unterstellte. »Ich will nach Italien zurück.«

»Mit diesem Mann aus Schlesien, was? Der wäre der Erste, der bei dir bleibt.« Heinrich rannte wutentbrannt hinaus.

Emilie schlug die Hände vors Gesicht, lautlos weinend.

»Eigentlich hätte ich Grund für Tränen«, sagte Anita. Sie kniete vor Emilie. Behutsam umarmte sie die Schwester. »So unterschiedlich ist unsere Situation gar nicht. Wir haben beide keinen Mann, der uns ernähren kann. Ich werde immer für mich selbst sorgen müssen. Niemand wird da sein, wenn die Teuerung wieder einsetzt, wenn ich krank oder alt werde, wenn ich nicht mehr arbeiten kann. Und ihr wagt es, mich geizig zu schimpfen.«

Die letzten Schöpfungen der Künstlerin rangierten unter dem Besten, das man in Deutschland an neuer Malerei sehe, schrieb *Kunstchronik und Kunstmarkt*. Das Modell sei überwunden, der seelische Ausdruck bedeute alles. Die Künstlerin verzichte auf dekorative Mittel. Es handele sich um pures Empfinden.

Frau und Gegenwart sprach von einem Wandel, der von innen heraus erfolgt sein müsse. Die Kunst müsse unter Schmerzen entstanden sein.

Anita saß im Kupferstichkabinett, im Studiensaal der Kunsthalle, und las die Kritiken. Langsam legte sich ihre Nervosität. Lediglich der Journalist vom Hamburger *8-Uhr-Abendblatt* schimpfte über hohe Bildpreise.

»Herzlichen Glückwunsch, Fräulein Rée«, sagte eine männliche Stimme. »Wie man hört, war die Ausstellung bei Commeter ein großer Erfolg.«

Anita drehte sich um und erkannte den Mann, den sie vor einigen Jahren gemalt und dem sie das Apfel-Stillleben geschenkt hatte. »Sie arbeiten also noch immer in der Kunsthalle. Wie geht es Ihrer lieben Frau und der zauberhaften Käte?«

»Ich bin inzwischen Werkmeisterassistent. Wir haben eine Dienstwohnung unten in der Kunsthalle.«

»Nur wenige finden in der Kunst ihre Heimat.« Anita bemühte sich um ein freundliches Lächeln.

»Ich habe Ihre *Teresina* gehängt. Schön, dass die Kunsthalle das Bild gekauft hat.«

Anita schaute dem Mann hinterher. Er winkte.

Nicht nur die Kunsthalle hatte ein Bild gekauft. Max Warburg besaß nun *Römerin auf Goldgrund*, Cousin Carl Melchior *Halbakt vor Feigenkaktus*. Die *Città Morta* gefiel Fritz Saxl, der für Aby Warburg arbeitete. Aby selbst lobte *Weiße Nussbäume*. Es sei das beste Bild der Ausstellung.

Dass Aby wieder in Hamburg weilte, war die beste Neuigkeit. Im August vergangenen Jahres hatte man ihn als geheilt entlassen. Mary war bei der Ausstellungseröffnung nicht von seiner Seite gewichen.

»Er geht kaum aus dem Haus. Wenn er sich aufregt, bekommt er fürchterliche Krämpfe«, hatte sie Anita zugeflüstert.

»Ich habe mich aus meinem eigenen Sumpf herausgezogen«, hatte Aby selbst geflüstert. Er habe seine Forschungsarbeit wieder aufgenommen. Er halte kulturwissenschaftliche Seminare. Jeden Tag besuche er die Baustelle der neuen Bibliothek. Ein viergeschossiger Bücherturm mit einem elliptischen Hör- und Studiensaal im Garten entstehe in der Heilwigstraße. Nach vorne ein Trutzkasten, nach hinten eine Arena der Wissenschaften. Gerade sei die aufsehenerregende Freitreppe installiert worden.

Aby war am Tag der Ausstellungseröffnung nichts anzusehen gewesen. Nicht seine Krankheit, nicht seine Aufenthalte in den verschiedenen Psychiatrien. Er schien voller Tatendrang, sein ungestümes Temperament hatte jedem Wahn den Garaus gemacht.

Anita entnahm ihrer Handtasche ein Telegramm. Es zu lesen fiel ihr schwer. Ungeöffnet trug sie es seit Stunden mit sich. Sie fürchtete sich vor dem Inhalt. Es konnte nichts Gutes bedeuten, wenn Christian ihr eine Eilmeldung sandte. In wenigen Tagen wollten sie gemeinsam nach Positano reisen. Anita hatte seine Weihnachtseinladung mit einem Brief beantwortet, einem Vorschlag, einem sehnlichen Wunsch, einer Hoffnung. Wo seien sie glücklicher gewesen? Noch immer warteten etliche Bilder in Positano. Gut verpackt und behütet. Ihre Rückkehr war unabdingbar.

Sie öffnete den Umschlag. Deutscher Reichstelegraph, Telegramm aus Dresden vom 22. März 1926:

Zusammenreisen leider unmöglich, da ich nicht direkt fahre, muss unerwartet zunächst sofort nach Thüringen. Addio Christian.

Anita steckte das Telegramm sorgfältig zurück in den Umschlag. Ihre Hände zitterten.

Was bedeutete diese Nachricht?

Dass er nachkommen würde?

Wann?

Ihre Befürchtungen hatten sich bewahrheitet. Es geschah, was geschehen musste. Nie hatte sie etwas von Christian erwartet. Nie hatten sie sich etwas versprochen.

Die herrlichen Tage der Zweisamkeit waren ein Geschenk, das ihr niemand nehmen konnte. Die Erinnerung daran musste von nun an genügen.

Die Zeichnung des jungen Mädchens war noch vor Positano entstanden: Mathilde. Ihr Vater hatte sich am Vortag gleich an Anita erinnert, als sie sich auf der Eröffnungsfeier der Warburg-Bibliothek begegnet waren. Facharzt für Nerven- und Geisteskrankheiten und Oberarzt am Krankenhaus Barmbek. Die Adresse war leicht zu beschaffen gewesen. Anita schob das Blatt mit der Zeichnung hinein und klebte den Umschlag zu.

Bedeutend schwerer fiel ihr die Wahl einer Zeichnung für Professor Cassirer. Seine Eröffnungsrede beschäftigte Anita. Der Philosoph bezog sich auf die elliptische Form von Abys Bücherturm. Keine andere geometrische Form eigne sich besser, um der Freiheit des Denkens einen Tempel zu bauen. In der Renaissance habe man entdeckt, dass die Umlaufbahnen von Planeten elliptisch seien. Die Ellipse sei als Zeichen dafür zu sehen, dass im Kosmos Freiheit existiere. Der zentrale Kreismittelpunkt werde aufgeben. Die Autorität – ob staatlich oder kirchlich, sei einerlei – verliere an Einfluss, und das Ich gewinne an Spielraum. Eine wunderbare Vorstellung. Anita hatte fasziniert zugehört. Cassirers Rede hatte etwas ausgelöst. Den Kreis, die Ich-Bezogenheit, durch Spannung überwinden und dadurch zur Freiheit gelangen. Wenn ihr das doch nur gelänge. Selbst im Bild langweilte der Kreis, da konnte es im Leben kaum anders sein. Ewig kreisten die Gedanken um das eigene Unglück, um das, was sie verloren hatte, um ihr Ich. Christian würde sie auf Nietzsche verweisen. Auf *Die fröhliche Wissenschaft*:

Es gibt wohl hier und da auf Erden eine Art Fortsetzung der Liebe, bei der jedes habsüchtige Verlangen zweier Personen nacheinander einer neuen Begierde und Habsucht, einem gemeinsamen höheren Durste nach einem über ihnen stehenden Ideale gewichen ist: Aber wer kennt diese Liebe? Ihr rechter Name ist Freundschaft.

Doch was nützte ein abwesender Freund?

Das Hausmädchen trug eine weiße Spitzenschürze und auf dem Tablett eine Kanne. Mit Anmut stieg sie die Stufen auf die Terrasse herunter.

»Möchten Sie noch eine Tasse Tee?«, fragte Maria Wriedt. Anita hatte sie und ihren Mann Georg auf der Ausstellung bei Commeter im Januar kennengelernt. Eine Einladung in die Villa nach Dockenhuden vor den Toren Hamburgs folgte schnell, und doch war es Mai geworden. Die Rosen blüten üppig und rot. Die drei Kinder spielten artig vor einem kleinen Teich. Das Gespräch plätscherte. Man erkundigte sich nach dem Befinden, der Auftragslage, letzten Porträts, jüngsten Ausstellungen, und Anita antwortete so wahrheitsgemäß, wie es ihr möglich war.

Das Mädchen wartete auf Antwort den Tee betreffend, und Anita nickte. Sehr wohl registrierte sie den verstohlenen Blick der jungen Hausangestellten. Hinter halb geschlossenen Lidern verbargen sich Neugierde und Übermut. Sie wirkte schläfrig und gleichzeitig hellwach. Die Augen so braun wie Schokolade, ihr Typ südländisch, das Gesicht breit mit auffälligen Wangenknochen.

»Wir möchten Ihnen einen Vorschlag machen.« Georg Wriedt räusperte sich. »Sie haben derart über Ihre jetzige

Unterbringung geklagt und über die fehlenden Möglichkeiten zu arbeiten, dass wir uns gefragt haben ...« Er sprach nicht weiter und warf seiner Frau einen vagen Blick zu, den Anita nicht deuten konnte.

»Bertha, du kannst gehen«, wies Maria Wriedt das Hausmädchen an, das stolz den Hals reckte und davonstolzierte, als wäre es beleidigt. Anita schaute lange hinterher. Die Hüften schwangen keck.

»... dass wir uns gefragt haben, ob Sie nicht den Sommer bei uns in Dockenhuden verbringen möchten. Wir können Ihnen ein hübsches Zimmer anbieten, ein kleines Bad, Platz zum Malen findet sich auch ...«, führte Georg Wriedt aus, und seine Frau fuhr fort: »Sie sehen ja, wir haben es recht komfortabel. An unseren braven Kindern haben Sie sicher Ihre Freude, und Bertha kümmert sich prächtig um alles. Gelegentlich hat sie ihren eigenen Kopf, aber wer hat den nicht.« Maria Wriedt lachte und reichte Anita eine Schale mit Gebäck. »Oder haben Sie bereits andere Pläne für den Sommer?«

Anita legte ein Kuchenstück auf ihren Teller. »Tatsächlich hat sich meine Italienreise verschoben. Ich habe noch viele Bilder in Positano, die müssen jetzt warten.« Sie griff nach der Kuchengabel. »Hamburg ist mir so furchtbar fremd geworden, und da, wo ich jetzt untergekommen bis, kann ich weder leben noch arbeiten. Es ist gar nicht zum Aushalten. Bei Ihnen zu wohnen, und wenn es auch nur für kurze Zeit sei, wäre mir eine große Freude.« Anita mühte sich um ein freundliches Gesicht. »Ich weiß gar nicht, wie es kommt, dass ich immer wieder so hilfsbereite Menschen finde.«

Maria Wriedt lächelte. »Am besten zeige ich Ihnen gleich mal das Haus.«

Arm in Arm betraten sie den Salon, spazierten durch die Räumlichkeiten, als wandelten sie in einem Garten.

Bertha steckte neugierig ihren Kopf aus der Küche.

Es roch eigentümlich, aber angenehm. Es roch verräterisch. Anita öffnete die Balkontür und wedelte mit einer Zeitung. In der Dunkelheit quakten Frösche. Schwülwarme Luft drängte herein.

Bertha lag halb auf dem Kanapee, der Kopf angelehnt, aber zur Seite gefallen, die linke Hand abgeknickt, gerade noch in der Lage, die Pfeife zu halten. In der rechten Hand der Zipfel des langen Zopfes, den sie über die Schulter nach vorne gezogen hatte, als gelänge es so, das Gleichgewicht zu halten.

Anita lächelte. Bei Bertha schien das Opium Wirkung zu zeigen. Ihre Blicke kreuzten sich. Berthas Pupillen maximal geweitet. Ihre Augen funkelten bläulich. Helle Lichter tanzten darin. Bertha war das perfekte Modell. Unschuldig und reizend zugleich.

Ein Kopftuch genügte, und Bertha verwandelte sich in eine Nonne. Anita hatte ihr eine Silberdistel zwischen die Finger gesteckt. Sie hatte klosterähnliche Bogengänge im Hintergrund angedeutet. Bertha war die *Distelnonne*. Bertha war ein Naturtalent, schien am Modellstehen Geschmack zu finden. Vertrauensvoll setzte sie in die Tat um, was Anita ihr vorschlug.

Filomena Stupefatta, die treue Freundin, die gerade Erstaunliches erlebte. Der Gesichtsausdruck war beredt. Blauer Rauch züngelte aus der Pfeife. Hoffentlich würde Bertha sich später an ihren Traum erinnern.

Anita löschte das Licht, legte sich neben Bertha aufs Kanapee. Vorsichtig nahm sie ihr die Opiumpfeife ab. Rauch füllte ihren Mund. Anita lehnte den Kopf an Berthas. Sie schluckte den Rauch hinunter, doch es schien, als stiege er ihr in den Kopf, verbarrikadierte sich hinter ihrer Stirn. Die pochte dumpf.

»Bertha, weißt du, wie gut du es bei den Wriedts hast?« Anita griff nach der Hand des Mädchens. »Es ist viel mehr als ein Obdach. Dich brauchen sie, aber meiner werden sie bald überdrüssig.« Anita sah sich bereits wieder im grauen Mittelwegzimmer. Keine Waschgelegenheit. Keine Möglichkeit, sich etwas zu kochen. Vom Fenster ans Bett und zurück nur wenige Schritte. Ein Reh im Holzverschlag. Es rannte mit dem Kopf gegen die Wände. Keinen Deut gaben die nach. Besser nistete Anita sich gleich im Hinterhof ein. Besser gesellte sie sich dort zu den ausrangierten Möbeln. Wenigstens konnten die den Himmel sehen. Zwangsquartiere boten keine Fernsicht. Ihre schlichte Unterkunft in der Via Mangialupini dagegen war erfüllt gewesen von Teresas Gesang.

Das Beste, das ihr passieren konnte, war ihr bereits passiert. Was besaß das Potenzial, die Vergangenheit zu übertreffen, den Schmerz der Erinnerung zu lindern?

Anita sah der Wahrheit ins Gesicht. In Berthas bläulich schimmernden Riesenaugen stand sie unmissverständlich. Auf den Rausch folgte die unbarmherzige Realität. Zusammenreisen unmöglich. Zusammenreisen nie wieder möglich. Die Reise war vorüber.

»Bertha, nimm mich mit.«

Bertha war eine Distel. Hildegard ein Wildkraut, ehrlich, natürlicher und unverwüstlich. Hildegard benötigte keine Verkleidung, kein ablenkendes Accessoire wie ein Kopftuch, keinen schmückenden Zopf. Anita würde sie weder mit Opiumpfeife malen noch vor Klostermauern.

»Dein Atelier gefällt mir«, sagte Hildegard.

Anita nickte. Eine Malerin hatte wie ein sehr empfindliches Aufnahmegerät zu funktionieren. Die Aufgabe bestand darin, zu übersetzen, was sie sah. Zusammenzubringen, was auseinanderstrebte. Fliehkräften Halt zu geben. Ablenkungen zu widerstehen. Gedanken auszublenden. Der Körper, der Gegenstand entstand im Prozess der Übersetzung. Die leiseste Schwäche und die schönsten Ideen störten dabei nur.

»Pssst«, flüsterte Anita. Der aufrechte Zeigefinger berührte ihre Lippen. Sie kannte Hildegard erst seit wenigen Tagen, und doch fühlte sie tiefe Verbundenheit. Die Tochter des Lübecker Bürgermeisters und der liebe Carl Georg Heise hatten 1922 geheiratet. Da war Anita bereits in Positano gewesen.

»Hat Carl dir erzählt, dass ich eine Ausbildung zur Fotografin machen möchte?«, fragte Hildegard.

Anita schüttelte lächelnd den Kopf. Sie wusste nur von einer Arbeit als Kindergärtnerin und Säuglingspflegerin.

»Mache es unbedingt, und mache es bald. Irgendjemand muss meine Bilder fotografieren. Du musst bewahren, was mich so viel gekostet hat.«

Anita malte Hildegard frontal. Ihre Blicke konnten sich nicht ausweichen. Viele Stunden standen sie sich Aug in Aug gegenüber, konnten einander ins Innerste blicken.

Warmes Dunkelbraun für Haare, Augen und Brauen. Ein zartes Rot für den Mund. Eine weißliche Farbmischung für Haut und Wildkraut. Ein schwarzer Hintergrund. Mehr brauchte Anita nicht.

Mensch und Natur veränderten sich in jedem Augenblick. Alles blieb in Bewegung. Kunst verlieh dem Vergänglichen Ewigkeit. Von Dauer war nur, was mit Geduld entstanden war. Anita hatte es in großen schwarzen Lettern an die Wand ihres neuen Ateliers geschrieben.

Le temps ne respecte rien qui est fait sans lui.

»Eine Weile habe ich überlegt, ob ich die Wände rosa streichen soll«, sagte Anita. »Aber ich weiß nicht, wie lange ich mir das Versmannhaus überhaupt leisten kann.«

Es war pures Glück gewesen, im Kontorhaus an der Mönckebergstraße einen Raum zu ergattern, selbst wenn es sich nur um ein leer stehendes Büro handelte. Sie hatte sich erneut bei Frau Waage im Mittelweg einquartieren müssen. Ein zusätzlicher Raum zum Arbeiten war also dringend notwendig.

»Zu meiner Ausstellung im Dezember hättet ihr kommen sollen«, fuhr sie fort und wies auf einen Artikel, der an der Wand klebte. *Anita Rée gehört, was Können anbelangt, nicht nur in Hamburg zu den Führenden*, hatte eine Zeitung geschrieben.

»Du bekommst die Anerkennung, die du verdienst«, sagte Hildegard.

Anerkennung konnte nicht die Leere füllen, die sie empfand. Im Kampf gegen die Einsamkeit unterlag die Anerkennung. Mehr noch als Anerkennung verdiente sie Glück. Aber das sagte Anita nicht.

»Ja«, sagte sie stattdessen.

Emilie und ihre Familie lebten inzwischen in der Schweiz. Die Mutter hatten sie gleich mitgenommen. Eine Alterstuberkulose war diagnostiziert worden. Seit dem Herbst vergangenen Jahres unterzog sich die Mutter einer Behandlung im Lungensanatorium Heiligenschwendi. Erneut war Anita Weihnachten allein gewesen. Freundinnen hatten Einladungen ausgesprochen, doch unmöglich hätte Anita die glücklichen Gesichter ertragen können. Unmöglich hätte sie ihnen das Fest verderben können mit ihrem Miesepeter. Sie hatte kleine Geschenke vor Türen gelegt und sich über die Feiertage in ihr Atelier zurückgezogen.

Seitdem blühte ihre rechte Hand. Ein rotes, schuppendes, hässliches und furchtbar juckendes Ekzem quälte Anita. Gab sie dem Drängen nach und kratzte, blutete es. Oft geschah es unbewusst. Ein fingerloser Handschuh verhinderte das Schlimmste, zog jedoch Fragen nach sich.

Hildegard fragte nicht. »Carl möchte, dass du im März im Lübecker Behnhaus ausstellst. Du wohnst selbstverständlich bei uns. Ich werde dich tüchtig verwöhnen.«

Vom Haus der Holthusens in der Goernestraße bis zu Aby Warburgs Büchertempel in der Heilwigstraße lief Anita nur fünf Minuten. Ein Spaziergang zur Alster dauerte wenig länger. Agnes hatte für die Zeit der Behandlung ihr Gästezimmer hergerichtet. Ihr Mann war Radiologe und versprach, dem elenden Ekzem mit Strahlenkraft den Garaus zu machen.

»Ein paar Wochen musst du es schon mit uns aushalten, Anita. Solche Hautgeschichten sind hartnäckig.«

Seit ihrer Rückkehr aus Lübeck, seit der Ausstellung im

Behnhaus und dem Besuch bei Hildegard und Carl Heise, wohnte Anita bei den Holthusens.

Sie zeichnete Agnes im Profil, frontal und mit geneigtem Kopf.

Agnes versorgte sie liebevoll, sie war die personifizierte Fürsorge, ein Engel. Anita fühlte sich geborgen, am liebsten wollte sie nie wieder weg, trotzdem mühte sie sich um Unsichtbarkeit. Das Holthusen'sche Familienglück konnte den harten Panzer aus Einsamkeit nicht aufbrechen.

Agnes schien das zu spüren. »Dein Engagement für Ida Dehmels Künstlerinnenvereinigung. Verstehe mich nicht falsch, Anita, eine solche Organisation, die Künstlerinnen unterstützt, ist dringend notwendig. Ich glaube nur, dass du dir zu viel zumutest.«

Je mehr sich Anita zurückzog, desto mehr kümmerte sich Agnes, desto mehr forschte sie nach den Ursachen.

»Ida hat mich gebeten, die Malerinnengruppe zu leiten«, sagte Anita.

»Auch das noch.«

»Wer soll es sonst tun?«

»Macht deine Kunst dich eigentlich glücklich?«

Ein dicker Kloß saß Anita im Hals. Sie zuckte mit den Schultern. »Welche Rolle spielt das denn?«

Agnes war mit Kunst aufgewachsen und hatte Kunstgeschichte studiert. Drei Buben füllten ihr Haus mit Lärm und Lachen. Unmöglich konnte Anita der Freundin gestehen, wie sehr sie sie um ihr Familienglück beneidete.

»Immer habe ich das Gefühl, dass du etwas suchst, etwas brauchst, aber ich weiß nicht, was«, flüsterte Agnes. Sie streichelte Anitas Arm.

»Ich habe bei dir alles, was ich mir wünsche. Ich will hier gar nicht mehr weg«, sagte Anita.

»Wie lange bleibst du noch?«, fragte Heino. »Es ist so, dass Olly und ich …« Er setzte den Satz nicht fort, presste die Lippen aufeinander. Er wirkte hilflos und gleichzeitig entschlossen.

Olly lächelte liebenswürdig. Heinos Verlobte war überhaupt ganz reizend. »Anita, wir haben dich wirklich sehr gerne, aber …«

Wenn Sätze nicht ausgesprochen wurden, musste Anita sich das Ende wohl oder übel selbst zusammenreimen. Sie packte ihre Kohlestifte ins Etui zurück und schob Olly die Zeichnung über den Küchentisch. »Sie ist leider nicht fertig geworden.«

Die Reise nach München hatte sich bei Marias Hochzeit ergeben. Raus aus Hamburg, wenn auch nur bis Bayern, das erschien Anita wie ein Traum und war plötzlich greifbar nah. Warum auch nicht? Maria, Ilse und Heino waren Cousinen und Cousin mütterlicherseits, wenn auch zweiten Grades.

Heino war der Jüngste, gerade 23 Jahre. Nirgendwo konnte man sich vor ihm und seiner Kamera sicher fühlen. Er fotografierte für sein Leben gern: das Brautpaar, die Gäste, seine Hamburger Freunde und am liebsten Olly. Sie stahl jeder anderen jungen Frau die Schau, war der Star auf Marias Hochzeit, nicht nur wegen der langen Beine. Als Kostümbildnerin wusste Olly natürlich, wie sie sich in Szene setzen musste, um aufzufallen. Ihre blassen, leicht schräg gestellten Augen ließen sie exotisch wirken.

Heino studierte Jura, Olly arbeitete am Theater. Die beiden waren viel und gern unterwegs. Anita fühlte sich wohl in ihrer kleinen Münchner Wohnung. Das junge Liebesglück weckte zwar Erinnerungen, aber schmerzte nicht.

Jetzt schämte sich Anita fürchterlich. Warum war ihr

nie der Gedanke gekommen, sie könne stören? Am 1. August würde sie in die neue Unterkunft in Winterhude ziehen. Die Vermieterin war Witwe, die Wohnung in der Maria-Louisen-Straße zu groß für eine einzelne Person, eine Einquartierung somit unumgänglich. Irgendeine Bleibe brauchte Anita nun mal, wenn sie nicht unter der Isebrücke schlafen wollte. Mit dem Aufenthalt in München hatte sie den Juli überbrücken wollen. Aber das wusste nur sie selbst.

»Morgen seid ihr mich los«, sagte sie. Sie fühlte sich hundselend.

Sie stellte die Taschen auf dem Boden ab. Die Arme schmerzten von der Schlepperei. Anita zog die Schultern hoch und ließ sie fallen, neigte den Kopf, nach rechts, nach links. Sie seufzte. Mit dem Ärmel wischte sie sich die Regennässe aus dem Gesicht.

Alles, was sie brauchte, was sie nach dem Auszug aus dem Mittelweg im Atelier untergestellt hatte, befand sich endlich in der Maria-Louisen-Straße. In der neuen Bleibe, die sich wenig von der vorhergehenden unterschied. Das Mobiliar zweckmäßig, gebraucht und hässlich.

Sie schloss die Zimmertür hinter sich, drehte den Schlüssel herum, sperrte notdürftig Störfaktoren aus: die neugierigen Blicke und Fragen der Vermieterin, unerwünschte Plaudereien, klirrendes Tellerklappern, den undefinierbaren und unangenehmen Geruch, der durch die Wohnung waberte, der allem anzuhaften schien und dessen Ursprung in der Küche zu vermuten war.

In der Zimmerecke Spinnweben, an der Decke Risse, die irgendwo begannen und nirgendwo hinführten. Ein einsamer Nagel in der Wand. Schmutzränder deuteten an, dass dort etwas gehangen hatte. Anita riss das Fenster auf. Regen tröpfelte versöhnlich auf die Straße. Das Pflaster dampfte. Den ganzen Tag über war es heiß und schwül gewesen, ein Sommergewitter hatte für Abkühlung gesorgt.

Die Hand juckte wieder. Das grässliche Ekzem war zurückgekehrt. Es reagierte auf ihr Leben. Der Körper wehrte sich gegen Unzumutbarkeiten, die zur Normalität geworden waren. Wollte sie ein Bad nehmen, musste sie sich gedulden, bis sich die Gelegenheit bei Freunden oder in einer öffentlichen Einrichtung ergab. Wann hatte sie sich zuletzt eine warme Mahlzeit zubereitet? Der Hunger war zur Gewohnheit geworden. Er war nichts als ein Loch im Magen. Sie spürte ihn kaum mehr.

Sie sollte die Kleider aus dem Koffer in den Schrank räumen. Stattdessen ließ sie sich müde auf den einzigen Stuhl fallen. Jetzt erst registrierte sie den Brief.

Bloß nichts zu München. Bloß nichts, was mit dieser unangenehmen und peinlichen Reise zu tun hatte. Ihr Blick fiel auf den Absender, und Anita erinnerte sich, dass sie Friedrich Ahlers-Hestermann ihre neue Adresse mitgeteilt hatte. Die Jury der Hamburgischen Sezession wollte während ihrer Abwesenheit entscheiden, und Anita hatte sie über den bevorstehenden Umzug informiert.

Rasch riss sie den Umschlag auf und überflog die wenigen Zeilen. Zwei der eingesandten Bilder waren für die Ausstellung 1928 akzeptiert worden, doch *Weiße Nussbäume* hatte man abgelehnt. Ausgerechnet das Bild, das Aby Warburg, Carl Heise und viele andere als eines ihrer besten bezeichneten, war rundheraus verworfen worden. Anita lachte schrill. So viel also verstanden die Malerkollegen von Qualität. Gerade von Ahlers-Hestermann hatte

Anita mehr erwartet. Diese Entscheidung war ein Armutszeugnis.

Wenn sie *Weiße Nussbäume* nicht wollten, würde Anita dafür sorgen, dass keines ihrer Bilder ausgestellt wurde. Lieber verzichtete sie. Lieber schickte sie die ganze vermaledeite Sezession zum Teufel, ehe sie darauf verzichtete, *Weiße Nussbäume* zu zeigen.

Sie sprang auf und wühlte in einer der Taschen. Wo war das Schreibpapier? Schließlich schüttete sie den Inhalt aufs Bett. Sie hatte einen wichtigen Brief zu verfassen und keine Zeit zu verlieren. Bündel fielen heraus, lösten sich, Umschläge verteilten sich, Zeitungsausschnitte gerieten durcheinander, Briefe rutschten aus Schleifen, und Abschriften, die sie von Gedichten angefertigt hatte, segelten durchs Zimmer. Da lag ihr Leben nun in Fetzen. Jeder Ordnung beraubt. Wahllos griff sie nach einem Zettel. »Ossip Kalenter«, las sie leise und dann laut:

»Der oft im Walde noch gesungen
Der an die tausend Wanderungen verschwenderisch
gegeben war
Er kehrt sich vor dem öden Reste
und sagt sich:
Schweigen ist das Beste, obwohl das Wort
im Anfang war.«

Teil 6
1928–1932

Die klugen und die törichten Jungfrauen

Das Ekzem hatte das Stadium des Juckens hinter sich gelassen. Es brannte, es pochte, es schmerzte wie ihr Herz. Christian hatte geheiratet. Tinka hieß die Glückliche, eine Frau aus Düsseldorf, gleichaltrig. Die Nachricht war aus Liegnitz gekommen. Christian wollte informieren, Anita nicht antworten. Sie war gezwungen, die Hand ruhig zu halten. Das Malen hatte man ihr ebenso untersagt wie das Schreiben. Man hätte ihr auch gleich das Leben untersagen sollen. Die Haut befand sich im Krieg. Anita war überzeugt, der Widerstand richtete sich gegen die Einsamkeit, gegen Zwangsunterbringungen, grässliche Witwen und alleinstehende Damen, die Freude daran hatten, unverhohlene Abneigung zu zeigen, die Anitas Kommen und Gehen mit Argwohn betrachteten, die sich über nackte Brüste und Aktbilder entrüsteten.

Also war sie erneut umgezogen.

Die Mutter war nach ihrer Rückkehr aus der Schweiz in ihr gewohntes Umfeld gezogen, und Anita hatte ganz in der Nähe eine helle und gemütliche Pension gefunden. Fräulein Pauline Thies mischte sich nicht in fremde Angelegenheiten. Sie stellte ihren Gästen sogar ein Selbstwahltelefon zur Verfügung.

Anita hatte sich in den Salon gesetzt. Der Blick durch die großen Fenster auf die Alte Rabenstraße wirkte einschläfernd. Am Himmel hingen graue Wolken. Blätter segelten von Bäumen. Regen und Sonne folgten einer geheimen Absprache. In gegenseitigem Einvernehmen gaben sie abwechselnd ihren Machtanspruch auf.

Es war den Versuch wert, in einem Telefonat eine leidige Angelegenheit aus der Welt zu schaffen. Briefe musste Anita zur Schonung ihrer Hand diktieren. Das persönliche Aug-in-Aug-Gespräch mit Frau Dr. Essig würde verlangen, dass Anita das Haus verließ, doch sie scheute den weiten Weg. Die neue Mädchenberufsschule an der Uferstraße befand sich auf der Ostseite der Außenalster.

Es dauerte eine Weile, bis die Stimme der Schuldirektorin zu hören war. Anita hatte sich die ersten Worte zurechtgelegt. Es gehe noch einmal um das Wandbild. Das sei ein lang gehegter Traum. Wenn auch nicht nass-in-nass, so würde sie die Farben direkt auf den Putz aufbringen. Fast wie die alten Meister. Der Auftrag des Oberbaudirektors sei eine große Freude. Mit äußerster Sorgfalt habe sie sich sofort an den Entwurf begeben. Das Thema sei ihr von Herr Professor Dr. Schumacher völlig freigestellt worden.

»Die klugen und die törichten Jungfrauen. Das Gleichnis ist so wandelbar und verliert doch nie seine Gültigkeit, meinen Sie nicht auch?«

»Niemand kennt es«, sagte Frau Dr. Essig schroff.

»Das scheint mir ein exzellenter Grund, an das Gleichnis zu erinnern. Schließlich stammt es aus dem Neuen Testament.«

»Warum sind die klugen Jungfrauen schön und die törichten hässlich? Ich halte das Gleichnis ganz und gar nicht für zeitgemäß. Die Schülerinnen werden es lächerlich finden.«

»Das Gleichnis ist lediglich der Ausgangspunkt für meine Idee. Es geht um Frauen. Es geht um schreitende Frauen. Frauen, die etwas bewirken wollen. Welchen Weg sollen sie wählen? Welche Herausforderungen müssen sie meistern? Es geht um Gegensätze, um das Gegenüber von vergeistigten und aufs Äußere bedachten Frauen, um Kummervolle und Beglückte, um Geschmückte, die ihre Zeit vergeuden, und Schmucklose, die ihr geistiges Gut bewahren. Es geht um die Frohen und die Traurigen. Wir befinden uns in einer neuen Zeit. Die jungen Mädchen sollen lernen, sich zu entscheiden, sie sollen selbstbewusst ihren eigenen Weg beschreiten.«

»Die Schülerinnen betreten das Lehrerinnenzimmer nicht. In der Bibliothek wäre das Bild besser aufgehoben.«

»Hätte ich ein Bild für die Bibliothek anfertigen sollen, hätte ich ein anderes Thema gewählt. Es ist doch die Aufgabe der Lehrerinnen, die Schülerinnen aufs Leben vorzubereiten.«

»Der Lehrkörper wünscht kein Wandbild. Er fühlt sich gestört. Eine ruhige Farbe ist für das Konferenzzimmer weitaus besser geeignet. Schließlich muss darin gearbeitet werden. Schließlich muss man darin Erholung finden. Nackte Haut und Brüste lenken nur vom Wesentlichen ab.«

Das war es also. Anita verkniff sich ein hämisches Lachen. Nicht das Gleichnis stellte das Ärgernis dar, die Art der Ausführung störte die Direktorin, die entblößten Busen empörten den prüden Lehrkörper, die Essig und ihr Gefolge sorgten sich um die Jungfräulichkeit der Jungfrauen.

»Ich bin ein entschiedener Feind von Kompromissen«, sagte Anita. »Ich halte an meiner Idee fest, denn sie beschränkt sich auf das Wesentliche.«

Hamburg, Ambourgo, Essigstadt, 17.2.1929. Erste Doppelbusenkarte. Anita hielt ihr Versprechen. Sie schrieb, sie klebte, sie zeichnete. Vermengte Wörter mit Figuren und Formen. Die Flitterwöchner Inge und Hans hatten verlangt, auch in Paris und an der Côte d'Azur über alle Details der Essig-Affäre ins Bild gesetzt zu werden. Anita wäre lieber mit ihnen gereist, statt ihre Tage in der Mädchenschule an der Uferstraße zu verbringen. Den wundervollen Auftrag hatte man ihr gründlich verdorben.

Die Essig zeigte sich nicht. Wenn Anita ihr zufällig auf dem Schulflur begegnete, nickte die Direktorin mit verkniffenem Mund und abweisendem Blick. Die Verliererin konnte ihre Niederlage nicht verwinden. Sie trug ihre säuerliche Miene wie ein zitronengelbes Aushängeschild vor sich her. Der Waffenstillstand war hergestellt, kein zweites Mal würde die Essig gegen die Busenstreitkräfte ins Gefecht ziehen. Sie hatte nicht mit Anitas Freunden gerechnet.

Zunächst war Inges Ehemann, der Vorsitzende des Hamburger Kunstvereins, Hans-Harder Biermann-Ratjen, in einem ausführlichen Schreiben für Anita in die Bresche gesprungen. Wenn eine Künstlerin von solch überragender Bedeutung in monatelanger Arbeit sich so eingehend in ein bestimmtes Thema vertiefe, komme es einem Verrat am eigenen Werk gleich, wenn sie dieses Thema fallen ließe. Nur wirklich schwere Bedenken könnten rechtfertigen, dem Kunstbesitz Hamburgs ein so wertvolles Gemälde zu entziehen.

Daraufhin kehrte Ruhe ein. Scheinbar.

Nach der offiziellen Beauftragung durch die Baubehörde trat im November der komplette Lehrkörper an der Uferstraße in den Widerstand. 34 Lehrerinnen bezeugten per Unterschrift ihre Abneigung gegen jede Art von Wandbild. Busen hin oder her. Sie zogen in den Bilderkrieg. Im Dezember wandte sich Professor Dr. Schumacher zur finalen Beschlussfassung an den Hamburger Senat.

Über Weihnachten starb Anita einen grausamen Grippetod, verschlief die Feiertage und das Marionettentheater bei Agnes Holthusen. Sie war so unsagbar müde. Nicht in der Lage, die Pension zu verlassen. Zu kraftlos, um den Pinsel zu halten.

Am 24. Januar hatte die Essig dem Busentheater ihren Segen erteilt. Wenige Tage später hatten Inge und Hans ihre Hochzeitsreise angetreten und Anita ihre Arbeit an der Uferstraße.

Noch immer glänzte die Nase. Die Augen glühten fiebrig. *Mes chéri-es! Schön Nasenende Parisi – Glühaug, kurz Blähnas!*, schrieb sie nach Paris.

Jeweils drei Jungfrauen durch ein Schaf von zwei anderen getrennt. Links die fünf törichten Jungfrauen mit einem schwarzen Schaf, rechts die fünf klugen mit einem weißen. In der Mitte eine gemalte Pforte, geschlossen mit einem Vorhang. Durch einen Schlitz fiel ein heller Strahl auf die Klugen. Stolz und anmutig, in lange, fließende Röcke gehüllt, schritten sie auf das Licht zu. Anders die Törichten in viel zu kurzen Röcken und gebeugter Haltung. Mühsam verbargen sie ihre Scham mit Armen und Händen. Die resignierte Suleika und die reuevolle Cäcilia waren Anita so viel näher. Ihnen Charakter zu verleihen fiel leicht. Mit Trauer und Unglück kannte sie sich aus, zählte sie sich doch selbst zu den Törichten, trotz allen Erfolgs als Künstlerin. Tatsächlich konnte man zu beiden Gruppen gleichzeitig gehören. In jeder Lebensentscheidung lagen Chancen und Risiken.

Sempre: Anitica chevreuil.

Ende März schrieb Anita, das Reh, die zwölfte Doppelbusenkarte:

Victoria, le dernier cri de mon âme. Le dernier cri des dix vierges. Kommen Sie zu uns!! Nach Hamburg zurück. Grand Hotel de 20 Busi. Die Hoffnung lebt. Le dernier cri du vinaigre.

Sieg! Der letzte Schrei der zehn Jungfrauen. Sie waren vollendet.

Alle ähnelten Bertha.

Der Senator hielt sein Porträt für ein Meisterwerk und beglückwünschte sich selbst. Sein Brief klang übertrieben. Er bedankte sich überschwänglich, fragte, wohin er das Honorar überweisen solle, und bedauerte das Ende der Sitzungen. Er gefiel sich mit seinen eiswasserkalten Augen.

Anita mochte ihn nicht. Sie mochte seine Frau Helene und Elisabeth, Helenes ältere Schwester. Die Frauen hatten den Malkreis ins Leben gerufen und Anita gebeten, die Teilnehmer anzuleiten. Die Zusammenkünfte fanden in einer weiß verputzten klassizistischen Villa an der Elbchaussee statt, ein Anwesen mit weitläufigem Park, mehreren Gebäuden und direktem Blick auf die Elbe.

»Vom Haupthaus kann Vater seine Schiffe sehen, wenn sie mit Waren beladen den Hamburger Hafen anfahren«, hatte Helene augenzwinkernd erklärt.

Der Vater war Gustav Adolph Vorwerk, ein erfolgreicher Hamburger Kaufmann. Er verdiente sein Geld mit Import und Export. Es gab sogar eine Niederlassung in Südamerika, genau genommen in Chile. Anita hatte es nachgeschlagen. Chile lag südlicher als Venezuela, südlicher als das Land, aus dem die Vorfahren ihrer Mutter stammten. Wie es wohl wäre, dort zu leben? Die Vorwerks schien es in die Gegend zu ziehen, aus der Anitas Mutter kam. Ein merkwürdiger Gedanke. Südamerika war wie ein Band, eine Gemeinsamkeit. Allerdings hatte das Vermögen der Vorwerks Krieg und Teuerung überstanden, während Anita jeden Malunterricht geben und jeden Porträtauftrag annehmen musste, weil sie auf das Honorar angewiesen war.

Auf den Senator hätte sie trotzdem gerne verzichtet.

Sie betrachtete seinen Brief, das bebende Blatt Papier. Es war ihre Hand, die zitterte. All dieses Kribbeln unter der Haut. Einerseits fror sie fürchterlich. Andererseits schien das Blut in ihren Adern zu brodeln. Vermutlich war es schlicht die Erschöpfung. Die war ein Krake. Umschlang sie mit unzähligen Armen. Saugte sie aus. Dabei war alles Saugen sinnlos. Alles war bereits aus ihr herausgesogen. Sogar die Traurigkeit.

Froh war sie über das Ende der Senatorsitzungen. Sie waren beklemmend gewesen. Der Mann deprimierte sie. Sie mochte seine harschen Gesichtszüge nicht. Er sah sich als erfolgreichen Politiker. Anita sah nur den Bürokraten, einen verkrampften, leblosen Mann, dem es an innerer Wärme fehlte.

Sie malte nicht, was sie sah, sondern was sie fühlte. Die Porträtierten gerieten gelegentlich älter oder unvorteilhaft. Kunst urteilte. Die Porträtierten mussten sich diesem

Urteil unterwerfen. Der lieben Magda Pauli fiel es besonders schwer. Weder mit dem eigenen noch mit dem von ihrem Mann konnte sie sich anfreunden. Es war gefährlich, Menschen zu porträtieren, die man schätzte. Immer bestand das Risiko, sie zu verletzen.

Dass Anita sich selbst verletzte, schien dagegen unumgänglich. Manche Menschen waren so unerträglich, dass Anita froh war, auch ihr Porträt los zu sein. Zu viel hatte sie in den vergangenen Monaten gemalt, zu viele Widerstände aus dem Weg geräumt. Untauglich war sie: für die Menschen, für die Kunst, für das Leben.

Wenn sie sich doch dieses Lebens entledigen könnte! Wenn sich nicht bald etwas änderte, würde es ein schlimmes Ende nehmen.

Erneut traf die Änderung per Brief ein. Es war der letzte Septembertag, bald würde der Herbst einsetzen. Anita stand am Fenster ihres Pensionszimmers. Das Wochenende war ungewöhnlich warm und sonnig gewesen, mit dem Montag begann der Regen. Gegen den Trübsinn der dunklen und kalten Zeit würde keine Arznei helfen, gewöhnlich jedoch gute Nachrichten. Und das war das Merkwürdige: Sie konnte sich nicht freuen. Nicht einmal über eine Zusage. Zu tief empfundener Freude schien sie nicht mehr fähig zu sein. Der Verstand sagte, dass es sich um eine ausgezeichnete Nachricht handele, dass die Reise nach Paris ihr guttun werde, eine willkommene Abwechslung.

Das Herz äußerte sich nicht.

Der Verstand erklärte, es handele sich um ein Stipendium, der dreimonatige Aufenthalt ermögliche ihr Museumsbesuche und Treffen mit Künstlerinnen und Freundinnen. Etwa könne sie Marie Laurencin besuchen, mit ihr durch Montparnasse flanieren und in Erinnerungen schwelgen.

Marie hatte im Juni ihre Wohnung in der Rue Savorgnan-de-Brazza bezogen. Gekauft von eigenem Geld. Mit Blick auf den Eiffelturm. Wenn er des Nachts angestrahlt werde, verwandle sich das ganze Viertel in einen riesigen Ballsaal. *Du bist herzlich eingeladen*, hatte Marie geschrieben. *Allein komme es immer schlimmer.* Ihrem Brief hatte ein Gedicht mit Widmung beigelegen. *Für Anita, Schmerzstillendes Mittel, geschrieben 1916, während des Krieges in meinem selbst gewählten Exil in Barcelona*:

Mehr als verstimmt
Traurig
Mehr als traurig
Verzweifelt
Mehr als verzweifelt
Schmerzerfüllt
Mehr als schmerzerfüllt
Verlassen
Mehr als verlassen
Allein auf der Welt
Mehr als allein auf der Welt
Verbannt
Mehr als verbannt
Tot
Mehr als tot
Vergessen.

Anita mochte verlassen sein, aber nicht allein auf der Welt. Marie lud sie ein. Eine Reise nach Paris im Herbst. Weihnachten in Frankreich. Mit der Freundin unter dem

Eiffelturm. Der Verstand vermittelte die Aussicht auf starke Gefühle. Es war stets richtig, auf den Verstand zu hören.

Anita setzte ein Antwortschreiben auf.

Sie werde die Studienreise am 1. November antreten.

Die Vision des heiligen Antonius zu Padua

Das *Hamburger Fremdenblatt* hatte mit einem ganzseitigen Artikel über heftige Kurseinbrüche an der New Yorker Börse aufgemacht. Finanznachrichten auf der ersten Seite sorgten für Aufmerksamkeit. Anitas Gedanken schweiften gleich zu den Warburg-Brüdern, weil sie Teilhaber eines Bankinstituts an der Wall Street waren, die diese Entwicklung wohl besonders betraf. Eine Panik sei ausgebrochen. Donnerstag, der 24. Oktober 1929, müsse als der schwärzeste Tag der amerikanischen Geschichte bezeichnet werden. Ob es die Konjunktur der USA nachhaltig beeinträchtige, könne man noch nicht vorhersehen. Der Verfasser spekulierte über die Auswirkungen auf Europa. Ob europäische Spekulanten ihr Kapital weiterhin in den Vereinigten Staaten investierten? Ob die USA ihre großzügigen Kredite für Europa zurückzögen? Anita las den Artikel ein zweites Mal, grübelnd und mit einem merkwürdigen Unwohlsein, das sie nicht erklären konnte.

Sie hatte überhaupt keine Lust zu malen. Bloß nichts Neues anfangen. Warum auch? Nächstes Wochenende würde sie bereits im Café du Dôme Absinth trinken oder im Louvre Skizzen anfertigen. So ohne Arbeit fühlte sich dieser Sonntag an wie früher, als der Vater noch lebte, als sie alle am Alsterkamp wohnten und gemeinsame Stunden im Salon verbrachten, lesend oder musizierend. Jetzt bestand ihre Familie aus den Gästen der Pension Thies. Im Kamin knisterten Glutreste eines Feuers. Eine gutmütige ältere Dame, etwas jünger als die Mutter, zählte die Maschen auf ihrer Stricknadel.

Es wurde geraucht. Es war Tee gereicht worden.

Das Telefon klingelte.

Rosa sprang flink auf. Es wirkte, als wollte sie anderen zuvorkommen. Sicher erwartete sie ein wichtiges Gespräch. Vor wenigen Tagen war die junge Frau in die Pension gezogen. Sie schien jede und jeden bezaubern zu wollen. Im Gesicht stets etwas Schelmisches, Neckendes. Wegen der schwarzen Haare tippte Anita auf eine spanische Herkunft. Jetzt huschte eine Welle von Enttäuschung durch Rosas Gesicht, gefolgt von einem schiefen Lächeln. Sie sah aufmunternd herüber, den Hörer am ausgestreckten Arm. Erst jetzt begriff Anita, dass der Anruf für sie war.

Schon nach wenigen Worten brach Marys Stimme. Unter Tränen berichtete die Freundin vom vergangenen Abend. Nur mühsam konnte Anita folgen. Fräulein Bing, Abys treue Mitarbeiterin, sei zum Abendessen geblieben. Danach hätten beide noch ein Gespräch führen wollen. Sie, Mary, sei hinauf ins Atelier gegangen, als sie plötzlich seinen Ruf gehört habe. Laut und deutlich. Mary! Sie sei die Treppe hinuntergestürzt und auf halber Strecke in Fräulein Bing hineingerannt, die nun ihrerseits behauptete, sie habe Mary nach Aby rufen hören.

»Ist das nicht merkwürdig?«, fragte Mary.

»Warum weinst du?«, fragte Anita.

»Er ist tot.«

Anita erstickte ihren Aufschrei. »Nein, Mary, liebe Mary, oh nein!« Tränen schossen in die Augen, doch Anita blinzelte sie weg. Die Blicke der Pensionsgäste brannten. »Hat er es gestern Abend schon gewusst?«, flüsterte sie.

»Was?«

Wie unglücklich musste Mary sein. Welch ein furchtbarer Verlust für die Welt. Der Tod des Freundes schmerzte Anita fürchterlich. Die Politik hatte ihn erst den Verstand und jetzt das Leben gekostet. Mary schien keine Ahnung von den jüngsten Ereignissen in New York zu haben, aber Aby musste es gewusst haben. Wenn er die Nachricht nicht bereits vor seinem Tod erhalten hatte, so mochte er die Entwicklung zumindest vorausgesehen haben. Er stand stets in Kontakt mit seinen Brüdern. Wie er 1914 den Krieg hatte kommen sehen, so könnte er auch diesen Börsenkrach geahnt haben. Der musste Bedeutung haben. Der wundervolle, sensible Aby, irgendetwas musste ihn zu Tode erschreckt haben.

Und was bedeutete das für sie selbst? Würde die Teuerung wieder einsetzen? Würde sie wieder ihre Ersparnisse verlieren? Das Geld aus dem Verkauf des Elternhauses, die mit Mühe geschafften Rücklagen aus den Auftragsarbeiten, den Bildverkäufen, den Malkursen. Ihr Notgroschen. Tränen, die nicht flossen, verursachten innere Wunden. Anita schluckte gegen die Angst, gegen den Schmerz im Hals an.

Paris war vom Tisch. Was sollte sie jetzt in Paris? Deutschland zu verlassen war sicher eine gute Idee. Aber drei Monate würden kaum reichen, um eine erneute Teuerung auszusitzen.

Eine Hand berührte Anitas Arm. Jetzt erst bemerkte sie das Tuten im Ohr. Mary hatte einfach aufgelegt.

Behutsam nahm Rosa Anita den Hörer aus der Hand. »Komm«, sagte sie, »komm.«

»Ausgerechnet Liebermann«, sagte Anita.

»Hör auf, daran zu denken«, bat Rosa.

»Liebermann war es, der mich als junges Mädchen ermutigt hat zu malen. Und jetzt bricht er mir das Genick. Abgelehnt wegen geringer künstlerischer Bedeutung.«

»Pah«, sagte Rosa. »Wer auch immer dieser Liebermann ist, er hat nicht die geringste Ahnung.«

Anita hatte sich für einen Studienaufenthalt an der deutschen Akademie in Rom beworben. Was war besser, als nach Italien zu gehen? Das Leben kostete weniger, es versprach mehr Glück. Nie war sie zufriedener gewesen als in Positano. Haushalten konnte sie besser dort als hier. Nach den Ereignissen in New York sprach jeder über Sparmaßnahmen, darüber, nicht notwendige Käufe zu verschieben. Wer würde dann noch Bilder kaufen? Erneut würde sie von ihren Rücklagen leben müssen.

Vielleicht erwiesen sich alle Befürchtungen als übertrieben oder unbegründet, aber nach Italien zurückzukehren konnte nicht falsch sein. Schon gar nicht mit einem Stipendium. Sie hatte in Positano noch Bilder zu holen. Doch der schöne Plan zerschlug sich nun. Wegen Liebermanns Engstirnigkeit, seiner Ignoranz. Was scherte den großen Liebermann eine kleine Hamburger Malerin?

»Wie komme ich jetzt nach Italien?«

Rosa verschloss ihr den Mund mit der flachen Hand. »Sei still und schließ die Augen. Du bleibst brav bei mir. Ich verwöhne dich. Du brauchst dringend Liebe.«

Anita lag auf dem Rücken. Rosas Gesicht dicht über ihrem.

»Ich werde viele Spuren hinterlassen, damit keine andere dich mehr will.« Rosa klimperte mit den Lidern. Sie verteilte Luftküsse. Nie verließ sie ihr Zimmer, ohne vorher knallroten Lippenstift aufzutragen. »Ich küsse dich, und später malst du mich.«

Schon spürte Anita Rosas Lippen und eine fordernde Zunge im Mund. Rosa schlang den nackten Schenkel um ihren. Sie schmiegte sich an ihren Körper. Wo Haut Haut berührte, knisterte es, als würde sich elektrische Spannung entladen.

Anita drehte sich auf die Seite und zog Rosa an sich. »Alles an dir ist weich und rund«, flüsterte Anita. »Deine Brüste sind wie reife Früchte. Du bist mein Jesuskind.«

»Ich will kein Jesuskind sein.«

»Die Vision des heiligen Antonius von Padua, kennst du sie?«

»Ich kenne nur die Vision der heiligen Rosa von Hamburg.«

Anita lachte auf. Sie nahm Rosas hübsches Gesicht zwischen die Hände und küsste ihren roten Mund.

»Der Legende nach hat sich Antonius eine Zelle unter einem Nussbaum bauen lassen. Hier betete und meditierte er. Dann hatte er eine Vision: Das Jesuskind lag in seinen Armen. Niemand durfte es wissen.«

»Darf niemand von mir wissen?«

Anita schloss die Augen. »Wir landen beide im Kittchen.«

»Hauptsache, wir sind zusammen.«

»Meine Mutter hat es schon früh vorausgesehen.«

»Was?«

»Dass ich verkümmere, bitter werde, meine Weiblichkeit verliere und perverse Neigungen entwickle.«

»Perverse Neigungen, was soll das sein?«

»Dass ich dich liebe. Frauen, die es ihren männlichen Künstlerkollegen gleichtun wollen, passiert so was.«

»Ich bin aber keine Künstlerin, und du bist mir trotzdem passiert.« Rosa grinste. »Du darfst nicht alles glauben, was man dir erzählt. Du bist eine Malerin. Glaube nur, was du fühlst.«

Anita drehte Rosa auf den Rücken, bettete ihren Kopf auf Rosas Brust. »Immer habe mich nach einer Familie gesehnt, besonders nach Kindern. Ich kämme ihr Haar. Den Mädchen binde ich bunte Bänder in die Zöpfe. Ich singe für sie, lese ihnen vor. Ich male sie.«

Schweigend streichelte Rosa über ihren Kopf.

»Meine Mutter hat mich nie gekämmt«, flüsterte Anita.

»Dein Haar hat einen solch wundervollen Glanz.«

»Wir müssen damit aufhören.« Anita setzte sich mit einem Ruck auf.

Zärtlich berührte Rosa Anitas Rücken. Ihre Hand strich die Wirbelsäule hinauf. Ein Schaudern fuhr durch Anitas Körper. Rosa kicherte. »Du musst dringend mehr essen. Du bist nur Haut und Knochen. Dann hören auch die lästigen Visionen auf.«

Umständlich schälte sich Fridjof aus ihrer Bluse, verdrehte sich den Arm dabei. Wider Willen musste Anita lachen. Ihre Augen schmerzten von den Tränen der vergangenen Tage. Der Kopf pochte vom stundenlangen Weinen. Sie fühlte sich furchtbar hässlich. Die Nase war geschwollen, die Augen rot unterlaufen. Fridjof war gleich gekommen, nachdem Anita ihr von Reinharts Tod geschrieben hatte. Der geliebte Neffe. Tot.

»Soll ich dir helfen?« Anita sorgte sich, der Freundin zu viel abverlangt zu haben. Die sonst so umsichtige und lebenskluge Fridjof wirkte in dieser Situation hilflos. Ihre Haut dünn und zerbrechlich wie feinstes chinesisches Porzellan.

»Ich mache das wirklich nur, um dich aufzumuntern«, sagte Fridjof.

»Ich weiß. Dass ich dich nackt malen darf, ist eine große Freude.«

Anita nahm die Bluse entgegen und hängte sie sorgfältig über einen Stuhl. Fridjof entledigte sich des Büstenhalters, behielt jedoch das Mieder an. Sie setzte sich auf den bereitgestellten Hocker und verschränkte die Arme vor den Brüsten. Verschreckt sah sie herüber.

»Nur ich bin es, die dich sieht, und ich liebe dich genau so, wie du bist. Dein krauses blondes Engelshaar, dein liebliches Gesicht.«

Fridjof schüttelte den Kopf. »Du übertreibst maßlos. Drei Schwangerschaften bleiben nicht ohne Spuren. Mein unwiderstehliches Hüftgold darf auf keinen Fall aufs Bild.« Sie wies auf ihr Mieder.

Anita lächelte. »Mein geliebter Fridjof, mein Friedensfürst, meine Frieda. Immer wenn du bei mir bist, finde ich Ruhe. Du richtest nicht. Du tröstest mich allein durch deine Nähe. Wenn du wüsstest, wie unendlich traurig ich bin. Mir ist, als hätte ich selbst ein Kind verloren.«

»Reinhart war für dich wie ein Sohn. Du hast jedes Recht, um ihn zu trauern.«

»Ein Sohn des Herzens, ja. Mit 16 Jahren durch eine Hirnhautentzündung, durch tückische Gewalt aus dem Leben gerissen. Wie grausam. Wie sinnlos. Ich habe nicht mal mehr Tränen, um weinen zu können. Ich brauche einen glänzenden, geheimnisvollen südlichen Himmel. Ich muss heraus aus dieser Enge.«

»Was ist mit Positano? Warum fährst du nicht wieder hin?«

Anita zuckte mit den Schultern. »Nie wieder werde ich

Italien sehen, aber dich werde ich vor einem roten Sternenhimmel malen. So rot wie auf einem der Altarbilder von Meister Francke. Hast du sie in der Kunsthalle gesehen?«

Fridjof schüttelte den Kopf.

»Bevor ich sterbe, möchte ich noch ein Wandbild malen, am liebsten ein Altarbild. Je trauriger ich bin, desto mehr beschäftigen mich biblische Themen.«

»Du hast noch Zeit für viele Wandbilder.«

»Glaubst du? Diese Homo insipiens machen mir Angst. Es gibt immer mehr von ihnen, töricht, uneinsichtig, unverbesserlich. Was ich auf keinen Fall will, ist eine neue Essig-Affäre. Dafür fehlt mir die Kraft.«

»In Langenhorn gibt es eine neue Kirche, Sankt Ansgar. Dort ist ein Altar zu gestalten. Erkundige dich danach.«

»Und du bist dir sicher, dass der Pastor nicht Essig heißt?«, fragte Anita.

Fridjof sprang auf und lief halb nackt und auf Zehenspitzen zu ihrer Handtasche. Ihre Brüste hüpften über dem Rand ihres Mieders wie Äpfelchen keck auf und ab.

»Schau mal, mein Gatte hat aus deiner Quatschsprache ein Gedicht gemacht.« Fridjof stellte sich neben Anita und reichte ihr ein Blatt Papier.

Anita hielt sie am Handgelenk fest. Sie las Ernsts Gedicht:

Als Gott der Herr in Babel
Die Sprachen hat verwirrt
Vergaß er noch den Schnabel
Von einem Assenwirt.

»Assenwirt. Habe ich das gesagt? Wen habe ich damit gemeint?«

Fridjof zuckte mit den Schultern »Vermutlich eines deiner Quatschwörter.« Sie küsste Anita zärtlich den Nacken. »Können wir jetzt aufhören mit der Kunst?«

Der Gärtner schien auf der Wiese zu tanzen. Seine Bewegungen folgten einem einstudierten Ablauf. Mit jedem Schwung der Sense verlagerte sich das Körpergewicht von einem Bein auf das andere. Es war der erste sonnige und warme Tag seit mindestens einer Woche. Auf dem Kiesweg hatten sich große Pfützen gebildet, die es nun aufmerksam zu umlaufen galt. Carl Vorwerk schien das nicht zu kümmern. Mühelos schritt er mit großen Schritten über Hindernisse hinweg, hielt sich kerzengerade. Wie stets wirkte er angespannt. Seine strenge Frisur, das sorgfältig nach hinten gekämmte Haar, mochte diesen Eindruck verstärken.

Sie ähnelten sich. Das Lachen fiel ihnen beiden schwer. Anita schaute ihn verstohlen von der Seite an. Naturgemäß betrachtete sie ihn seit Tagen, seit Beginn der Vorarbeiten für das Porträt. Sie fertigte Studie um Studie. Über der Nasenwurzel entdeckte sie den Ansatz einer Denkerfalte. Der Mund schmal, unnachgiebig, verschlossen.

Der Spaziergang war seine Idee gewesen. »Kommen Sie, der Park ist herrlich.« Er hatte sie – und das empfand Anita als ungewöhnlich – richtiggehend gedrängt, die Sitzungen seien anstrengend genug, das Wetter herrlich und frische Luft lebensnotwendig. Jetzt steuerte er direkt auf den verwaisten Spielplatz zu. Ein dickes Tau, das von einem Ast der großen Linde herunterhing, drehte sich im Wind, der von der Elbe heraufwehte. Längst kletterte hier niemand mehr. An Ringen, Reck und Barren hatte schon lange keiner geturnt. Die Enkelkinder der Vorwerks waren dem

Schaukelalter entwachsen, sie arbeiteten, erzogen Kinder oder bereicherten den Malkreis von Helene und Elisabeth, der noch immer regelmäßig im Haupthaus stattfand.

»Möchten Sie schaukeln?«

Anita schüttelte heftig den Kopf.

»Dann haben Sie sicher nichts dagegen, wenn ich es versuche?«

Er wartete ihre Antwort nicht ab, setze sich auf das hölzerne Brett, stieß sich energisch vom Boden ab und beschleunigte mit kraftvollen Beinbewegungen. Dann ließ er die Schaukel pendeln. Es dauerte, bis sie zum Stillstand kam. Kurz vorher sprang Carl ab.

»Wir hatten eine herrliche Kindheit. Ich war elf, als wir 1886 hierher an die Elbchaussee gezogen sind. Als Erstes hat Vater den Garten umgestaltet. Zehn Jahre später gab er den Auftrag, das Haus nach hinten zu erweitern, um Platz für die vielen Enkelkinder zu schaffen, die kommen sollten. Es wurden dann zwölf.«

»Ich mag Kinder gerne«, sagte Anita. »Aber scheinbar darf eine Frau nur eines haben: einen Beruf oder eine Familie.«

Carl schaute sie prüfend an, aber schwieg dazu. Anita wusste, dass er unverheiratet war. Noch eine Gemeinsamkeit.

Es fühlte sich gut an, neben ihm herzulaufen. Es gab Männer, deren Stimme oder Art zu reden Anita nicht ertrug. Carl Vorwerk gehörte nicht zu ihnen. Und selbst das Schweigen störte nicht, das er nun brach.

»Ich kenne Ihren Cousin, Carl Melchior. Wir waren gemeinsam in Paris, Sie wissen schon, wegen der Verhandlung in Versailles.«

Anita lächelte.

Das Haupthaus lag auf einer Anhöhe. Eine lange Flur verband es mit der Elbe. Die Grünfläche schien direkt im Wasser zu münden. Carl verließ den Kiesweg, und Anita folgte ihm. Der Rasen war feucht. Anita spürte, wie Nässe in ihre Schuhe zog. Carl steuerte geradewegs auf die Elbe zu.

»Wenn jemand nach Chile reist, verabschieden wir ihn nicht im Hamburger Hafen. Wir warten hier, bis das Schiff vorüberfährt, und winken mit großen weißen Tüchern. Schließlich dauert es bis zur Rückkehr Jahre, mindestens zwei«, sagte Carl.

»Also kehren Sie 1932 zurück?«, fragte Anita.

Carl schüttelte den Kopf. »Höchstens auf einen Besuch. Ich habe mich aus der Geschäftsführung zurückgezogen.«

Anita erschrak. Das hatte sie nicht gewusst. Er war doch erst Mitte 50. »Aber warum? Sie sind doch viel zu jung für den Ruhestand.«

»Die Geschäfte laufen schlecht. Die goldenen Zeiten sind endgültig vorbei. Um ehrlich zu sein, hat sich die Firma seit dem Krieg nicht wirklich erholen können. Das Salpetergeschäft in Chile ist komplett zusammengebrochen. Die Streiks und die sozialen Unruhen machen es nicht einfacher. Hier spüren wir deutlich die Auswirkungen der Kurseinbrüche an der Wall Street. Wissen Sie, die Lage in Deutschland ist aussichtlos. Die USA ziehen ihre Kredite zurück, ohne Zweifel werden das die meisten Firmen nicht überstehen. Ich möchten Ihnen keine Angst machen, aber ich fürchte, es wird zu Insolvenzen kommen, zu Massenarbeitslosigkeit, zu Hunger und Armut.« Er war stehen geblieben, nahm unvermittelt Anitas Hände in seine. Er suchte ihren Blick. »Und dann dieser Hitler. Sie haben es ja mitbekommen, die NSDAP ist bei den Reichstagswahlen am vergangenen Sonntag zweitstärkste Kraft geworden. Ich habe Hitler 1926 im Nationalklub im Hotel Atlantic reden hören. Ich habe sogar die Begrüßungsworte gesprochen. Er ist der geborene Redner. Er weiß sich auf sein Publikum einzustellen. Er gibt sich als rationaler und konservativer Staatsmann, und alle fallen auf ihn herein. Ich traue ihm nicht.«

Anitas Oberschenkel zitterten, als würde sie frieren. Aber sie fror nicht. Ihr Herz raste. Ihre Hände noch immer in seinen.

»Sie sind Jüdin wie Ihr Cousin Melchior, nicht wahr?«

»Ich bin protestantisch getauft.«

»Das spielt keine Rolle. Passen Sie gut auf sich auf.« Eindringlich sah er sie an. Dann ließ er sie los, wandte sich ab und starrte auf die Elbe. »Ich will in diesem Land nicht mehr leben. Ich werde am 22. November von Boulogne-sur-Mer mit der *Cap Arcona* nach Buenos Aires reisen. Dann bin ich weg, bevor Hitler im Dezember erneut im Nationalklub spricht.«

Anita hatte einen Kloß im Hals. Sie rang nach Worten. »Es muss schön sein in Valparaíso.«

»Es ist, wie der Name verspricht, ein Paradies. Wir haben ein Haus auf dem Cerro Alegre mit Blick auf den Pazifik.«

»Der fröhliche Hügel«, übersetzte Anita. »Zwei Häuser auf einem Hügel. Eines hier in Hamburg, das andere in Chile.«

Carl zog die Augenbrauen hoch. Er lächelte schief. »Vielleicht kommen Sie mich einmal besuchen?«

Das lange schlohweiße Haar rahmte den Kopf. Man hatte ihr die Augen geschlossen. So schien es, als würde sie schlafen. Das Gesicht blass und hager, gezeichnet von der langen Krankheit. Trotzdem war die einstige Härte verschwunden. Die Mutter wirkte friedvoll und gütig.

»Denk dir, ich werde das Altarbild für Sankt Ansgar malen. Sie haben meine Entwürfe unter allen Bewerbern ausgewählt«, flüsterte Anita.

Gehüllt in ein blütenweißes Nachthemd. Mutter war liebevoll gebettet. Anita hatte um etwas Zeit gebeten, darum, sie malen zu dürfen.

»Ich sehe dir so ähnlich.«

Sorgfältig modellierte sie das ausgeprägte Kinn, die dünne, spitze Nase, die kräftigen Augenbrauen, die zarten, seltsam geformten Ohren.

»Du hast auch nie in Hamburg bleiben wollen. Wärst du nach Venezuela zurückgegangenen, wenn du frei gewesen wärst?«

Sie erstickte ein Schluchzen.

»Immer hast du gefroren. Südamerika, kannst du dir das vorstellen? Warst du eigentlich jemals in Chile?«

Die Alterstuberkulose wirkte wie ein schleichendes Gift. Sie hatte Mutter das Leben aus dem Körper gesaugt.

»Wo bist du jetzt?«

Anita hatte ein Gedicht von Gottfried Benn mitgebracht. In Majuskeln schrieb sie es auf die Vorderseite des Blattes:

Was dann nach jener Stunde
sein wird, wenn dies geschah,
weiß niemand, keine Kunde
kam je von da,
von den erstickten Schlünden,
von dem gebrochnen Licht,
wird es sich neu entzünden?
Ich meine nicht.

Nie hatte sich Anita der Mutter nahe gefühlt. Stets waren sie sich fremd geblieben, und nun sah sie Gemeinsamkeiten und empfand Nähe und Liebe, wo sonst Ärger herrschte.

Doch sehe ich ein Zeichen:
über das Schattenland
aus Fernen, aus Reichen
eine große, schöne Hand,
die wird mich nicht berühren,
das läßt der Raum nicht zu:
doch werde ich sie spüren
und das bist du.

Erst Reinhart, nun die Mutter. Jetzt war sie verlassen, völlig allein auf dieser Welt.

Was würde als Nächstes kommen?

Was hatte dieses 1930 noch in petto?

Dieser Schmerz, dieser wühlende, nicht zu lindernde Schmerz, wurde größer von Tag zu Tag und sie hatte ihm nichts entgegenzusetzen.

Familienglück war das Letzte, das sie ertragen konnte. Sie hatte Einladungen von Freundinnen ausgeschlagen, Warnungen, den Heiligen Abend nicht einsam zu verbringen, ignoriert. Sie war das Alleinsein gewöhnt. Das Teewasser kochte. Sie goss es in die Kanne und zündete drei Kerzen an. Eine für Mutter, eine für Vater und eine für Reinhart. Anita setzte sich in den Sessel am Fenster, zog die Füße hoch und hüllte sich in eine Decke. Sie blickte auf die menschenleere Straße. In der Nacht würde es sicherlich frieren. Eben noch hatte es geregnet, was bedeutete, dass es rutschig werden könnte. Noch ein Grund, zu Hause zu bleiben.

Sie schenkte sich Tee ein und hielt die warme Tasse in beiden Händen.

Zwischen Briefen mit Weihnachtsgrüßen lag auch ein Schreiben vom *Hamburger Tageblatt*. Auf dem Umschlag stand lediglich ihr Name, die Adresse fehlte. Wenn es nicht mit der Post gekommen war, wer hatte es gebracht? Mit Grummeln in der Magengegend öffnete sie den Umschlag.

Anita entfaltete ein Blatt und stellte fest, dass es sich nicht um eine Nachricht für sie handelte, sondern über sie. Es war auch kein Original, sondern die Kopie eines Schreibens der Zeitung an die Hamburger evangelische Kirche, eines mit Sprengkraft, eines, dass ihr deutlich machte, wie allein sie war, wie dringend sie des Schutzes bedurfte.

Zur Behandlung in der Hamburger nationalsozialistischen Presse wird uns mitgeteilt, dass der Altar der neuen evangelischen Kirche in Langenhorn-Nord durch die Jüdin Anita Rée ausgeführt wird. Als Nationalsozialisten können wir nicht verstehen, wie die Ausschmückung einer evangelischen Kirche an eine Jüdin vergeben werden kann. Bevor wir diese Angelegenheit in der Presse behandeln, bitten wir um Mitteilung, ob es den Tatsachen entspricht, dass die Arbeit durch die genannte Künstlerin ausgeführt werden soll bzw. ob dieselbe Jüdin oder getaufte Jüdin ist.

Anita hörte ihr Herz dumpf schlagen. Sie schaute in die Dunkelheit, lediglich die Straßenlaterne warf ihr schwaches Licht auf den Bürgersteig. Unter einem Baum glaubte Anita die Silhouette eines Mannes zu erkennen. Ohne zu überlegen, sprang sie aus dem Sessel, löschte die Leselampe und pustete die Kerzen aus. In ihrem Zimmer war es jetzt stockdunkel. Sie wartete mit dem Rücken an der Wand. Jemand, der von draußen durchs Fenster hereinschauen würde, konnte sie nicht sehen. Sie spürte, wie die Angst ihren Körper lähmte. Sie zitterte.

Nach einer Weile schalt sie sich albern. Nach einer weiteren Weile überlegte sie, ob nicht die Fantasie ihr einen Streich gespielt hatte. Selbst wenn jemand unter dem Baum gestanden hatte, musste er es nicht ihretwegen getan haben. Sie knipste das Licht an und schaute nach draußen. Der Platz unter dem Baum war leer.

Trotzdem: Die Nationalsozialisten verfolgten ihre Aktivitäten. Das Erdgeschosszimmer barg Gefahren. Die Pension Thies bot keine Sicherheit. Anita musste sich eine neue Bleibe suchen.

Selbstbildnis

Im Turmzimmer ihrer neuen Wohnung fühlte sich Anita wie in einer Kapelle. Von mehreren Seiten fiel Licht in den Erkerraum. Staub funkelte darin wie Sternchen. Anita setzte sich auf eine Kiste. Mit geschlossenen Augen spürte man Sonnenwärme intensiver. Mit geschlossenen Augen erhielt die Müdigkeit Freiheit. Jeder Muskel beklagte sich. Beim Einatmen schöpfte man Kraft, die sich beim Ausatmen im Körper verteilte und den entferntesten Winkel erreichte. Anita hielt ihre Hand in die Sonne. Jetzt blinzelte sie.

55 Hände: Handwurzelknochen, Handflächen, kleine Finger, Ringfinger, Mittelfinger, Zeigefinger und Daumen, Fingerknochen und Nägel.

Das anzufertigende Triptychon für Sankt Ansgar bestand aus fünf Tafeln mit insgesamt 55 Händen. Keine durfte der anderen völlig gleichen. Sie sollten den Charakter der dargestellten Personen widerspiegeln, und doch durften sie sich nicht so stark voneinander unterscheiden, dass die Harmonie der Szenen gestört wurde. Es waren fordernde Hände, greifende, gewalttätige, fragende, gefaltete, bittende, resignierende, ruhende. Wie viele Stimmungen die Hand doch kannte. Wozu Worte benutzen, wenn die Hand bereits zu sprechen verstand.

Die Kirchengemeinde hatte im Januar auf das widerwärtige Schreiben des nationalsozialistisch gesinnten *Hamburger Tageblatts* reagiert. Natürlich habe man vorher die Religionszugehörigkeit der Künstlerin geprüft. Da diese protestantisch getauft sei, habe es keinerlei Bedenken gegen eine Auftragsvergabe gegeben.

Was, wenn sie nun tatsächlich jüdischen Glaubens wäre? Was, wenn dieser Hitler weiter an Einfluss gewänne? An der hohen Wahrscheinlichkeit dieser Entwicklung hatte Carl Vorwerk noch im November keinen Zweifel gelassen. Würde sie unter solchen Umständen überhaupt noch öffentliche Aufträge erwarten können?

Erneut hatte sie Entwürfe einreichen müssen. Nichts anderes war ihr übrig geblieben, als der Besprechung des Kirchenrats im Februar beizuwohnen. Zehn Männer gegen eine Frau. Sie hatte sich an einen entfernten Ort gewünscht, ins Paradies, nach Valparaíso, auf jeden Fall weit fort. Mängel waren aufgezählt worden: Die linke Hand von Johannes störe. Die Jünger fingen den Blick von Jesus nicht ein. Wein und Brot wirkten hölzern. Jesus schaue aus wie ein Hungerleider. Er solle den Mund schließen. Er solle die Augen öffnen. Das Ausgehungerte repräsentiere den

Passionscharakter. Der Mund müsse offen bleiben. Auf jeden Fall müsse alles Jüdische verschwinden.

Erst ein bartloser Jesus und das Versprechen, genannte Mängel zu beseitigen, hatten letztlich zur endgültigen Auftragserteilung geführt.

Seitdem malte sie Hände.

20 davon auf die Außenseiten des Triptychons. Hände, die man nur sah, wenn sich die beiden Flügel im geschlossenen Zustand befanden. Fünf kniende Jungfrauen links, die Seligen, vom glücklichen Lächeln gleichgeschaltet. Rechts die fünf Törichten, keusch gekleidet, allesamt verdammt. Ihr Leid kannte viele Gesichter. Zehn junge Frauen, deren Schicksal neugierig machte. Mehr noch! Den Betrachter verlangte es danach, das Triptychon zu öffnen.

Die mittlere Tafel zeigte jene Szene, die Leonardo da Vinci berühmt gemacht hatte: *Das letzte Abendmahl*. Auf dem linken Flügel zog Jesus in Jerusalem ein. Ein enthusiastischer Empfang. Auf dem rechten Flügel erhielt Jesus den Judaskuss durch einen finsteren Gesellen. Dreimal Gottes Sohn mit Heiligenschein. Anita hatte nicht überlegen müssen, nicht gezögert. Das Modell für ihren Jesus war kein anderer als Christian. Falls er jemals Sankt Ansgar besuchen würde, würde er sich selbst begegnen. Diesen Augenblick hatte Anita im Bild vorweggenommen. So schien es ihr zuweilen. Das Erschrecken der Jünger besaß eindeutig Dramatik. Christian war Jesus, doch das blieb genauso Anitas Geheimnis wie die Identität einiger Jünger. Wenn die, die sich gegen sie verschworen hatten, wüssten, dass sie einer jüdischen Künstlerin als Vorlage gedient hatten ... Der Kunstmaler Hitler als Petrus und Gauleiter Goebbels als Bartholomäus. Sie selbst würden sich kaum erkennen. Sie durften sich nicht erkennen. Es reichte Anita als Rache, dass sie selbst die Brandstifter erkannte.

Anita lehnte am Fensterrahmen und schaute hinaus auf die Badestraße. Das neue Zimmer war wegen des Erkers hell und wegen des schlechten technischen Zustands bezahlbar. Sie verdankte es dem Ehemann einer Freundin, einer von sechs Frauen, mit denen sich Anita einmal im Monat zur französischen Lektüre traf. Der Wohnungswechsel hatte sich unkompliziert gestaltet, der Weg von der Pension Thies zur Badestraße ließ sich mit Leichtigkeit in drei Minuten schaffen. Doch sie hatte sich Möbel anschaffen müssen: Bett, Schrank und Kommode, Tisch und Stühle, einen kleinen Bücherschrank, eine hübsche Chaiselongue und Kleinigkeiten zur Bewältigung des Alltäglichen. Somit kam der Umzug zum ungünstigsten Zeitpunkt, denn nicht nur Sankt Ansgar wartete auf Fertigstellung.

Neben Händen malte sie die Tiere des Waldes. Die Oberrealschule an der Caspar-Voght-Straße wünschte sich im Gymnastikraum ein Wandbild. Erneut war es Professor Dr. Schumacher gewesen, der Anita ins Gespräch gebracht hatte. Diesmal würde sie keine Jungfrauen malen, dieses Mal dachte sie an etwas Bewegtes, etwas Sportliches, etwas Hübsches, eine herrliche Wiese mit bunten Blumen. Im Mittelpunkt ihrer Idee stand der Königssohn Orpheus. Er war ein unvergleichlichen Sänger und Lyraspieler. Mit seiner herrlichen Musik lockte er die Tiere herbei.

Professor Schumacher hatte angemerkt, die Tiere schienen eher zu fliehen. Er hatte sich amüsiert. Anita hatte mit ihm gelacht.

Das Pferd floh. Die Hirsche flohen. Die Antilopen flohen. Die Hasen flohen. Die Rehe flohen. Fluchttiere flohen bei Gefahr.

Die Schafe jedoch waren dumm genug, Orpheus anzuhimmeln, Leopard und Krokodil selbst ausreichend stark, um sich gefahrlos dahin zu begeben, wo Verlockungen winkten.

Anita war nicht dumm. Es gab nichts, was sie diesem Hitler abgewinnen konnte. Sie war kein Schaf. Sie war ein Reh.

Das Ruderboot gewann schnell an Geschwindigkeit. Die Schweizer Burschen wirkten kräftig und gut trainiert. Wellen schwappten ans Ufer der Aare. Stockenten gerieten ins Trudeln. Ob sie sich für eine Reise in den Süden sammelten? Zogen diese Vögel überhaupt? Immer mehr Enten landeten auf der Wiese und begrüßten sich schnatternd.

Dann entdeckte Anita Emilie auf dem Uferweg. Sie winkte, beschleunigte ihren Schritt. Sie war allein, ohne Mann, ohne Kinder. Anita stieg aus und lief ihr entgegen. Tränen in ihren Augen, lagen sie sich in den Armen.

»Ich bin so froh«, wisperte Anita.

Sie hielten sich an den Händen, musterten sich, lachten und umarmten sich erneut.

»Nun bist du also doch noch einmal in Italien gewesen«, sagte Emilie. Sie schaute sich fragend um. »Du bist allein?«

»Wally kauft ein. Bern soll hübsche Geschäfte haben«, erklärte Anita und erzählte von der Reise mit der Hamburger Freundin Vanessa Alport. »Wally ist vermögend. Ohne sie wäre ich vermutlich nie wieder nach Positano gekommen. Endlich konnte ich die restlichen Bilder abholen, die ich damals zurücklassen musste. Natürlich waren wir auch in Florenz, in den Uffizien. Die herrliche Renaissancemalerei lässt dich alles vergessen.« Anita brach ab. Sie zögerte. »Ich mag gar nicht zurück nach Deutschland.«

Sie zog Emilie auf eine Bank am Ufer. Die Schwestern setzten sich und hielten ihre Gesichter in die Oktobersonne. Vermutlich waren es die letzten warmen Tage in diesem Jahr. Anita hakte Emilie unter.

»Du ahnst nicht, welch merkwürdige Stimmung bei uns herrscht. In Bremen hat die Nordwolle Konkurs angemeldet. Man spricht von 20.000 Arbeitslosen. Der größte Kreditgeber von Nordwolle geriet in Schwierigkeiten, und überall haben die Menschen ihr Geld von den Konten abgehoben. Die Banken mussten drei Tage lang geschlossen werden.«

»Und dein Geld?«

Anita zog die Stirn kraus »Ich hoffe inständig, dass es bei der Warburg-Bank sicher ist. Wem sonst soll ich trauen als unserem Cousin Carl Melchior?«

Emilie schaute erschrocken.

»Das ist noch nicht alles. Die Nationalsozialisten beobachten mich. Sie schwärzen mich an, haben versucht, den Kirchenrat davon abzubringen, mir einen Auftrag zu erteilen. Alle Juden stehen unter Beobachtung. Dieser Hitler führt nichts Gutes im Schilde.«

»Aber wir sind doch Protestanten«, wandte Emilie ein.

»Du bist genauso eine Jüdin, wie ich eine bin. Viele verlassen Deutschland bereits, auch Freunde. Noch mehr reden darüber. Wenn ich nur wüsste, wohin ich soll.«

»Warum bist du nicht in Positano geblieben?«

Anita schüttelte den Kopf. »Zu viele Menschen. Es ist allzu beliebt geworden und teuer.«

»Willst du zu uns nach Thun kommen?«, fragte Emilie zögernd.

»Das würde deinem Mann überhaupt nicht gefallen. Das würde niemals gut gehen.«

Emilie schwieg betreten.

»Ich weiß nicht, wohin ich will, ob ich mich noch woanders einleben kann. Jahrelange wollte ich weg, jetzt macht mir der Gedanke, Deutschland zu verlassen, Angst. Plötzlich komme ich mir zu alt vor. Ich fühle mich gezwungen wegzugehen und fürchte mich zugleich. Wie soll ich es erklären? In mir ist so viel Sehnsucht nach Ruhe. Das Leben verursacht mir solche Mühe.«

»Oh, Anita.« Emilie schluchzte.

Anita streckte den Arm aus. »Schau!« Die Entenfamilie war an Land gekommen. Die kleinen Küken piepsten aufgeregt. Die Mutter brachte ihre Kinder in Sicherheit. Jedes schien zu spüren, wie wichtig es war, zusammenzubleiben. Aufgeregt tapsten sie hintereinander her.

Das schlanke, hohe Holzkreuz auf weißem Grund passte in seiner Schlichtheit ausgezeichnet zur sachlichen Architektur von Sankt Ansgar. Anita saß in der ersten Bankreihe des Gotteshauses und schaute zum Altar hinauf. Sie war allein. Wer ging am Montagmorgen schon in die Kirche? Sie faltete die Hände. Ihre Finger waren blau, und die Knöchel traten weiß und spitz hervor. Sie fror. Das dumpfe Pochen in ihrer Brust war das einzige Geräusch. Kein Atmen, kein leidvolles Seufzen, kein verlegenes Räuspern oder Taschentuchschnauben, Bänke knackten nicht, Füße scharrten nicht, Kinder fragten nicht. Keiner sang ein Lied. Das Leben fehlte. Und ihr Triptychon.

Es würde sich ausgezeichnet einfügen, würde den Raum aufwerten, der Kirche Wirkung verleihen, aber ihr Altarbild war nicht aufgehängt worden. Wie die Dinge standen, würde es niemals aufgehängt werden.

Am Samstag hatte das Protokoll der Schlussberatung im

Briefkasten gelegen. Es seien Bedenken gegen die Aufstellung laut geworden. Das Triptychon wirke unruhig, es sei geeignet, die Abendmahlsgäste abzulenken. Die erschrockenen Gesichter der Jünger passen nicht zur Christusgestalt. Die sei alles in allem ungenügend, und auch die Jungfrauen fanden starke Ablehnung.

Anita erhob sich, ging die wenigen Schritte bis zur Sakristei und klopfte energisch an die Tür. Eine Antwort blieb aus. Sie klopfte erneut, bevor sie entschlossen die Klinke hinunterdrückte. Von Pastor Stehn fand sich keine Spur. Gern hätte sie mit ihm geredet, hätte versucht zu erklären, zu schlichten, ihren Teil zur Einigung beizutragen. Zwecklos. An der Wand der Sakristei lehnten die fünf Tafeln des Triptychons. Noch heute würde sie einen Brief an den Kirchenrat schreiben. Weder waren ihre Arbeiten gehängt worden, noch hatte sie ihr Honorar erhalten.

Die schwere Kirchentür fiel hinter ihr ins Schloss. Es hatte zu regnen begonnen. Trotzdem beschloss Anita, noch einmal um die Kirche zu laufen, ein letztes Mal nach dem Pastor zu suchen.

Dann sah sie es.

In der südlichen Fassade prangte ein kleines, aber deutlich zu erkennendes, aus hellrotem Ziegel gemauertes Hakenkreuz.

Angst wartete immer auf den schwärzesten Zeitpunkt. Angst erklärte sich nicht. Sie ließ den Herzschlag erst stolpern, dann stoppte sie ihn. Er setzte aus. Setzte aus. Setzte aus. Kein Klopfen. Schweiß presste sich heraus. Legte sich wie ein Film auf die Haut. Nichts hielt den Körper in der Waagerechten. Anita sprang aus dem Bett. Stand im Zimmer. Gestapelte Kartons und gepackte Koffer wuchsen an. Das Leben im Aufbruch. Die Gefühle in Aufruhr. Benommen setzte sie Fuß vor Fuß. Stellte sich mitten in den Turm, die Fenster weit geöffnet. Der Tag war heiß gewesen, endlich setzte Erleichterung ein. Eine sanfte Brise kühlte, streifte die Haut. Das Nachthemd flatterte leicht. Anita zog es aus. Der Schweiß trocknete, würde gleich das Frösteln auslösen, das sich zum Frieren auswuchs und sie zurücktrieb ins schützende Bett.

Noch hatte sie eines.

Wo würde sie nächste Woche sein?

Ihre Habseligkeiten warteten auf Abholung am Montag. Wieder musste sie eine Wohnung verlassen. Die zarten Gefühle vom Ankommen und Zuhausesein zerplatzten wie ein Ballon. Das Haus an der Badestraße 26 hatte jahrelang zum Verkauf gestanden, plötzlich hatte sich ein Interessent gefunden. Den Mietern war fristlos gekündigt worden, nur das störrische Reh hatte sich bis zuletzt widersetzt. Anita wusste nicht wohin, hatte trotz verzweifelten Suchens, trotz Fragens und Bittens keine Wohnung gefunden. Ab Montag war sie obdachlos.

Anita betrachtete die Zeichnung, die sie am Abend angefertigt hatte: ein Selbstbildnis. Ihre Augen verschattet, das Gesicht hager, der Blick eine Mischung aus Angst und Resignation.

Sie signierte jetzt alle Arbeiten mit CAR. C für Carl und AR für Anita Rée. Zwei Jahre der Abwesenheit liefen ab, bald würde erneut ein Schiff aus Valparaíso Hamburg erreichen. Carl Vorwerk könnte an Bord sein. Er könnte helfen, sie holen, mitnehmen, bei ihr bleiben. Sie wusste selbst nicht, was sie erwartete, nicht, was sie sich erhoffte. Er hatte nichts versprochen, und doch klammerte sich Anita an Möglichkeiten. Das C umarmte, schaffte

Geborgenheit, mochte diese auch nur im Kopf stattfinden. Wenn selbst die Einbildung nichts mehr nutzte, wenn sich keine Lösung einstellte, blieb nur der letzte Ausweg.

Anita griff nach dem Gläschen und drehte es in der Hand. Sie hatte ausreichend Veronal gesammelt. Sie war vorbereitet. Um ihre Asche würde sich irgendjemand kümmern. Sie hatte eine Aufstellung der Bilder vorbereitet und bestimmt, wer welches Bild bekommen sollte. Anita untersagte jedwede Zeitungsanzeige und die Trauerfeier. Das Geld, das sie besaß, sollte der Notar behalten. Das war's: ihr Testament, das Ende der Geschichte, sorgfältig geschrieben und gefaltet. Nichts sprach dagegen, es gleich zu tun.

Darf erst nach meinem Tode geöffnet werden, stand in Majuskeln auf dem zuklebten Umschlag.

»Haben Sie Verwandte in Chile? Ein Visum erhalten nur Angehörige bereits ansässiger Personen.« Der Angestellte des Generalkonsulats, augenscheinlich ein Chilene, musterte sie durch eine Hornbrille und eine noch dickere Glasscheibe, die Konsulatspersonal von Antragstellern trennte.

Anita fühlte sich unbehaglich. Sie überlegte, ob es Sinn ergab, ihre Vorfahren in Venezuela zu erwähnen, entschied sich jedoch dagegen und schüttelte den Kopf.

»Sie sind unverheiratet?«

Die Frage war überflüssig. Der Mann hatte ihren Ausweis längst ausgiebig studiert. Anita kniff die Lippen zusammen. Sie stünde kaum hier, wäre sie verheiratet. Stattdessen entschied sie sich, das Schreiben zum Einsatz zu bringen, das am Vormittag in der Post gewesen war. »Ich bin von einem Freund eingeladen worden. Er lebt in Valparaíso und ist Unternehmer. Er heißt Carl Vorwerk.« Sie presste das Blatt an die Glasscheibe, sodass der Mann es lesen konnte.

Der schüttelte den Kopf, ihn interessierte der Brief nicht, der sie in ungeheure Aufregung versetzt hatte. Sie war erschüttert, weil Carl nicht nach Deutschland zurückkehren würde. Sie schöpfte Hoffnung wegen der Aussicht, nach Südamerika zu reisen. Für wie lange und wo sie leben sollte, hatte Carl nicht geschrieben. Die Nachricht war in dieser Hinsicht mehr als vage geblieben. Doch angesichts ihrer aktuellen Wohnverhältnisse, welche Rolle spielten solche Details?

Sie verdankte es Leni, dass sie noch lebte. Nach dem Rauswurf aus der Badestraße hatte Anita einige Wochen bei der Freundin unterschlüpfen können, bis diese selbst umgezogen war. Jetzt lebte die Familie Scharlach im Gebäude gegenüber; Anita hauste in der leeren Wohnung wie ein Geist und wartete darauf, entfernt zu werden. Niemand war unerwünschter und überflüssiger als sie.

Vermutlich fühlte sich der Mann hinter der Glasscheibe durch Anitas langes Schweigen veranlasst weiterzureden. Im Wesentlichen fördere man die Migration von Familien. Ein industrieller Beruf des Familienvaters und viele Kinder seien hilfreich. Aber das könne man in ihrem Fall ausschließen. Als würde im Hintergrund ein Unsichtbarer Protokoll führen, betonte der Mann, Anita sei schließlich bereits 47 Jahre und noch dazu Künstlerin. Er überlegte einen Augenblick und sagte dann leise: »Ausreichend Vermögen ist natürlich immer hilfreich.« Er neigte den Kopf und nickte auffordernd.

Anita vermutete, dass er Schmiergeld erwartete, aber besaß keine Vorstellung davon, wie viel. Sie bezweifelte, dass sie ihn nach der Höhe fragen konnte. Ohnehin hatte sie nichts zu verschenken. Sie würde ihre Ersparnisse brauchen. Um sich ein neues Leben aufzubauen, wenn sie Deutschland verlassen konnte. Wenn sie bleiben musste, um zu leben. Bilder brauchte jetzt niemand mehr. Kein Mensch gab angesichts von Arbeitslosigkeit, schwindendem Wohlstand und drohender Armut Geld für Kunst aus. Sparsamkeit war das Gebot der Stunde. Entschieden streckte Anita den Arm aus. Der Mann verstand die Geste und schob den Ausweis durch den Schlitz unter der Glasscheibe zurück.

Sie ging grußlos, stürmte geradezu aus dem Gebäude. Ein unbändiger Ärger drängte sie, eine rasende Wut: auf diesen Mann, auf Chile, auf Carl Vorwerk, auf die Menschen im Allgemeinen, auf sich selbst ganz besonders. Dass sie sich in einer solchen Situation befand. Ausgeschlossen vom Leben, weil sie als junges Mädchen alle Warnungen in den Wind geschlagen hatte.

An der Hausecke stieß Anita ungebremst in zwei junge Männer, die ebenso entschlossen einherschritten wie unvermittelt aufgetaucht waren.

»Können Sie nicht aufpassen?«, herrschte der eine sie an.

»Juden sollten überhaupt nicht auf Bürgersteigen gehen«, kläffte der andere.

»Eine Jüdin bist du also, ja, jetzt sehe ich es auch!« Der Erste kicherte dämlich, hielt sie fest und auf Armeslänge.

»Wenigstens anständig grüßen solltest du uns«, verlangte der andere.

»Was wollen Sie von mir«, schrie Anita. Es waren Braunhemden, Mitglieder aus Hitlers Sturmabteilung. Erst gestern war das Verbot der SA wieder aufgehoben worden. Anitas Blick schweifte über das Hakenkreuz am Oberarm zum Ehering an der Hand, von dort zu einer winzigen Narbe am Kinn und einem borstiges Viereck über der Oberlippe, ein Schnauzer im Anfangsstadium, so viele Details, dass sie den Kerl mühelos hätte zeichnen können.

»Lassen Sie die Frau los!« Es war eine Männerstimme mit spanischem Akzent.

Anita blickte sich um und erkannte den Chilenen aus dem Konsulat. Sie hatte ihn wohl völlig falsch eingeschätzt.

»Ausländer haben hier gar nichts zu sagen«, brüllte der eine SA-Mann, doch der andere lockerte unvermittelt und sicher ungewollt den Griff um Anitas Arm.

Sie nutzte den Moment, schlug mit der Tasche auf die Hand, die sie hielt, und riss sich los. Zwischen zwei Autos huschte sie über die Straße und rannte. Sie ignorierte das Stechen in den Seiten und das Pochen im Schädel. Im letzten Augenblick erwischte sie einen Bus. Die Tür schloss sich unmittelbar hinter ihr. Niemand war ihr gefolgt. Niemals mehr wollte sie einem dieser Braunhemden begegnen.

30. Juni 1932

Wilhelm schnitt zwei dünne Scheiben vom Brot und legte je eine auf die Teller. »Wo ist Käte?«

»Sie übernachtet bei einer Freundin«, antwortete Anna.

Wilhelm nickte seufzend, nahm das Gläschen Schmalz, das Anna ihm reichte, und schmierte sein Brot.

Anna begnügte sich mit Margarine. »Die Schlange vor dem Arbeitsamt wird immer länger. Erst all die Entlassungen in den Werften und Fabriken, jetzt schließen die Ladengeschäfte. Eines nach dem anderen. Ich habe Angst, dass du auch deine Stellung verlierst.«

Wilhelm schüttelte den Kopf. »Die Kunst war immer gut zu uns.«

»Aber wer geht noch in die Kunsthalle, wenn er kein Geld mehr hat, sich Brot zu kaufen?«

»Die Frage ist eine andere. Was hängt in den Museen, wenn die Nationalsozialisten die Kunst verbieten?«

Anna schaute erst ihr Brot und dann ihn an. »Ich habe dich mit Fräulein Rée gesehen. Sie war schon lange nicht mehr in der Kunsthalle.«

»Sie wirkte völlig verängstigt auf mich. Panisch geradezu. Sie verlässt Hamburg und hat mich gebeten, ihre Möbel im Keller der Kunsthalle unterzustellen. Sie sei nur noch postlagernd zu erreichen.«

»Was ist denn passiert?«

»Ich bin nicht sicher. Sie meinte, die Zeit der Qualität und der Fähigkeiten sei vorbei. Sie sagte wortwörtlich: ›Die Frage ist nicht, was man kann, sondern ob man eine jüdische Großmutter hat.‹«

»Die arme Frau. Ich wusste gar nicht, dass sie Jüdin ist.«

Wilhelm biss in sein Schmalzbrot.

»Konntest du ihr denn helfen?«

Teil 7
1932–1933

Oase in Kampen

Bei Sonne konnte Sylt wunderschön sein. Doch mit Wundern rechnete Anita nicht mehr. Es regnete meist. Der Herbst überzog die Insel mit Sturm und miserablen Nachrichten, die ihr vom Hamburger Postamt nachgesandt wurden. Sankt Ansgar war nicht gewillt, die Altarbilder aufzuhängen, und hatte sie an den Kirchenrat zurückgegeben. Agnes Holthusen berichtete von einer tückischen Krankheit: Inge Biermann-Ratjen, Anitas geliebte Freundin, die Schwägerin von Carl Heise und Schwester seiner Hildegard, kämpfte um ihr junges Leben, und sie, Anita, hockte in Braderup, in einem kalten, nicht beheizbaren Zimmer auf einer deprimierenden Insel, hatte keinen Schimmer, um was für ein Leiden es sich handelte, und konnte nichts weiter tun, als zu hoffen.

Aber das half doch nicht.

Genauso wenig half es, weiterhin mit CAR zu signieren. Trotzdem tat sie es. Sie malte Dünenlandschaften: Dünen mit Möwen, Dünen hinter Wattwiesen, Dünen vor grauem Himmel, Wanderdünen, Dünen am Abend, Dünen mit Meer und einmal sogar mit Regenbogen.

Darunter setzte sie ihr CAR.

Warum holte Carl sie nicht? Wenn er doch nur käme!

Blinzelnd und mit geneigtem Kopf trat Anita dem Wind entgegen. Ein schmaler Weg führte durch hohes Gras, eine Treppe die Düne hinunter zum Weststrand. Sie hinterließ Spuren im nassen Sand. Die Flut trieb tiefgraue, breite Wellen ans Ufer, türmte sie mit teuflischer Lust zu steilen Wänden auf, immer höher und höher, bis sie schäumend in sich zusammenbrachen. Da draußen tobte wilde, ausgelassene Wut. Je lauter es toste, desto ruhiger wurde es im Sorgenkopf. Die wirbelnden Gedankensplitter verschwanden im Sog eines brausenden Strudels.

Bei der Reichstagswahl Anfang November hatte Hitler leichte Verluste hinnehmen müssen, aber ob dies ein vorübergehender Einbruch war und Anlass zur Hoffnung gab, wer wusste das schon? Die Deutsche Zentrumspartei zu wählen, um die NSDAP zu verhindern, schien immerhin nicht allein ihre Idee gewesen zu sein. Trotzdem, Freude darüber zeigte man besser nicht. Anita ließ Wahlergebnisse und den Aufmacher des *Hamburger Tageblatts* unkommentiert, bemühte sich, keine Regung zu zeigen, während sie das Geld für ihre Einkäufe abgezählt auf den Tresen legte. Wusste sie, auf welcher Seite die Leute standen? Selbst bei Freunden konnte sie nicht sicher sein. Anita packte Farben, Zeitung und die nachgesandte Post in die Tasche. Sie nickte zum Abschied und wich dem Sohn der Ladenbesitzerin aus, der durch die Tür hereinmarschierte. Die Uniform der Hitlerjugend saß prall. Das Gesicht war hochrot. »Heil Hitler!« Zackig hob der Junge den Arm zum Gruß.

Auf der Straße traf Anita niemanden. Die letzten Urlauber hatten Sylt verlassen. Im Herbst wurde es einsam auf der Insel, die Fremdenzimmer standen leer. So war es leicht gewesen, eine Unterkunft in Kampen zu finden. Ein hübsches Haus, vor fünf Jahren aus rotem Backstein gebaut und mit Reet gedeckt.

Mit Porträtaufträgen rechnete Anita nicht. Sie drehte jede Mark zweimal um. Um das Geld für die Miete zu sparen, hatte sie der Wirtin angeboten, gegen freie Logis Fensterläden, Türen und Gauben farbig zu bemalen. »Blumen, bunte Fantasieblumen.« Der Vorschlag fand Zustimmung. Die Wirtin empfand wohl Mitleid für notleidende Künstlerinnen. Die Arbeit konnte beginnen. Allein mit den 24 Fensterläden würde sie den Winter beschäftigt sein, vorausgesetzt, sie wurde nicht krank, vorausgesetzt, nichts Unvorhergesehenes passierte.

Anita setzte sich an den Tisch, blätterte durch die Zeitung und stieß auf einen Bericht über die Ausstellung im Hamburger Kunstverein. Das einzige Anliegen des Journalisten schien die Diffamierung der Künstler zu sein. Schließlich las sie ihren eigenen Namen:

Anita Rée gehört zu den Sezessionisten, die wie andere Rassegenossinnen die Stirn haben, ihr schwaches Lichtlein auf die Wände deutscher Staatsbauten zu projizieren. Ihre ausgestellten Arbeiten sind vollendeter Krampf.

Mit einer Armbewegung fegte Anita die Zeitung vom Tisch. Wieso für dieses Schmierblatt Geld ausgeben? Die Meinung von Nazis interessierte sie nicht. Jedoch, dass die sie kannten und nicht vergaßen, beunruhigte. War sie auf Sylt gefeit vor dem Hass der Nazis? Die Braunen stießen bei den Inselbewohnern auf enorme Zustimmung. Vorsichtig musste sie sein. Sehr vorsichtig.

Sie fischte die aus Hamburg nachgesandten Briefe aus ihrer Tasche. Agnes Holthusen hatte geschrieben. Anita öffnete den Umschlag. Die Tränen quollen sofort, die Schrift der Freundin, die Buchstaben, die Nachricht verschwammen. Sie wollte gar nichts mehr lesen, nichts mehr wissen, nicht mehr leben.

Inge war tot.

Selbst im Juni war es in der Dachkammer kühl. Lag Anita mit Socken und Pullover im Dienstmädchenbett, starrte sie direkt in das filigrane Geflecht des Reetdaches. Der vielstimmige Gesang des Windes ängstigte sie. Bei Sturm pfiff er durchs Dach. Immer zog es.

Ihre Haare ergrauten. Der Rücken war krumm. Seit Beginn der Hochsaison lebte sie in gebeugtem Zustand. Um aufrecht zu gehen, war der Spitzboden zu niedrig. Anita besaß einen Klapptisch, einen Stuhl und einen Waschtisch. Licht drang spärlich durch die Fensterluke. Eindringlinge mussten sich um den Schornstein herumzwängen, um zu ihr zu gelangen. Hier herauf aber kam sowieso keiner. Hier oben vermutete man kein Leben. Das Zimmer war billig, ein anständiges ohnehin nicht zu finden gewesen. Die Feriengäste waren zurückgekehrt, für eine hilfsbedürftige jüdische Künstlerin gab es keinen Platz.

Anita kletterte rückwärts die steile Stiege hinunter und verließ das Haus. Eilig lief sie über den Deich, dem auflaufenden Wasser entgegen. Abrupt blieb sie stehen und drehte sich um. War ihr wirklich niemand gefolgt?

Der Wind zerrte an den Hosen und pluderte sie auf.

Sand wehte in die Augen, die winzigen Körner pikten auf der Hornhaut.

Der Kunstmaler war inzwischen Reichskanzler. Ungehindert konnte dieser Hitler nun sein böses Spiel treiben. Niemand hielt ihn auf. Mithilfe eines Ermächtigungsgesetzes hatte er sich im März selbst in die Lage versetzt, ohne die Zustimmung von Reichstag und Reichsrat Gesetze zu erlassen. Als Erstes hatte er dazu aufgefordert, alles Jüdische zu boykottieren. Nicht-Juden sollten nicht mehr in jüdischen Geschäften einkaufen, keine jüdischen Ärzte oder Anwälte mehr aufsuchen und ihr Geld von jüdischen Banken abheben. Umgekehrt hinderten die Nazis Juden daran, Geschäfte von Nicht-Juden zu betreten. Der rotgesichtige Hitlerjunge in Kampen bewachte den Laden seiner Eltern und beäugte sie mit Argwohn. Noch traute er sich nicht, Anita am Eintreten zu hindern.

Das würde sich bald ändern.

Alles änderte sich.

Anita bemalte jetzt Pappe, sie bemalte, was sich bemalen ließ. Mit Öl malte sie schon lange nicht mehr. Sie sparte, wo sie konnte. Sie nahm jeden Auftrag an, der sich bot. Auch andere Hausbesitzer wünschten bunte Fensterläden. Solange es keinen Erlass gab, der Juden das Malen untersagte, führte sie alle Aufträge aus. Sie bat Freunde, ihr die Sylt-Aquarelle abzukaufen, die niedlichen Lämmer und Kälber, die grasenden Schafe, die pickenden Hühner und die Reiter in den Dünen. Auf der Flucht konnte sie jede Mark gebrauchen. Auf Sylt durfte sie nicht bleiben, Deutschland war nicht in der Lage, einer protestantischen Malerin mit jüdischer Großmutter Zuflucht zu gewähren. Sie wollte fort, nur fort.

Sie öffnete den Mund, schnappte kalte Luft, der Rachen

schmerzte davon. Vielleicht starb sie einfach, wenn sie den Mund nur lange genug offen hielt.

Sie schrie gegen den Wind an.

Bestimmt war es Juden verboten zu schreien.

Die arme Ida Dehmel hatte man gezwungen, den Vorsitz der GEDOK abzugeben. In den Städten waren öffentlich Bücher verbrannt worden. Eine Aktion wider den undeutschen Geist. Als Nächstes brannten womöglich die Bilder, undeutsche Bilder. Die Hamburgische Sezession gab es nicht mehr. Die Nazis hatten die Frühjahrsausstellung geschlossen und verlangt, jüdische Mitglieder auszuschließen. Lieber löste sich der Künstlerbund gleich selbst auf. Das scherte den widerwärtigen Kunstmaler nicht. Dem wäre es recht, die Juden würden sich in nichts auflösen.

Fort, nur fort. Wohin konnte sie gehen? Nach Positano? Nach Florenz? Nach Spanien? Sie hörte nur Schlechtes, von hohen Preisen und primitiven Verhältnissen. Andererseits, so lebte sie seit Jahren. Seit dem Krieg war sie nie aus primitiven Verhältnissen herausgekommen. Ausgerechnet jetzt sollte sich das ändern? So viele machten, dass sie davonkamen. Freunde verließen Deutschland, nach England, nach Frankreich. Heimat konnte überall sein, nicht nur dort, wo man zufällig und unfreiwillig geboren war.

Sie steckte ihre Hand in die Strickjacke. *Oh mein Fridjof.* Sie fühlte das Papier. *Mein innig geliebter, guter Fridjof.* So lange hatte sie geschwiegen. Längst hätte sie schreiben müssen. Spätestens nach Fridjofs heutigem Brief war eine Antwort unabdingbar. *Ich denke täglich an dich. Ich bin dir so unsagbar nah. Meine Gedanken umkreisen dich ununterbrochen.*

Würden sie sich wiedersehen? Wann? Wo?

Meine Gefühle sind unverändert, werden sich nie

verändern, waren zu lange in meinem Herzen verschlossen. Sie liegen wie ein fürchterliches Unrecht auf meiner Seele. Eines Tages werde ich an diesem nagenden Kummer sterben.

Nach Hamburg zurück musste sie schon wegen all der zurückgelassenen Dinge. Aber bleiben konnte sie auf keinen Fall. Was, wenn ihre Ersparnisse nicht reichten, um die Reise zu finanzieren? Was, wenn die Nazis den Juden das Geld stahlen? Was, wenn sie ihr die Ausreise verweigerten?

»Was dann?«, schrie sie aufs Meer hinaus.

Der Wind zischte, er sirrte und keuchte. Die Brandung verschluckte alle Fragen.

Anita kletterte die Stiege hinauf und betrat den Dachboden. Am Schornstein vorbei tastete sie sich zu ihrem Bett. Noch angezogen schlüpfte sie unter die Decke. Den ganzen Tag über hatten die Temperaturen unter null Grad gelegen. Die Nacht war sternenklar. Sie würde bitterkalt werden. Durch die Fensterluke blickte Anita nach draußen in den funkelnden Himmel.

Im Herbst hätte sie in ein anderes, komfortables Zimmer wechseln können. Die Vermieterin hatte es angeboten. Sylter Freunde hatten sie geradezu gedrängt. Doch Anita war das Umziehen leid. Nichts änderte sich zum Besseren. Der unaufhörliche Wandel kannte nur noch eine Richtung.

Sie setzte sich im Bett auf, knipste die Lampe an und zog die Kommodenschublade auf. Das Gläschen lag unter dem Pullover. Der Deckel öffnete sich leicht. Die weißen Pillen versprachen Glück und Ruhe. Sie zu schlucken fiel gar nicht schwer. Eine nach der anderen verschwand. Sie trank Wasser hinterher.

Wie lange würde es dauern, bis sich Schlaf einstellte?

Anita betrachtete sich im Handspiegel, eine Greisin mit weißen Haaren, noch keine 50 Jahre alt, ein dünnes, bleiches Reh. Seit Anfang Dezember, seit dem Todestag ihrer Mutter, verfolgte Anita ihr tägliches Altern. Die Tochter glich sich der Mutter an. Die Ähnlichkeit Qual und Versöhnung zugleich. Die Mutter begleitete sie wie ein Schatten.

Nachrichten, die zu ihr drangen, verfolgten sie.

Die Bibliothek von Aby Warburg, all seine Bücher, seine Schätze, seine Aufzeichnungen befanden sich vermutlich gerade jetzt auf einem Schiff über den Ärmelkanal auf dem Weg nach London. Fridjof hielt sich im behüteten Basel bei ihrer Tochter auf. Gustav Pauli war genauso entlassen worden wie Carl Georg Heise. Zu viel undeutsches Gedankengut, zu viele Judenfreunde.

Die Trostlosigkeit war grenzenlos.

Sie war eingeladen gewesen. Ein Musikabend bei einem Freund hatte Ablenkung versprochen. Noch vor einer Stunde hatte sie sich in einem kleinen Haus in der Nachbarschaft befunden. Kompositionen von Bach waren angekündigt worden. Genau darin lag das Drama. Die Schwägerin des Freundes, eine hervorragende Pianistin, spielte das erste Präludium aus Bachs *Wohltemperiertem Klavier*, in C-Dur – ein Anfang, der Glück versprach. 23 Jahre war es her, dass Franz Nölken es im Alsterkamp vorgetragen hatte. Mitten im Spiel war er aufgesprungen, hatte in die Hände geklatscht und gelacht. Mittendrin war er davongelaufen. Mitten im Leben verlor er es. Besser, man kam gar nicht über den Anfang hinaus.

Ohne Erklärung und vorzeitig hatte Anita den Klavierabend verlassen. Es war einerlei, wo sie sich befand: auf Sylt, in Hamburg, in Deutschland, in einem anderen Land. Es lag kein Sinn darin, ohne Familie, ohne Liebe, ohne die einst geliebte Kunst in einer solch unbeschreiblichen, dem Wahnsinn verfallenen Welt weiter einsam dahinzuvegetieren.

Sie war müde. Auf ihren Augenlidern lag eine schwere Last. Eine kleine Wolke entwich ihrem Mund. Sie konnte ihren eigenen Atem sehen. Sie lächelte. Es war der Geist, der Zug um Zug ihren Körper verließ.

12. Dezember 1946

Sie sprachen kein Wort. Anna zog eine warme Strickjacke über ihr Nachthemd, selbst gestrickte Socken über die Füße und schlüpfte in die Straßenschuhe. Wilhelm griff nach den Händen seiner Frau. Sie waren kalt. Eine Weile standen sie einander gegenüber, als würden sie einen gemeinsamen Tanz wagen. Tatsächlich hielten sie sich fest. Tatsächlich hielt er sich an Anna fest. Sie war sein Rückgrat, hatte ihn nie davon abgehalten zu tun, was er glaubte, tun zu müssen. Sie an seiner Seite zu wissen hatte ihn stets bestärkt.

Anna nickte ihm aufmunternd zu.

Wilhelm kniete vor dem Bett nieder, beugte sich hinunter und zog die Bilder hervor, sieben Stück, eines nach dem anderen kam zum Vorschein, in Papier eingeschlagen und mit einer ordentlichen Schicht Staub bedeckt. Das Ergebnis von neun Jahren Lagerung. Wilhelm trug die Bilder in die Küche und fegte sie vorsichtig ab.

Er nickte Anna zu. Sie zündete eine Kerze an. Gemeinsam verließen sie ihre Wohnung im Souterrain der Kunsthalle. Es war dunkel draußen und frostig. Anna huschte zum Nebeneingang und stocherte mit dem Schlüssel erfolglos im Türschloss. Die Kerze flackerte.

Wilhelm sah, wie eine Atemwolke seinen Mund verließ.

Schließlich fand der Schlüssel zu seiner Bestimmung.

Anna stellte sich in die geöffnete Tür, und Wilhelm trug die Bilder wie eine kostbare Gabe auf beiden Armen hinein.

Erneut übernahm Anna die Führung, leuchtete mit der Kerze den Weg ins Treppenhaus. Ihr Nachthemd flatterte gespenstisch, während sie über den Marmorfußboden huschte. Jeder Schritt verursachte ein verdächtiges Klackern. Wilhelm hoffte inständig, dass Kollege Kunert nichts von dieser frühmorgendlichen Aktion bemerkte. Auch Kunert besaß eine Dienstwohnung in der Kunsthalle. Gemeinsam hatten sie in zahlreichen Bombennächten das Gebäude bewacht.

Während sich Frauen und Kinder im Tiefkeller des Kunsthallenneubaus in Sicherheit befanden, hatten Druckwellen der Bomben die Glasscheiben der Kunsthalle bersten lassen, Dach und Mauerwerk waren beschädigt worden. Wirklich brenzlig war es in der Nacht vom 26. auf den 27. Juli 1942 gewesen. Elf Männer hatte man ihnen zur Seite gestellt, ihm und Kunert. Drei Feuerwehrleute befanden sich auf Wilhelms Geheiß im Dachgeschoss des Altbaus. Es war wegen der Holzkonstruktion besonders gefährdet. Drei weitere Feuerwehrleute schickte Wilhelm nach oben in den Neubau, er selbst übernahm mit zwei Männern das Obergeschoss des Altbaus. Kunert sollte mit einem Feuerwehrmann unten bleiben. Wilhelm sorgte sich um den Kollegen, er hatte bereits im ersten Krieg einen Arm verloren.

Kurz nach ein Uhr morgens durchschlug unter ohrenbetäubendem Pfeifen und Krachen direkt über ihm eine Bombe Dach und Bodendecke und brannte auf dem Marmorboden. Wilhelm war zur Stelle und löschte das Feuer mit Sand.

Auch die verheerende Operation Gomorrha im darauffolgenden Jahr überstand die Kunsthalle wie durch ein Wunder, sah man von Glasbruch, Schäden im Mauerwerk und im Innenbereich ab. Es hätte schlimmer kommen können. Fünf Nächte nacheinander bombardierten Briten und Amerikaner Hamburg. Der Herr ließ Schwefel und Feuer regnen. Er rächte sich bitter. Die Trockenheit nach der wochenlangen Sommerhitze sorgte für Feuerstürme. Über 30.000 Menschen starben.

Die Kunsthalle widerstand tapfer noch ein weiteres Jahr. Bis zum Volltreffer am 18. Juni 1944. Beide Vortragssäle komplett zerstört. Wände stürzten in das Glasdach des Kupferstichkabinetts. Wertvolles Inventar vernichtet. Zum Glück hatten sich die Kunstschätze zu diesem Zeitpunkt längst im Hochbunker auf dem Heiligengeistfeld befunden.

Inzwischen war alles zurück an seinem Platz. Die Kunsthalle stand unter der Leitung eines neuen Direktors: Carl Georg Heise. Er kannte diesen Arbeitsplatz gut. Niemand schien Wilhelm besser geeignet, die Geschicke der Kunsthalle aus der düsteren Vergangenheit in die Zukunft zu lenken. Als Mitarbeiter unter Gustav Pauli hatte der Kunsthistoriker begonnen. Er war ein guter Freund vom Fräulein Rée gewesen. Heises Frau Hildegard hatte alle Werke des Rée'schen Nachlasses fotografiert.

Alles fügte sich nun, spätestens mit diesem Augenblick.

Anna öffnete die Tür zum Magazin, und Wilhelm trug die Bilder hinein. Eins nach dem anderen schälte er aus der papiernen Schutzhülle: Teresina, das italienische Zitronenmädchen, den jungen Chinesen, ein Stillleben mit Apfel. Zuletzt das Selbstbildnis der Künstlerin in Grün.

Anna lehnte ihren Kopf an Wilhelms Schulter. »Wie sie

uns anschaut«, flüsterte sie. »Als ob sie wüsste, was wir hier tun.«

Wilhelm legte den Zeigefinger auf den Mund und den freien Arm um die Schulter seiner Frau.

Nachwort und Dank

So gut Leben und Werk eines Menschen auch erforscht sein mögen, stets bleiben Fragen unbeantwortet. Einige Umstände und Hintergründe sollten womöglich nicht ans Licht kommen, andere bleiben unbekannt, weil sie nicht ausreichend dokumentiert wurden, Belege verschwunden sind oder niemand geahnt hat, was heute interessieren könnte. Im Leben von Anita Rée werfen insbesondere Liebesbeziehungen zu Männern wie Frauen Fragen auf. Ein ums andere Mal liefern Korrespondenzen oder ein Bild aus Rées beeindruckendem Werk lediglich vage Hinweise. Wie könnte es also gewesen sein, das Leben der ungewöhnlichen Hamburger Künstlerin?

Himmel auf Zeit ist ein Roman und bedient sich fiktiver Elemente. Trotzdem orientiert er sich am Belegbaren. Eine umfangreiche Recherche hat die Arbeit begleitet. Das Literaturverzeichnis im Anhang gibt Aufschluss über die Quellen, wo möglich, habe ich mich am Gesagten oder Geschriebenen orientiert. Darüber hinaus bin ich auf viel Unterstützung gestoßen:

Ich bedanke mich besonders bei der Kunsthistorikerin Dr. Maike Bruhns, die 1986 über Anita Rée promoviert und die wunderbare Künstlerin dem Vergessen entrissen hat. Bereitwillig hat sie mir Einblick in ihre private Dokumentation gewährt. Mein Dank gilt Frau Dr. Karin

Schick, die die Sammlung der Klassischen Moderne in der Kunsthalle Hamburg leitet, und ihrem Team. Sie ermöglichten mir umfangreichen Archiveinblick.

Eine anregende Einführung in die Welt des Absinths habe ich von Fabian Oberfahrenhorst erhalten und die Erkenntnisse in einer Szene mit Anita Rée im Pariser Café du Dôme bestmöglich verarbeitet.

Detaillierte Informationen über das italienische Fischerdorf Positano und seine Künstler*innen im 20. Jahrhundert verdanke ich den Kunsthistorikerinnen Dr. Lucrezia Hartmann und Dr. Matilde Romito und ihren Publikationen. Aufschlussreiches Material über Paula Bärenfänger, die viele Jahre in Positano gelebt hat, stellte mir ein Nachfahre der deutschen Malerin, Reinhard Wendt, zur Verfügung.

Die Recherche nach einem der wichtigsten Männer in Rées Leben und seinen möglichen Nachfahren führte mich durch Foren der schlesischen Ahnenforschung, durch Genealogie-Datenbanken, zu Ex-Libris-Sammlern und schließlich zu Erika Selle, der Ehefrau des Neffen des Gesuchten. Sie verriet mir immerhin das bisher unbekannte Geburtsdatum von Christian Selle. Es ist ein entscheidendes Detail in der Geschichte über Anita Rée.

Die britische Schriftstellerin Polly Samson verhalf mir zu wertvollen Hintergründen über Ilse, Heino und Maria, Rées Cousinen und Cousin zweiten Grades. Eine weitere mögliche Beziehung Rées ließ sich damit einordnen. Meine schottische Freundin und Hobby-Genealogin Lyn McDowall ist den Schiffspassagen von Carl Vorwerk auf die Spur gekommen. Ich danke Angela Jeschonneck für das Übersetzen französischer Quellen, für anregende Diskussionen und kritisches Vorablesen. Für Letzteres danke ich auch Elke Schleich, literarische Weggefährtin und Autorin, die bereits meinem Roman *Mackintoshs Atem* auf die Welt geholfen hat. Ich danke Claudia Jürgens für das kritische wie einfühlsame Lektorat von *Himmel auf Zeit*.

Freude und Mut machen mir die große Aufmerksamkeit, die zahlreiche Buchhändler*innen, Leser*innen und Freund*innen meinem Schaffen entgegenbringen. Nicht zuletzt danke ich meinem Mann Uwe dafür, dass er da ist, mich begleitet und unterstützt.

Das Verlegerinnenleben hat ein Ende gefunden, das der Autorin nimmt Fahrt auf. Ich danke der Verlegerin von ebersbach & simon, Sascha Simon, dass sie meinem Roman und dem Gedenken an Anita Rée eine Heimat geschenkt hat.

Personenverzeichnis

Ahlers-Hestermann, Friedrich, 1883–1973, Maler und Schriftsteller, Schüler von Arthur Siebelist und an der *Académie Matisse* in Paris, Mitbegründer der Hamburgischen Sezession, Freund von Franz Nölken und Anita Rée, heiratet Alexandra Povòrina.

Alport, Vanessa, genannt Wally, 1874–1960, Kunstsammlerin und Mäzenin, ab den 1920er-Jahren befreundet mit Anita Rée, erbt Bilder von ihr, die sie 1937, vor ihrer Emigration nach Oxford, dem Jüdischen Museum in Berlin schenkt.

Apollinaire, Guillaume, 1880–1918, italienisch-polnischer Abstammung, bedeutender französischer Dichter, Beziehung mit der Malerin Marie Laurencin.

del Banco, Alma, 1863–1943, Malerin der Moderne, begeht vor ihrer Deportation in ein Vernichtungslager Suizid.

Bärenfänger, Paula, 1884–1953, geboren in Krefeld, chronische Gelenksgicht seit der Kindheit, Malerin, lebt ab 1914 mit ihrem Ziehsohn in Positano.

Benemann, Maria, 1887–1980, Schriftstellerin und Lyrikerin, 1916 Hausdame im Künstlererholungsheim Blankenhain in Thüringen, in dem Anita Rée einige Monate verbringt.

Benn, Gottfried, 1886–1956, Arzt mit Praxis für Haut- und Geschlechtskrankheiten in Berlin, Dichter und Essayist.

Bessmertny, Alexander, 1988–1943, geboren in Sankt Petersburg, seit 1894 in Hamburg, ab 1918 in Berlin. Promovierter

Jurist und Schriftsteller. Als Jude flieht er 1933 nach Frankreich, wird denunziert und von den Nationalsozialisten hingerichtet.

Biermann-Ratjen, Hans-Harder, 1901–1969, Jurist, Notar und Vorsitzender des Hamburger Kunstvereins. Heiratet Ingeborg Neumann. Auf ihrer Hochzeitsreise 1929 erhalten sie zwölf »Doppelbusenkarten« von Anita Rée.

Biermann-Ratjen, Ingeborg (Inge), geb. Neumann, 1899–1932, Tochter eines Lübecker Senators und Bürgermeisters, jüngere Schwester von Hildegard Heise, Ehefrau von Hans-Harder Biermann-Ratjen.

Bing, Gertrud, 1892–1964, Kunsthistorikerin und Philosophin, Mitarbeiterin von Aby Warburg, hilft seine Bibliothek vor den Nationalsozialisten nach London zu retten, spätere Leiterin des Warburg Institute.

Bleyl, Fritz, 1880–1966, Architekt und Maler des Expressionismus, Gründungsmitglied der Künstlergruppe *Brücke*.

Bohlen, Luise, 1853–1949, Kunstmäzenin, Mitbegründerin der Freunde der Kunsthalle, Hamburger Salonnière.

Botticelli, Sandro, 1445–1510, bedeutender italienischer Maler und Zeichner der frühen Renaissance.

Braque, Georges, 1882–1963, französischer Maler, Grafiker und Bildhauer, Mitbegründer des Kubismus.

Bromberg, Edgar, 1883–1910, Schüler von Arthur Siebelist, gemeinsam mit Anita Rée, Freund von Friedrich Ahlers-Hestermann und Franz Nölken.

Cassirer, Ernst Alfred, 1874–1945, Philosoph, ab 1919 Professor an der Universität Hamburg.

Cézanne, Paul, 1839–1906, französischer Maler unterschiedlicher Stilrichtungen, von der Romantik über den Realismus zum Impressionismus, zählt zu den Wegbereitern der Klassischen Moderne.

Chardin, Jean Siméon, 1699–1779, französischer Maler, der für seine Stillleben und Genremalerei bekannt ist.

Clavel, Gilbert, 1883–1927, aus einer Basler Industriellenfamilie, baut ab 1919 einen alten Wachturm in Positano zu einem Gesamtkunstwerk aus.

Corot, Jean-Baptiste Camille, 1796–1875, bedeutender französischer Landschaftsmaler.

Debussy, Claude, 1862–1918, französischer Komponist zwischen Romantik und Moderne.

Dehmel, Ida, geb. Coblenz, 1870–1942, Kunstförderin, Gründerin künstlerischer Vereinigungen (u.a. GEDOK), Frauenrechtlerin. Lebt ab 1901 mit ihrem zweiten Mann Richard Dehmel in Hamburg-Blankenese. Wird als Jüdin ausgegrenzt und entrechtet. Suizid vor der Deportation.

Dehmel, Richard Fedor Leopold, 1863–1920, Lyriker mit Bedeutung und Einfluss vor dem Ersten Weltkrieg.

Derain, André, 1880–1954, französischer Vertreter des Fauvismus, Maler, Bildhauer, Bühnenbildner.

Duchamp-Villon, Raymond, 1876–1918, französischer Maler und Bildhauer.

Durrieu, Margrit, geboren 1883 in Esslingen, Kunstsammlerin, veranstaltet Malkreise in ihrem Haus in Hamburg, Eilenau 199. Ihr Ehemann, Theodor Durrieu, ist Kautschukimporteur.

Einstein, Carl, 1885–1940, Kunsthistoriker und Schriftsteller, Freund von Anita Rée. Widmet ihr ein Kapitel seines Romans *Bebuquin*. Lebt ab 1928 in Paris, engagiert sich ab 1936 im Spanischen Bürgerkrieg gegen Franco. Entzieht sich durch Suizid dem Zugriff der Nationalsozialisten.

Flechtheim, Alfred, 1878–1937, Kunsthändler und wichtiger Förderer Moderner Kunst in der Weimarer Republik. Wird wegen seiner jüdischen Herkunft 1933 entrechtet und diffamiert, emigriert nach London.

Flinte, Fritz, 1876–1963, Maler und Mitbegründer der Hamburgischen Sezession.

Meister Francke, ca. 1383–1436, Dominikanermönch und Maler, 1925 fand in der Hamburger Kunsthalle die erste Ausstellung über sein Werk statt.

Gris, Juan, 1887–1927, spanischer Maler und einer der Hauptvertreter des Kubismus.

Gurlitt, Manfred, 1890–1972, Komponist und Dirigent, emigriert 1939 nach Japan.

vom Hagen, Augusta Clara Elisabeth, Gräfin, genannt Aga, 1872–1949, Malerin, Autorin und Kunstmäzenin, Mitglied der KPD nach dem Ersten Weltkrieg, lebt in Berlin, zeitweise zusammen mit Carl Einstein, stirbt in einem sowjetischen Speziallager.

Hauptmann, Carl, 1858–1921, älterer Bruder von Gerhart Hauptmann, Dramatiker und Prosaschriftsteller.

Heckel, Erich, 1883–1970, Maler und Grafiker des Expressionismus, studiert Architektur, Mitbegründer der Künstlergruppe *Brücke*, 1937 als entartet diffamiert, erhält Ausstellungsverbot.

Heise, Carl Georg, 1890–1979, Kunsthistoriker, Mitarbeiter der Hamburger Kunsthalle unter Direktor Gustav Pauli, ab 1920 Direktor des St.-Annen-Museums in Lübeck, 1933 entlassen, ab 1945 Direktor der Hamburger Kunsthalle. Freund von Anita Rée, heiratet 1922 Hildegard Neumann.

Heise, Hildegard, geb. Neumann, 1897–1979, Tochter eines Lübecker Senators und Bürgermeisters. Fotografin der Neuen Sachlichkeit, fotografiert Rées künstlerischen Nachlass.

Hertz, Carmen, 1868–1952, geboren in Hamburg, Ehefrau von Dr. Rudolf Hertz, Jurist. Kinder: Richard, Gerta, Carmen und Carl Heinrich, Freundschaft mit Anita Rée.

Holthusen, Agnes, 1896–1990, Tochter des Städel-Direktors Heinrich Weizsäcker, Studium der Kunstgeschichte und Philosophie, heiratet 1919 den Radiologen und späteren Senator Hermann Georg Holthusen, Bekanntschaft mit Gustav und Magda Pauly sowie Aby und Mary Warburg, Freundin von Anita Rée, in der Künstlernothilfe tätig.

Ingres, Jean-Auguste-Dominique, 1780–1867, bedeutender französischer Historienmaler.

von Kalckreuth, Leopold Karl Walter, Graf, 1855–1928, Porträt-, Genre- und Landschaftsmaler, Grafiker und Lehrer an Kunstschulen in Weimar, Karlsruhe und Stuttgart.

Kirchner, Ernst-Ludwig, 1880–1938, Maler und Grafiker, wichtiger Vertreter des Expressionismus, Gründungsmitglied der Künstlergruppe *Brücke*, wird 1937 als entartet eingestuft, begeht Suizid.

von König, Leo, Freiherr, 1871–1944, Maler der Berliner Sezession, unterrichtet an der Berliner Kunstgewerbeschule.

Laurencin, Marie, 1883–1956, französische Lyrikerin und Malerin, Zusammenarbeit mit Malern des Kubismus, trotzdem entwickelt sie ihren eigenen Stil, heiratet 1914 den deutschen Maler Otto von Wätjen und verbringt den Ersten Weltkrieg im spanischen Exil. Ein Gedicht aus dieser Zeit widmet sie Anita Rée. 1921 trennt sie sich von ihrem Mann und kehrt nach Paris zurück.

Léger, Fernand, 1881–1955, französischer Maler, Bildhauer, Grafiker. Zunächst dem Kubismus zuzurechnen. Er soll Anita Rée Unterricht gegeben haben.

Lichtwark, Alfred, 1852–1914, Kunsthistoriker, Direktor der Hamburger Kunsthalle ab 1886, deren Sammlung er systematisch ausbaut.

Liebermann, Max, 1847–1935, Maler und Grafiker, bedeutender Vertreter des deutschen Impressionismus, Präsident der

Berliner Sezession, empfiehlt Anita Rée eine künstlerische Ausbildung.

Maetzel-Johannsen, Dorothea, 1886–1930, Malerin der Moderne und Mitbegründerin der Hamburgischen Sezession.

Mardersteig, Hans, genannt Giovanni, 1892–1977, deutsch-italienischer Verleger, Buchdrucker und Typograf, Freund von Carl Georg Heise.

Mare, André, 1885–1932, französischer Maler und Textildesigner, Mitbegründer der Art-déco-Bewegung.

Massine, Léonide, 1895–1979, russischer Tänzer und Choreograf, tanzt für die *Ballets Russes*, kauft 1922 die Inselgruppe Gallo Lungo an der Amalfiküste, auf der größten der drei Inseln baut er eine Villa.

Matisse, Henri, 1869–1954, französischer Maler, Grafiker, Zeichner und Bildhauer, bedeutender Künstler der Klassischen Moderne, Vertreter des Fauvismus, betreibt von 1908 bis 1911 eine private Malschule in Paris, die *Académie Matisse*, unterrichtet ca. 100 Schüler*innen aus dem In- und Ausland.

Melchior, Carl, 1871–1933, Jurist, Bankier und Politiker, Cousin von Anita Rée, zunächst Syndicus im Bankhaus Warburg, später erster familienfremder Teilhaber, bestimmt mit Max Warburg maßgeblich den Erfolg des Bankhauses. Leiter der deutschen Finanzdelegation bei den Friedensverhandlungen von Versailles.

Metzinger, Jean Dominique Antony, 1883–1956, französischer Maler und Vertreter der Klassischen Moderne.

Modersohn-Becker, Paula, 1876–1907, bedeutendste Malerin des frühen Expressionismus, absolviert das Lehrerinnenseminar in Bremen und besucht Malklassen. Lernt ihren späteren Mann Otto Modersohn in Worpswede kennen. Aufenthalte in Paris. Stirbt wenige Tage nach der Geburt ihrer Tochter mit 31 Jahren.

Modigliani, Amedeo, 1884–1920, italienischer Maler und Bildhauer, kommt 1906 nach Paris, trifft die Vertreter der Klassischen Moderne, bleibt Einzelgänger. Seine Frauenakte und Porträts beziehen sich meist auf die Renaissance.

Munch, Edvard, 1863–1944, norwegischer Maler und Grafiker des Symbolismus. Er gilt als Wegbereiter des Expressionismus.

Nietzsche, Friedrich Wilhelm, 1844–1900, klassischer Philologe und Philosoph. Abschriften seiner Werke befinden sich im Nachlass von Anita Rée.

Nölken, Franz, 1884–1918, Maler, lernt bei Arthur Siebelist, Schüler der *Académie Matisse*, befreundet mit Friedrich Ahlers-Hestermann, unterrichtet Anita Rée, bricht die Beziehung zu ihr ab, zeitweise Mitglied der Künstlergruppe *Brücke*, gefallen am Ende des Ersten Weltkriegs in Frankreich.

Pauli, Gustav, Prof. Dr., 1866–1938, Kunsthistoriker, ab 1914 Direktor der Hamburger Kunsthalle, 1933 entlassen. Er und seine Frau Magda sind mit Anita Rée befreundet, die beide sowie Tochter Liselotte malt. Er hält die Trauerrede an Anita Rées Grab.

Pechstein, Hermann Max, 1881–1955, Maler und Grafiker des Expressionismus, zeitweise Mitglied der Künstlergruppe *Brücke.*

Pfemfert, Franz, 1879–1954, Publizist und Herausgeber der Zeitschrift *Die Aktion.*

Picasso, Pablo Ruiz, 1881–1973, spanischer Maler, Grafiker und Bildhauer, Vertreter der Klassischen Moderne und Mitbegründer des Kubismus mit einem umfangreichen Gesamtwerk.

Povòrina, Alexandra, 1885–1963, russisch-deutsche Malerin der Klassischen Moderne, heiratet Friedrich Ahlers-Hestermann, den sie 1912 in Paris kennenlernt.

Renoir, Pierre-Auguste, 1841–1919, französischer Maler des Impressionismus, der sich in seinen letzten Jahren an der Renaissance orientiert.

Rilke, Rainer Maria, 1875–1926, österreichischer Lyriker der literarischen Moderne. Abschriften seiner Werke befinden sich im Nachlass von Anita Rée.

Rilke-Westhoff, Clara, 1878–1954, Bildhauerin und Malerin, lernt in Worpswede, in der Pariser Académie Julian sowie bei Auguste Rodin, bekannt mit Anita Rée, die Clara porträtiert. Heiratet 1901 Rainer Maria Rilke.

Rodin, François-Auguste-René, 1840–1917, bedeutender französischer Bildhauer und Zeichner.

Rubens, Peter Paul, 1577–1640, bedeutender flämischer Barockmaler.

Saxl, Friedrich, genannt Fritz, 1890–1948, österreichischer Kunsthistoriker, Mitarbeiter Aby Warburgs. Er rettet zusammen mit Gertrud Bing die Warburg-Sammlung vor den Nationalsozialisten nach Großbritannien.

Schapire, Rosa, Dr., 1874–1954, Kunsthistorikerin, Sammlerin expressionistischer Kunst und Mäzenin, Mitglied der Hamburgischen Sezession, emigriert 1939 nach London.

Schmidt-Rottluff, Karl, 1884–1976, studiert Architektur, deutscher Maler und Grafiker, Vertreter der Klassischen Moderne und des Expressionismus, Mitbegründer der Künstlergruppe *Brücke*.

Schumacher, Fritz, Prof. Dr., 1869–1947, Architekt, Hochschullehrer, ab 1924 Oberbaudirektor in Hamburg, befreundet mit Aby Warburg, verschafft 16 Hamburger Künstler*innen, darunter Anita Rée, 24 Wandbildaufträge in Schulbauten. Rée porträtiert Schumacher.

Seewald, Richard, 1889–1976, Maler und Schriftsteller, lebt von 1921 bis 1924 mit seiner Frau in Positano.

Selle, Werner Christian, 1902–1985, geboren in Liegnitz, jüngster Sohn des Bankdirektors Karl Selle, Ausbildung zum Buchhändler, Beziehung mit Anita Rée während ihres Aufenthalts in Positano.

Siebelist, Arthur, 1870–1945, Maler und Vertreter der impressionistischen Freiluftmalerei, Lehrer u.a. von Friedrich Ahlers-Hestermann, Franz Nölken und Anita Rée.

Sohn-Rethel, Carl Ernst, genannt Karli, 1882–1966, Maler der Klassischen Moderne, lebt ab 1921 zeitweise in Positano.

Sohn-Rethel, Otto Wilhelm, 1877–1949, Bruder von Karli, Maler, Entomologe und Botaniker, lebt nach dem Ersten Weltkrieg auf Capri.

Stegemann, Heinrich, 1888–1945, Hamburger Maler und Bildhauer.

Stein, Gertrude, 1874–1946, amerikanische Schriftstellerin, Verlegerin und Kunstsammlerin, lebt zusammen mit ihrem Bruder Leo ab 1903 in Paris, später mit ihrer Lebensgefährtin Alice B. Toklas. In ihrem Salon trifft sich die Avantgarde jener Zeit.

Stein, Leo, 1872–1947, amerikanischer Kunstsammler und Kunstkritiker, Bruder von Gertrude Stein.

Tizian, ca. 1488–1576, Maler der italienischen Renaissance und Vertreter der venezianischen Malerei.

Uhde, Wilhelm, 1874–1947, Kunsthändler und Autor, eröffnet 1904 in Paris eine Galerie und vertritt damals noch unbekannte Avantgardisten wie Pablo Picasso.

Vassilieff, Marie, 1884–1957, russisch-französische Malerin und Bildhauerin, 1905 Schülerin in der *Académie Matisse*, gründet 1908 die *Marie Vassilieff Académie*, wo z.B. Alexandra Povòrina studiert. Bekanntschaften mit der Pariser Avantgarde, die bei ihr ein uns aus geht.

Verlaine, Paul, 1844–1896, französischer Lyriker des Symbolismus.

de Vlaminck, Maurice, 1876–1958, französischer Maler, Grafiker und Autor des Fauvismus.

Vorwerk, Carl, 1875–1949, übernimmt nach dem Tod des Vaters Gustav Adolph Vorwerk zusammen mit Bruder Walter und Cousin Oscar die Geschäftsführung von Vorwerk Gebr. & Co. Er lernt Anita Rée kennen, die ihn porträtiert. 1930 verlässt er Deutschland, um im chilenischen Valparaíso zu leben, wo die Vorwerks eine Niederlassung haben. Das Hamburger Unternehmen wird nach dem Tod von Walter und Oscar liquidiert. Carl kehrt deswegen Ende 1933 nach Hamburg zurück.

Vorwerk, Gustav Adolph, 1839–1919, leitet zusammen mit seinen zwei Brüdern das Hamburger Unternehmen Vorwerk Gebr. & Co. Seine Töchter Elisabeth und Helene engagieren Anita Rée, ihren Malkreis zu unterrichten.

Warburg, Abraham, Prof. Dr., genannt Aby, 1866–1929, Hamburger Kunst- und Kulturhistoriker, ältester Sohn der Bankiersfamilie Warburg, gründet die Bibliothek Warburg in der Heilwigstraße, verheiratet mit Mary Hertz.

Warburg, Mary, 1866–1934, geb. Hertz, Zeichnerin und Bildhauerin, hat mit Aby drei Kinder: Marietta, Max Adolph und Frede Charlotte. Freundschaft mit Anita Rée, die bei den Warburgs verkehrte.

Warburg, Max, 1867–1946, Bruder von Aby Warburg, der wie die jüngeren Brüder Paul, Felix und Fritz ins Bankgeschäft eintritt.

Werner, Walter Wilhelm, 1886–1975, Tischler aus Kiel, Werkmeister der Hamburger Kunsthalle und Kunstsammler der Hamburgischen Sezession. Er bewahrt Werke von Anita Rée vor der Beschlagnahmung durch die Nationalsozialisten. Verheiratet mit Anna. Tochter Käte.

Wield, Friedrich, 1880–1940, Bildhauer, Gründungsmitglied der Hamburgischen Sezession.

Wriedt, Georg, Dr., 1885–1963, und Maria, 1893–1974, geb. Warnholtz, laden Anita Rée 1928 ein, einige Zeit in ihrer Villa in Altona-Dockenhuden zu leben. Hier malt sie das Hausmädchen Bertha.

Ausgewählte Literatur und Quellen

Ahlers-Hestermann, Friedrich, *Pause vor dem dritten Akt*, Hamburg: Gebr. Mann 1949

Benemann, Maria, *Leih mir noch einmal die leichte Sandale. Erinnerungen und Begegnungen*, Hamburg: Hans Christians Verlag 1978

Berger, Renate, *Malerinnen auf dem Weg ins 20. Jahrhundert*, Köln: DuMont 1982

Bruhns, Maike, *Anita Rée. Leben und Werk einer Hamburger Malerin. 1885–1933*, Hamburg: Verlag Verein für Hamburgische Geschichte 1986

dies., *Anita Rée. Das Werk*, München: Prestel 2018

dies., Dauschek, Anja, Tiedemann-Bischop, Nicole (Hg.), *Tanz des Lebens. Die Hamburgische Sezession. 1919–1933*, Ausstellungskatalog, Dresden: Sandstein 2019

Cahen, Fritz Max, *Der Weg nach Versailles. Erinnerungen 1912–1919. Schicksalsepoche einer Generation*, Boppard/Rhein: Harald Boldt 1963

Einstein, Carl, *Bebuquin: oder Die Dilettanten des Wunders*, Berlin: Contumax-Hofenberg 2016

Gautherie-Kampka, Annette, *Café du Dôme. Deutsche Maler in Paris. 1903–1914*, Bremen: Donat 1996

Groult, Flora, *Marie Laurencin. Ein Leben für die Kunst*, München: Knaur 1992

Hartmann, Lucrezia, *Wo die Zitronen blühn … Magisches Po-*

sitano. Ein kulturgeschichtliches Kaleidoskop des 20. Jahrhunderts, boD 2016

Heise, Carl Georg, *Persönliche Erinnerung an Aby Warburg*, Wiesbaden: Harrassowitz 2005

Heise, Hildegard, Heise, Carl Georg (Hg.), *Anita Rée. Hamburg. 1885–1933. Ein Gedenkbuch von ihren Freunden*, Hamburg: Hans Christians Verlag 1968

Knight, Carlo, *La Torre di Clavel. Un romanzo*, Capri/Anacapri/Rom: La Conchiglia 1999

Laurencin, Marie, *Le carnet des nuits*, Charlieu: La Bartavelle 1997

Luckhardt, Ulrich (Hg.), *Die Sammlung des Hausmeisters Wilhelm Werner*, Ausstellungskatalog, Hamburg: mare 2012

Marazia, Chantal, Stimilli, Davide (Hg.), *Ludwig Binswanger–Aby Warburg. Die unendliche Heilung*, Zürich: diaphanes 2007

Meyer-Tönnesmann, Carsten, *Der Hamburgische Künstlerclub von 1897*, Fischerhude: Atelier im Bauernhaus 1985

Münster, Anke, *Kunst ist Spiel und tiefer Ernst. Die Imaginistin Alexandra Povòrina (1885–1963). Leben und Werk*, Dissertation, Leverkusen 2003

Franz Nölken. 1884–1918, Ausstellungskatalog, hg. von der Galerie Herold, Soest: Westfälische Verlagsbuchhandlung Mocher & Jahn 1984

Franz Nölken. Briefe 1906–1918, hg. von der Galerie Herold, Hamburg 1996

Franz Nölken. Paris im Sinn, Ausstellungskatalog, hg. von Karsten Müller, Hamburg: Ernst Barlach Haus 2018

Oppens, Edith, *Der Mandrill. Hamburgs zwanziger Jahre*, Hamburg: Seehafen-Verlag Erik Blumenfeld 1969

Anita Rée. Retrospektive, Ausstellungskatalog, hg. von Karin Schick, München: Prestel 2017

Warburg, Aby, *Mit Bing in Rom, Neapel, Capri und Italien. Auf den Spuren einer ungewöhnlichen Reise*, hg. von Karen Michels, Hamburg: Corso 2010
Wegner, Matthias, *Aber die Liebe. Der Lebenstraum der Ida Dehmel*, München: List 2002

Die Gedichte von Gottfried Benn, Ossip Kalenter, Friedrich Nietzsche und Rainer Maria Rilke, aus denen zitiert wird, befinden sich als Abschriften im Nachlass von Anita Rée. Zitiert wurde auch aus und nach Rées Korrespondenzen im Nachlass, der in der Kunsthalle Hamburg liegt. Das Gedicht auf Seite 255 von Marie Laurencin wurde aus dem Französischen übersetzt von Sophia Sonntag.

Inhalt

Sofia Mott
Dem Paradies so fern
Martha Liebermann

Roman, 336 Seiten
gebunden mit SU
ISBN 978-3-86915-172-4

Berlin 1941: Martha Liebermann, die Witwe des Malers Max Liebermann, kämpft, von zahlreichen einflussreichen Freunden unterstützt, um ihre Ausreise aus Nazi-Deutschland, wo ihr die Deportation droht. Ein verzweifelter Wettlauf gegen die Zeit beginnt ...
Authentisch und atmosphärisch dicht erzählt Sophia Mott in Rückblenden die bewegende Geschichte der Liebermanns.

Olivia Elkaim
Modigliani, mon amour

Aus dem Französischen von Judith Petrus

Roman, 208 Seiten
gebunden mit SU
ISBN 978-3-86915-157-1

Paris 1916: Jeanne Hébuterne studiert Malerei an der Akademie Colarossi, als sie Amedeo Modigliani begegnet – es ist Liebe auf den ersten Blick. Sie verlässt ihr behütetes Elternhaus und folgt dem mittellosen Maler ins Künstlerviertel Montparnasse. Doch die leidenschaftliche, exzessive Liebe zwischen Modigliani und seiner Muse entfaltet zunehmend ihre zerstörerische Kraft. Eine fesselnde Zeitreise ins Künstlermilieu der Pariser Boheme vor 100 Jahren und zugleich ein bewegender Liebesroman, erzählt aus der Perspektive von Jeanne Hébuterne.

1. Auflage 2020

Lektorat: Claudia Jürgens
Covermotiv: © getty images/George Hoyningen-Huene/Kontributor
Umschlaggestaltung: Lisa Neuhalfen, moretypes, Berlin
Satz: Birgit Cirksena · Satzfein, Berlin
Druck und Bindung: GGP Media GmbH, Pößneck
ISBN 978-3-86915-214-1
www.ebersbach-simon.de